Stadt der Vampire

Zenobia Volcatio

Love & Death

Zenobia Volcatio

Stadt der Vampire

Dark Fantasy

Bibliografische Information der Deutschen Nationalbibliothek:
Die Deutsche Nationalbibliothek verzeichnet diese Publikation
in der Deutschen Nationalbibliografie; detaillierte
bibliografische Daten sind im Internet über http://dnb.dnb.de
abrufbar.

Coverdesign: Dream Design Cover and Art
Korrektorat: Pia Euteneuer

Herstellung und Verlag: BoD – Books on Demand,
Norderstedt

ISBN: 9783752623826

KAPITEL 1

San Francisco, Herbst 2001.

Isabel spürte Gefahr. Ausgerechnet jetzt, wo ihr Gefährte Magnus auf Jagd war. Denn für vampirische Verhältnisse konnte sie sich mit ihren achtunddreißig Jahren so gut wie nicht verteidigen. Dazu kam, dass sie erst seit einem Jahrzehnt unsterblich war und somit noch relativ schwach.

Mit einem mulmigen Gefühl tappte sie barfüßig zur Terrassentür des Bungalows und überblickte den Garten durch die bodentiefen Fenster. Ihre grünen Augen schweiften über den Rasen zum beleuchteten Pool, dann an der Gartenmauer entlang, aber es war nichts zu sehen. Alles schien ruhig. Doch ihre feinen Antennen registrierten plötzlich die Schwingungen von mehreren Unsterblichen und sie kamen näher. Ihr Instinkt sagte ihr, dass dies nichts Gutes bedeutete. Was wollten sie?

Mist, und sie war ganz allein hier. Die junge Vampirin ahnte, dass die anderen keine friedlichen Absichten hatten. Auch wenn die Auren der Fremden eher jung waren. Mit der Überzahl von vieren fertig zu werden, überstieg ihre Fähigkeiten. Daher rief sie in Gedanken nach ihrem Prinzen. Vielleicht erreichte ihn der Ruf, wenn er nicht weit weg wäre. Oder sie floh einfach. Das erschien Isabel als die beste Option, und so huschte sie zur Terrassentür hinaus.

Aber es war bereits zu spät. Vier Männer setzten vor ihr im Rasen auf und sahen eindeutig nach Ärger aus. So wie die Isabel anstarrten und anzüglich grinsten. Nach ihren schäbigen Klamotten zu urteilen, waren es Vagabunden. Abermals rief sie nach ihrem Gefährten. Diesmal eindringlicher. *»Magnus, komm bitte! Hier sind vier Typen und die führen nichts Gutes im Schilde.«*

Der Blonde mit dem abgewetzten Ledermantel trat vor, legte den Kopf schief und musterte sie abschätzend. »Was haben wir hier denn Schönes? Eine rassige Rothaarige.«

Isabel ergriff eine letzte Chance, wollte in die Luft hochschießen, aber zwei Hände packten ihren Knöchel und hielten sie zurück.

»Du bleibst schön hier, meine Süße«, sagte der Blonde und begann, sie Richtung Boden zu ziehen. Aber Isabel kämpfte mit aller Kraft dagegen an, bis ein anderer sie am zweiten Bein packte und sie zurück in den Garten gezogen wurde. Verzweifelt versuchte sie, sich aus deren Griff zu befreien, aber gegen zwei kam sie nicht an. Mit ihrer Gegenwehr machte sie es den Angreifern nicht leicht, sie im Zaum zu halten. Die Typen mussten all ihre Kräfte aufbieten. »Lasst mich los, ihr Mistkerle!« Isabel biss einen in den Arm, aber der schlug ihr seine Hand ins Gesicht. Die scharfen Fingernägel rissen die Haut an ihrer Wange auf. Sie fühlte, wie das Blut herunter rann und die einsetzende Heilung in den Wunden kribbelte.

Der Blonde lachte. »Kratzbürstiges Biest!«

Währenddessen hörte Isabel ein Poltern und Krachen von drinnen und wie Glas zersplitterte. Die anderen beiden demolierten die Einrichtung. Bestimmt war das eine dieser Gangs, die über Reviere von Älteren herfielen, um sie zu erobern. Isabel überkam bei dem Gedanken Panik. Würde sie am Ende vernichtet werden?

»Oh, Magnus, bitte komm!«, schickte sie gen Himmel. Abermals versuchte sie, sich aus den Umklammerungen zu befreien. »Was wollt ihr?« Sie gaben ihr jedoch keine Antwort.

An den rötlichen Lippen und der rosigen Haut erkannte Isabel, dass alle erst kürzlich frisch getrunken hatten. Sie brauchten wohl alle Energie für ihr Vorhaben. Nur der Blonde schien über hundert zu sein. Sicherlich der Anführer der Bande.

Nachdem die anderen ihre Zerstörung beendet hatten, kamen sie wieder heraus. Da riss der Anführer mit einem Ruck ihr Strandkleid entzwei und begann, ihre Brüste zu betatschen. »Und nun zu dir.«

Sofort knurrte sie ihn bedrohlich an und zischte: »Nimm deine Dreckpfoten von mir!«

Er grinste nur. »Ich werde noch was ganz anderes mit dir machen. Ob es dir nun passt oder nicht.« Auf keinen Fall würde sie das zulassen und versuchte, sich mit aller Kraft loszureißen. Die beiden Kerle, die sie festhielten, begannen, sie jetzt zu Boden zu drücken. Voller Panik setzte ihr Überlebensinstinkt ein und sie verwandelte sich in eine Furie, die wie von Sinnen um sich trat, fauchte und nach allem schnappte, was ihr vor die Kiefer kam. Ihr Körper handelte völlig unbewusst, aber leider erwischte sie keinen der Angreifer.

Mit Hilfe des Anführers gelang es ihnen schließlich, sie zu Boden zu zerren. Drei waren eindeutig zu viel. Isabel trat mit den Beinen nach ihm, aber einer seiner Komplizen biss plötzlich in ihre Schulter und saugte Blut. Auch der Zweite schlug die Zähne in ihr Fleisch, um sie zu schwächen. Im Eifer des Gefechts zerkratzen die Typen ihren Bauch und die Schenkel. Überall kribbelte es und Isabel wurde bereits schwächer. Jetzt drückte der Blonde lachend ihre Beine auseinander. »Das wird ein wilder Ritt, bei der bockigen Stute.«

Isabel wand sich verzweifelt, aber sie konnte es nicht mehr verhindern, dass der Kerl seine Hose öffnete und sich zwischen ihren Beinen positionierte. Sie schloss die Augen, um die Fratze nicht sehen zu müssen, und konzentrierte sich auf ihre Wut, die sich im Bauch zusammenballte.

Plötzlich wurde ihr Peiniger von ihr weggerissen. Begleitet von einem Fauchen, das sie nur zu gut kannte. Dem Himmel sei Dank! Magnus!

Unendlich erleichtert schlug Isabel die Augen auf. Ihr Gefährte war genau im richtigen Moment gekommen, bevor das Ekel sie hatte schänden können. Nur einige Augenblicke später, dann ... Daran durfte sie jetzt nicht denken.

Die beiden anderen ließen sie los, um auf ihren Prinzen loszugehen. So außer sich vor Zorn hatte sie ihn noch nie erlebt. Magnus schleuderte die beiden Artgenossen mit voller Wucht ins Gras, packte dann einen am Arm und schlug ihn mehrmals wie eine Puppe zu Boden. Dabei knackten die brechenden Knochen, begleitet von heftigem Knurren und Fauchen der Gegner. Der Rest der Bande griff Magnus gleichzeitig an. Von hinten sprang der Anführer auf seinen Rücken. Den packte er am Mantel, zog ihn über die Schulter nach vorn und riss ihm die Kehle heraus. In einem Schwall ergoss sich das Blut auf ihren Gefährten und schon nahm er sich den nächsten vor.

Alles ging so schnell, dass die drei kurze Zeit später zerschmettert, mit herausgerissenen Kehlen im Gras lagen und sich kaum noch rühren konnten. Das erinnerte Isabel an Magnus' Erzählung über die vier vorigen Bewohnerinnen des Bungalows, die ihn hatten aussaugen wollen und die er auch so zugerichtet hatte. Unglaublich, wie stark ihr Gefährte mit über tausend Jahren inzwischen war. Beängstigend und faszinierend zugleich. Da er allerdings siebenhundert davon verschlafen hatte, besaß er noch nicht die volle Macht eines so alten Unsterblichen. Doch seine Kräfte wuchsen schnell.

Nun widmete sich ihr Prinz ganz dem Anführer. Immer noch loderte die Wut in seinen eisblauen Augen. Genüsslich zertrat er ihm die Glieder, bis nur noch eine fleischige Masse übrig blieb. So gnadenlos hatte Isabel Magnus noch nie gesehen. Mit ihm war wirklich nicht zu spaßen und für sie war es sehr beruhigend, einen so starken Gefährten zu haben.

Schließlich ließ er von dem vollkommen geschwächten Bandenchef ab, der sich nur noch wenig rührte. Vermutlich weil er Unmengen Blut verloren hatte. Genauso wie die anderen drei, die sich vor Blutverlust nicht mehr bewegen konnten.

Magnus' grimmige Miene wich sofort einer besorgten, als er sich Isabel zuwandte. Er ging neben ihr in die Hocke, begutachtete ihre Verletzungen. »Das verheilt alles wieder.« Dann strich er seine langen hellblonden Haare zur Seite und bot ihr die Halsseite an. »Trink zuerst einmal.«

Beim Anblick der bläulichen Schlagader unter der hellen Haut konnte sich Isabel nicht beherrschen und schlug die Zähne hinein. Während sie saugte, schmeckte sie die Würze seiner Wut heraus und hörte ihn zischen: »Das werden sie büßen. Ich werde deine Schmach rächen. Sag, was soll ich mit ihnen tun?«

Isabel musste nicht lange überlegen. Als sie sich von der Bisswunde löste, sagte sie: »Töte sie, wie du die Frauen getötet hast. Ich will, dass sie elend verrecken. Zu gern würde ich dabei zusehen.«

Magnus lächelte vielsagend. »Solche Worte von dir. Das überrascht mich!«

»Diese Typen verdienen keinen Gnadentod«, rechtfertigte sich Isabel.

Während ihr Gefährte den Kerlen die Kleider vom Leib riss, richtete sie sich langsam auf. Dank seines starken Blutes konnte sie sich nun auf den Beinen halten. Mit zaghaften Schritten schlich sie ins Haus, hinterließ blutige Fußabdrücke auf dem hellen Fliesenboden und stieg schließlich in die Dusche.

Als das Wasser an ihr herunterlief, beobachtete sie, wie das rot gefärbte Nass im Abfluss der Duschwanne verschwand, solange sie unter dem warmen Wasserstrahl stand. Isabel war so unendlich froh, dass es dank ihres

Liebsten nicht zum Äußersten gekommen war. Bei dem Gedanken, dieser Typ hätte seinen Schwanz in ihr versenkt, stieg Wut in ihr hoch und ein bedrohliches Knurren löste sich aus ihrer Kehle. Angeekelt schüttelte sie sich und verdrängte diese Vorstellung schnell. Bestimmt hätten sich die anderen auch noch an ihr abreagiert. Ihre Art hatte zwar den Vorteil, dabei keine Schmerzen zu empfinden, allerdings reagierte der Körper darauf nicht mit Abneigung. Ganz im Gegenteil. Grobe Praktiken lösten Lust aus, und das hätte sie erst recht gedemütigt, wenn sie vom eigenen Leib verraten worden wäre. Nach ihrer Verwandlung hatte sie geglaubt, dass ihr so etwas als Unsterbliche nie passieren könnte, weil sie viel stärker als die Menschen war. Dass auch Artgenossen so drauf sein konnten, hatte sie nicht bedacht.

Isabel betrachtete ihr zerkratztes Gesicht im Spiegel, als Magnus hinter sie trat. Mit den blutverschmierten hellblonden Haaren, die wirr herabhingen, und dem ganzen Blut auf den aristokratischen Zügen sah er wie ein Racheengel aus. Dagegen fiel es an seinen schwarzen Lederklamotten fast gar nicht weiter auf.

»Zum Glück bin ich kein Mensch mehr. Sonst müsste ich jetzt so entstellt weiterleben«, sagte sie und er nickte nur.

Dann fragte er zynisch: »Willst du dich noch persönlich von ihnen verabschieden?«

Sie schüttelte den Kopf. »Nein. Aber ich will so lange wie möglich wach bleiben, um zu sehen, wie sie verschmoren.« Den Typen wollte sie nicht mehr unter die Augen treten. Lieber blieb sie im Haus und beobachtete alles aus der Ferne. Ihr Geliebter umarmte sie von hinten und küsste ihr rotes Haar. »Ja, das solltest du tun.«

Es tat gut, von ihrem Prinzen gehalten zu werden, denn Isabel fühlte sich gerade so verwundbar. Am liebsten hätte sie losgeheult, aber sie wollte keine Schwäche zeigen und genoss einfach seinen starken Leib an ihrem.

Als der Morgen sich ankündigte, schloss ihr Gefährte die Jalousien des Wohnzimmers und Isabel setzte die Sonnenbrille auf, um durch einen winzigen Spalt zwischen den Lamellen sehen zu können. Die nackten, zerfleischten Körper der Todgeweihten bewegten sich hilflos auf dem Rasen, denn Magnus hatte jeden mit einer Eisenstange am Boden fixiert. Sie konnten nicht entkommen.

Erst färbte sich der Himmel in ein dunkles Blau und wurde dann langsam heller. Die Sonne war noch weit entfernt, als die Kerle zu jammern anfingen, nur der Anführer schien zu stolz dafür zu sein. Plötzlich begannen zwei zu schreien, obwohl noch kein Sonnenstrahl auf die Erde fiel. Ihre Haut färbte sich in kürzester Zeit knallrot, warf Blasen und wurde dann allmählich schwarz. Die furchtbaren Schreie, wie Isabel sie noch nie gehört hatte, gingen ihr durch Mark und Bein.

Bei dem Dritten setzte dieser Prozess später ein und der Anführer verschmorte als Letzter. Ihn musste die Sonne direkt treffen und seine Schreie erfüllten Isabel mit einer unendlichen Genugtuung. Trotz der Brille war das Licht unheimlich grell für die Unsterbliche und sie fühlte regelrecht, wie die Hitze gegen die Fensterscheiben schlug. Sie war heilfroh, im Schutz der Dunkelheit zu stehen, doch jetzt erfasste bleierne Schwere ihre Beine und sie musste sich abwenden. Magnus stützte sie, so dass sie es zum Aufzug schaffte, und trug sie unten angekommen ins Schlafgemach. Dabei verlor sie noch auf seinen Armen das Bewusstsein.

Isabel spürte Magnus' Aura nirgends, als sie erwachte. Sie kletterte erst einmal aus der großen Alukiste, die mit Kissen und Decken ausgepolstert war. Dabei fiel ihr Blick auf die roten Striemen an den Schenkeln, die von den Verletzungen noch übrig waren. Zum Glück verlief die Heilung verhältnismäßig schnell.

Die Unsterbliche hatte Hunger und wollte sich gerade für die Jagd anziehen, als es klingelte. Wer konnte das sein?

Vorsichtig schlich sie zum Bildschirm der Kamera über dem Eingang und schaltete ihn an. Er zeigte einen Jungen mit einer Pizza auf dem Arm. Das war bestimmt Magnus gewesen. Wie rücksichtsvoll von ihm, ihr Essen zu bestellen. Doch Isabel war noch nicht sicher, ob sie es tun sollte. Wieder betätigte der Mensch den Klingelknopf, und so entschied sie, dass sie ihn reinlassen würde, denn sie fühlte sich noch zu schwach, um auf Jagd zu gehen. Also drückte sie den Türöffner und empfing ihn an der Haustür. »Hi!« Er streckte ihr die Schachtel entgegen. »Guten Abend! Ihre Pizza, Ma'am.«

»Danke. Was macht es?«

Er starrte unverhohlen auf ihren knapp bekleideten Leib. »Sieben Dollar.«

Isabel kehrte ins Haus zurück, um so zu tun, als ob sie Geld suchte. »Komm doch kurz rein. Ich muss mein Portemonnaie suchen.« Er war leichte Beute, weil ihn ihr Charisma schon eingelullt hatte. Isabel fühlte seine Blicke auf ihrem Hintern, während sie die Schubladen der Kommode aufzog. Dann wandte sie sich mit einem verführerischen Lächeln zu ihm um. »Kann ich das auch anders bezahlen?« Dabei nestelte sie am Kragen ihres Kimonos herum. Der Kleine fing an zu schwitzen, grinste verlegen und erwiderte: »Ich muss weiter.«

Dem Unschuldsengel fielen fast die Augen heraus, als Isabel den Mantel öffnete und sie darunter nackt war. Hin- und hergerissen zwischen Weglaufen und seinem Verlangen stand er im Flur. Da wollte sie ihm die Entscheidung leichter machen und strich sanft über seine Schulter und die Brust. »Warum so schüchtern? Willst du mich nicht?«

»Doch ... doch. Du bist ... wunderschön«, stammelte er. Isabel nahm ihn an die Hand und führte ihn ins Wohnzimmer. »Dann komm mit.«

Bei der Sitzgruppe angekommen, begann sie, ihn auszuziehen. Er ließ alles mit sich geschehen, und so langsam berührte er die Vampirin ebenfalls. Oh, diese heißen Hände auf ihrer Haut. Ihre Lippen fuhren über seine stoppelige Wange und wanderten tiefer. Für was er die vielen roten Linien auf der Haut wohl hielt? Für Misshandlungen oder einen Unfall? Aber Isabel machte sich nicht die Mühe, in seinen Gedanken zu lesen. Jetzt stieg die Gier in ihr hoch und sein Duft umnebelte sie. Mit den Zähnen ritzte sie die Haut an, bis ein dünnes Rinnsal über seinen Nacken lief, das sie genüsslich ableckte. Dann begann sie, an dem Kratzer zu saugen. Inzwischen war ihr Sog stark genug, dass sie auch aus kleinen Wunden ausreichend Blut herausbekam. Die Unsterbliche wartete den Zeitpunkt ab, an dem ihr Opfer von den Stoffen in ihrem Speichel berauscht sein würde. Als es so weit war, rammte sie ihm ihr komplettes Gebiss in die Halsseite und saugte jetzt schneller, bis er kurz darauf starb. Danach kauerte Isabel neben der Leiche auf den Fliesen und lauschte dem pochenden Blut in ihren Adern. Endlich war sie wieder im Besitz ihrer ganzen Kraft. Voller Elan sprang sie auf, zog den Kimono über und trug den Toten zu seinem Lieferwagen. Dort setzte sie ihn auf den Fahrersitz, verteilte ein wenig Blut auf dem Lenkrad und dem Sitz und legte ihn dann in den Keller, um ihn später zur Verbrennungsanlage zu bringen. Jetzt musste sie nur den Wagen entsorgen. Die kurvigen Straßen hier waren gefährlich, und so täuschte sie einen Unfall vor, indem sie das Auto einen Abhang hinunter schob, wo es in den Büschen hängen blieb. Es sollte so aussehen, als hätte der verletzte Fahrer das Fahrzeug verlassen.

Wieder zu Hause musterte Isabel die Pizza, die vor ihr in der Schachtel lag, und versuchte, sich an den Geschmack zu erinnern, obwohl ihr Menschsein erst einige Jahre her war. Riechen konnte sie alle möglichen Zutaten daran, aber sie empfand nichts dabei. Nicht einmal Ekel wie manche Artgenossen. Ihrem Bekannten

Martin zum Beispiel waren Essensgerüche zuwider. Er führte es darauf zurück, dass er zu Anfang seines vampirischen Daseins sich einmal an blutigem Fleisch vergriffen hatte. Die Gier als Neugeborener war so groß gewesen, dass er es kurzerhand verschlungen hatte. Danach war zuerst nichts geschehen. Doch nach einigen Minuten hatten ihn schreckliche Bauchkrämpfe befallen. Er hatte sich nicht mehr auf den Beinen halten können, sich am Boden gewunden und dann alles wieder erbrochen. Damit waren die Schmerzen jedoch nicht vorbei gewesen. Er hatte gedacht, es würde mit ihm zu Ende gehen, aber sein sterblicher Bruder hatte ihm Tierblut besorgt und erst, nachdem er das getrunken hatte, waren die Krämpfe verschwunden. Seither hatte er eine Abneigung gegen menschliche Speisen. Verständlich! Isabel schnupperte an dem Belag und dann leckte sie vorsichtig am Schinken. Es geschah nichts. Sie schmeckte Salz, Oregano, Tomaten und den Käse.

»Was treibst du da?«, riss Magnus sie aus ihrer Erkundung. Vor Schreck ließ sie die Pizza aus den Händen gleiten und die klatschte mit der Oberseite auf die Fliesen. »O Gott! Hast du mich erschreckt.« Sie war so vertieft gewesen, dass sie seine Anwesenheit überhaupt nicht gespürt hatte. Er stand in Lederklamotten an der Terrassentür und der Geruch nach frischer Erde wehte zu ihr herüber. »Wolltest du vorhin essen?«

Sie schüttelte lachend den Kopf. »Nein. Ich weiß, was es in uns anrichtet. Mich interessierte der Geschmack und ob ich irgendetwas dabei empfinde. Es war auf jeden Fall interessant.«

Er kam näher, strich über die rosige Haut ihres Arms. »Wie ich sehe, hat der Pizza-Junge geschmeckt.«

»Ja, hat er. Danke, dass du daran gedacht hast.«

»Du weißt doch, dass ich alles für dich tue. Ich habe dir schon einmal gesagt, es soll dir an nichts fehlen.«

Ja, Isabel erinnerte sich. Das war vor über fünf Jahren in Florenz gewesen, als sie zu ihm gezogen war.

»Wo warst du eigentlich schon so früh?«

Magnus blickte zu den Terrassenfenstern hinaus. »Ich habe ihre Überreste verscharrt.«

Isabel war ihm so dankbar, dass dieser Alptraum von gestern vorbei war. Ihr starker Beschützer!

KAPITEL 2

Einige Nächte nach der Vernichtung der Bande flog Isabel ganz nach Vampirart zum Grundstück des Stadtherrschers Antonio und landete neben der Terrasse. Da sie befreundet waren, konnte sie sich so ein Eindringen in sein Revier erlauben. Theoretisch könnte Magnus die Herrschaft des über Fünfhundertjährigen in San Francisco beenden, wenn er wollte, denn inzwischen war er der stärkste Unsterbliche der Stadt, aber er begnügte sich mit seinem Revier und der Freundschaft zu Antonio. Ihr Prinz schien gar nicht auf die Idee zu kommen, dem bisherigen Oberhaupt seinen Platz streitig zu machen.

Antonios Liebhaber Martin saß gerade draußen und begrüßte sie freudig: »Isabel! Schön, dich zu sehen.«

»Hi! Heute keine Disco?«

Er lachte. »Später noch.«

Der äußerlich 20-Jährige mit dem markanten Kinn und den schwarzen kurzen Haaren arbeitete immer noch im Unsterblichen-Club. Nebenher machte er auch schon seit einer Ewigkeit den DJ im »Barbarella«, einem sterblichen Club, der gleichzeitig sein Jagdrevier war. Da gab es immer genügend willige Mädels, die sich ihm an den Hals warfen. Denn er war einer der Unsterblichen, der die Sexschiene fuhr, um an das Blut seiner Opfer zu kommen. Das hieß, er verführte sie, bevor er sie aussaugte. Isabel setzte sich zu ihm auf einen der verschnörkelten Gartenstühle und unterhielt sich über dies und das, bevor sich Antonio zu ihnen gesellte.

Seine Erscheinung und Aura waren wie immer beeindruckend für die Jüngere. Die dunkelbraunen Haare, die bis über den Rücken reichten, trug er heute offen. Dazu ein weißes Hemd und eine dunkle Jeans.

»Guten Abend, Isabel! Noch nicht lange aus London zurück, da machst du gleich von dir reden. Oder besser gesagt dein Gefährte. Damit hat er uns allen einen Dienst erwiesen. Die Kerle hätten vermutlich noch länger die Gegend terrorisiert.«

Dabei dachte sie an die versuchte Vergewaltigung und es machte sie immer noch wütend.

»Tut mir leid«, ergänzte Antonio und Isabel nickte nur.

Martin stand jetzt auf und verabschiedete sich, um in den Club aufzubrechen.

Sobald Isabel mit Antonio allein war, meinte er: »Magnus hat dich wirklich vermisst, nachdem du ihn in der Toskana verlassen hattest. Das habe ich dir seither nie erzählt, obwohl ihr bereits einige Monate in der Stadt seid. Er blieb extra hier, in der Hoffnung, dass du in deine Heimat zurückkehrst.«

Isabel erinnerte sich an ihre überzogene Flucht aus Siena über die Alpen nach London zu Jack, dem Freund ihres vernichteten Schöpfers, und konnte darüber jetzt bloß den Kopf schütteln. Sie senkte schuldbewusst den Blick. »Ja, da habe ich völlig überreagiert.«

Damals hatte sie gedacht, dass Magnus zusammen mit einem Artgenossen ein Mädchen ausgepeitscht und missbraucht hätte. Doch Ronaldo war es ganz allein gewesen. Sie hatte das geschundene tote Mädchen in seinem Keller gefunden und ihren Gefährten mit verdächtigt. Durch diesen Vorfall hatte sie die Gerüchte über Magnus geglaubt, die Cornelius und Jack öfter über ihn geäußert hatten. Dass er gefährlich und grausam wäre. Mit so jemanden hatte sie nicht zusammenleben wollen und hatte Angst, er würde sie daran hindern, ihn zu verlassen. Zum Glück hatte sich Jahre später alles als ein riesiges Missverständnis herausgestellt.

Antonio lächelte. »Hauptsache, ihr habt das geklärt. Jack hatte ja in dem Jungen eine neue Liebe gefunden und du warst wieder frei für Magnus.«

Isabel fragte verwundert: »Woher weißt du von Jack und Alexander?«

Jetzt grinste er breiter. »Ich hatte dir doch gesagt, dass ich gern in anderen lese.«

Langsam schwante ihr etwas. Hatte *er* etwa die Finger im Spiel gehabt, als Alexanders Schöpfer vor bald drei Jahren auf dem Neujahrsfest vernichtet worden war? Aber woher hatte er wissen sollen, dass Jack sich in Alexander verlieben würde? Oder hatte Antonio im Vorfeld schon mehr als die Beteiligten gewusst? Aus dem Kerl wurde Isabel einfach nicht schlau und er genoss das. Zu gern würde sie in seinen Kopf sehen können. »Ja, das hattest du mal erwähnt. Mir tat der unerfahrene Junge eben leid. So ganz allein. Da wollte ich ihm helfen und auch weil mich alles an Cornelius erinnerte. Ich wusste, wie man sich fühlt, wenn man seinen Schöpfer verliert.«

Der Ältere wurde wieder ernst: »Dir wurde dein Geliebter wenigstens von einem Flugzeugabsturz genommen. Ein tragischer Unfall. Aber bei mir waren es abergläubische Sterbliche und Michelles verdammter Starrsinn.«

»Du hast sie doch gerächt«, wandte die Jüngere ein und er nickte bedrückt.

Im 18. Jahrhundert hatten Vampirjäger Antonios damalige Gefährtin in Paris in der Sonne verbrennen lassen. Er hatte erbarmungslos die Täter mitsamt ihren Familien dahingerafft und war danach in Depressionen über Michelles Verlust verfallen. Anscheinend hatte er das nie vollkommen überwunden. Genau wie Isabel ihren Schöpfer immer vermissen würde.

Sie verließ Antonio nach einer Weile wieder und kehrte nach Hause zurück. Als sie dort ankam, machte sich Magnus gerade zur Jagd zurecht und Isabel wunderte sich, dass er sich dazu so herausputzte. Er trug Lederklamotten, die nicht so abgewetzt waren wie die anderen, und band seine langen Haare zu einem straffen Pferdeschwanz zurück.

»Wo gehst du hin? Suchst du dein Opfer heute in einem Club?«

Er entblößte lächelnd seine kräftigen Hauer. »Ich geh zur Full-Moon-Party.«

Isabel erwiderte verdutzt: »Full-Moon-Party? Was ist das? Habe ich noch nie gehört.«

Magnus schritt zur Garage rüber. »Das wäre nichts für dich.«

Sie folgte ihm. »Wieso nicht?« Das wollte sie jetzt schon genauer wissen.

Er öffnete das Tor. »Na ja. Es ist ein ziemliches Gemetzel.«

Jetzt wurde sie erst recht neugierig. »Erzähl schon. Ich bin nicht mehr so empfindlich wie früher.«

Ihr Prinz bestieg seine Harley. »Also schön. Alle paar Monate bei Vollmond wird auf einem verlassenen Fabrikgelände eine Disco veranstaltet, wo Sterbliche erwünscht sind. Um Mitternacht wird dann der Eingang verrammelt und die Blutorgie beginnt.«

Isabel schüttelte den Kopf. »Das war ja klar, dass dir das gefällt.«

Er zuckte die Schultern und ließ den Motor an. »Und es war klar, dass du das verabscheust. Also, bis später.« Damit brauste er aus der Auffahrt.

War das jetzt die harte Version einer Blutparty? Denn ansonsten luden die Unsterblichen Menschen zu einer vermeintlichen Party ein, auf der diese dann als Futter endeten. Die Vampirin interessierte brennend, wo dieses Event heute stattfinden sollte, und sie würde ihrem Gefährten schon zeigen, dass sie nicht mehr so weich war, wie er glaubte. Bloß wie fand Isabel den Ort?

Genau, Martin! Als DJ im Club wusste er doch bestimmt Bescheid und bis Mitternacht waren es noch zwei Stunden. Also, schnell umziehen und los.

Sie wählte ihr Latexkleid, das sie sich für solche Zwecke besorgt hatte.

Martin legte heute in seiner Sterblichendisco auf. So wie er vorher gesagt hatte. Isabel drängelte sich durch den heißen Strom aus warmen, vibrierenden Leibern bis zum DJ-Pult.

Natürlich wusste Martin über diese Veranstaltungen Bescheid, aber er sagte, das sei nichts für ihn. Antonio sei aber schon einmal dort gewesen. Er erklärte ihr den Weg und sie machte sich so schnell wie möglich dorthin auf. Ihr blieb nur noch knapp eine Stunde.

Als sie endlich vor der Stahltür des verlassenen Fabrikgebäudes stand, die gleichzeitig als Eingang und Ausgang diente, meinte der Türsteher grinsend: »Bist spät dran. Ich mach gleich zu.«

Isabel erwiderte beim Hineingehen: »Ging nicht früher.« Aus den Augenwinkeln sah sie noch, wie er die Tür verschloss und den Riegel vorschob. Dann war sie sprichwörtlich in letzter Minute gekommen. Eine Treppe führte hinunter in das dichte Gedränge, das in der gekachelten Halle herrschte. Sterbliche und Unsterbliche tanzten unbeschwert zu harten Beats. Fast alle, Vampire wie Menschen trugen Leder oder Gummiklamotten. Abwaschbar! Es sah aus wie in einem gewöhnlichen Club, aber Isabel fühlte die Unruhe, die in der Luft lag. Je näher die Zeiger der Zwölf rückten, desto weniger konnten es die Artgenossen abwarten. Bei vielen glitzerte bereits die Gier in den Augen. Vorwiegend junge Unsterbliche und nicht unbedingt die wohlhabenden hielten sich hier auf. Magnus konnte sie allerdings nirgends entdecken, so voll, wie es war. Bei den noblen Partys herrschte ein Mischungsverhältnis von ziemlich genau halb und halb, aber hier überwogen die Menschen.

Fünf vor zwölf!

Die anderen nahmen ihre potenziellen Opfer ins Visier, ließen sie nicht mehr aus den Augen. Isabel spürte die steigende Spannung um sich herum. Sie selbst war jedoch nicht hungrig, war nur als Zuschauerin hier.

Plötzlich wurde es stockfinster. Überraschtes Raunen ging durch die Menge, überall erklang Flüstern.

Isabels Augen benötigten einen Augenblick, um auf Nachtsicht umzuschalten. Allmählich tauchten Umrisse auf und schließlich hatte sie wieder volle Sicht. Da krallten sich die ersten Unsterblichen ein Opfer. Vereinzelte Aufschreie ertönten und dann brach wilde Panik aus. Gedränge, Kreischen und dazwischen das Fauchen der Vampire. Keiner ihrer Art brauchte hier seine menschliche Fassade wahren. Da schossen sie über die Menge hinweg durch die Luft, um ihr begehrtes Objekt zu packen. Manche Sterbliche gerieten unter die Füße der Flüchtenden und wurden in dieser Hysterie niedergetrampelt. In kürzester Zeit verwandelte sich die Disco in einen Hexenkessel.

Isabel versuchte, dem Geschehen auszuweichen, soweit das möglich war. Der Geruch von Blut hing schwer in der Luft und reizte auch ihre Adern, doch sie wollte dem nicht nachgeben. Auf einmal entdeckte sie Magnus wie er trinkend auf einem Mädchen lag, das bereits tot war. Kaum hatte er von dem Opfer abgelassen, stürzte er sich auf einen jungen Mann, dem er den Hals aufriss und seine Finger in den Leib krallte. Danach ließ ihr Gefährte ihn einfach fallen und verschwand in der Menge.

In dieser Atmosphäre gerieten viele in einen regelrechten Blutrausch und töteten wahllos weiter, ohne dass sie noch Blutdurst verspürten. Immer noch rannten Menschen panisch umher und versuchten, dem Grauen zu entkommen. Doch irgendwann fanden sie in den Fängen eines Unsterblichen ihr Ende. Isabel hatte bloß das Blut abgeleckt, das auf ihre Arme gespritzt war und ihre Gier wurde dadurch kaum angestachelt. Sicher hätte sie sich hungrig anders verhalten, aber so hatte sie bessere Gelegenheit alles zu beobachten.

Plötzlich stand Magnus vor ihr. Das Gesicht und die Arme voller Blut. Wortlos riss er sie in einen stürmischen Kuss. Seine Lippen waren so heiß und pulsierten an ihren. Der Geschmack des letzten Opfers haftete an seiner Zunge, die fordernd in ihren Mund drang. Isabel ritzte ihn dort mit den Zähnen an, worauf Magnus ihr das Latexkleid über die Hüfte schob. Er drängte sich mit ihr an einen Pfeiler und während sie sich noch immer küssten, schlang sie ihre Beine um seine Lenden und spürte ihn eindringen. Sofort loderte die Leidenschaft auf und sie vergaß ihre Umgebung völlig. Er packte mit den Kiefern ihren Hals und krallte sich in ihre Oberschenkel, die er festhielt. Sie liebte diese grobe Nummer bei ihm. Das Blut auf seinem Gesicht verteilte sich auch in ihrem und allmählich wurde Isabel immer mehr in einen Strudel der Begierde gezogen, denn die restliche Nacht lag sie zwischen anderen Unsterblichen und ließ sich von ihrer Lust mitreißen. Scheinbar unzählige Hände strichen über Isabels Körper. Ein Fremder, der über ihr lag, ließ sein Blut in ihren Mund tropfen, während ihr Prinz ihre Brüste streichelte. Dabei tauschte er Küsse mit dem anderen aus.

Irgendwann hatte sie genug von dieser Orgie. Magnus war gerade mit zwei Frauen beschäftigt und es sah nicht so aus, als würde er gleich aufhören wollen. Daher verließ Isabel den Keller allein. Durch das Herumwälzen in den Blutlachen war sie völlig verdreckt. Die anderen sahen auch nicht besser aus. Eigentlich ein gelungener Abend und ihr war klar, warum Magnus gern hierherkam. Erstens um ungezügelt zu trinken und zu töten und zweitens um ungehemmt seine Lust auszuleben. Das Ganze hatte schon etwas Reizvolles.

Als Isabel ins Freie trat, fuhr gerade ein dunkler Transporter vor den Eingang, aus dem zwei Unsterbliche stiegen. Sie öffneten die Hintertüren und begannen, die schwarzen Müllsäcke, in denen die Leichen steckten, hineinzuwerfen. Sicherlich brachten sie die Toten zur Verbrennungsanlage. Dabei kam ihr Las Vegas in den Sinn. Diese Stadt befand sich inzwischen in der Hand von Unsterblichen. Die erkauften sich mit hohen Bestechungsgeldern und Einschüchterung die Loyalität der Sterblichen. Aber die Menschen lebten gern in dieser Stadt der Illusionen. Las Vegas demonstrierte ihrer Art, dass es möglich war, die Sterblichen wie in einem goldenen Käfig zu halten, ohne dass sie sich dessen bewusst waren. Die Vampire besetzten hohe Posten in einflussreichen Positionen, waren die Hintermänner, hielten die Fäden der Macht in der Hand. Isabel würde sich ebenfalls gern mal in dieser Stadt amüsieren, in der alles künstlich war. Perfekt für Vampire! Kein Wunder, dass ihre Art dort herrschte. Sie würde Magnus vorschlagen, nach Las Vegas zu reisen.

Zu Hause ging sie als Erstes unter die Dusche, um den ganzen Dreck loszuwerden. Während sie so unter der

Brause stand, spürte sie die Präsenz ihres Prinzen, der kurz darauf die Duschtür öffnete und zu ihr ins Becken stieg. Ein Grinsen breitete sich auf seinem blutbeschmierten Gesicht aus. »Hat's dir gefallen?«

»War nicht schlecht. Ich hab allerdings nicht getrunken.« Er zog sie erregt an seinen warmen Körper. »Kommst du nächstes Mal wieder mit?«

»Ich weiß noch nicht. Mal sehen.« Ihr Gefährte begann, ihren Hals zu küssen, und sie kommentierte: »Du bist unersättlich.« Dabei entwand sie sich seiner Umarmung und trocknete sich ab. »Wie würde dir Las Vegas gefallen?«

Magnus seifte sich das getrocknete Blut von den Armen. »Sicher gut. Warum?« Isabel rubbelte ihre Haare mit einem Handtuch. »Da könnten wir uns richtig vergnügen und müssten uns nicht so verstecken wie hier.« Er stieg nun ebenfalls aus der Wanne und griff nach einem Handtuch. »Das klingt verlockend. Wann sollen wir aufbrechen?«

Sie betrachtete durch den Spiegel seinen Adoniskörper. »Bald. Ich möchte vorsichtshalber ein Hotelzimmer buchen. Mir schwebt da das ›Luxor‹ vor. Alles im ägyptischen Stil.«

Er lächelte. »Mach ruhig. Ich folge dir überall hin, meine Jägerin.«

Voller Euphorie setzte sich Isabel vor Morgengrauen noch an den Computer und loggte sich in das Lamia-Net ein. Dem Internet zu dem nur Unsterbliche Zugang hatten. In den Hotels von Las Vegas gab es sogar

Extraetagen nur für ihresgleichen. Das war für sie etwas völlig Neues und Magnus hatte davon bisher auch nichts gewusst. Wirklich cool! Dann konnten sie sich dort tagsüber absolut sicher fühlen. So buchte sie ein Zimmer im »Luxor« und konnte es kaum erwarten, bis es endlich losgehen würde.

KAPITEL 3

Knapp eine Woche später war es endlich so weit.

Isabel packte voller Vorfreude ihren Koffer, den sie bequem mit sich tragen konnte, denn wie für ihre Art üblich, würden sie durch die Lüfte reisen.

Ratlos grübelte sie über ihren Klamotten, die sie auf dem Bett ausgebreitet hatte. Magnus hingegen wusste ganz genau, was er mitnehmen würde. Natürlich seine Lederklamotten, zwei Anzüge, Shirts, Jeans. Ruckzuck verstaute er alles und grinste sie dann triumphierend an. »Fertig!«

Isabel hob eine Augenbraue. »Männer haben es auch viel einfacher.«

Da lachte er nur und verließ das Zimmer.

Nun gut, dann entschied sie sich jetzt zügig, damit sie sich auf den Weg in die Wüste Nevadas machen konnten.

Magnus nahm beide Koffer, weil er der Meinung war, dass sie dann schneller vorankamen, und Isabel tat ihm den Gefallen, weil er damit nicht unrecht hatte. Sie konnte zwar fliegen, aber ihr Prinz übertraf sie da bei Weitem.

Schon bald überflogen sie die ersten Canyons im Yosemite National Park und Isabel bewunderte die schroffen Felsen und tiefen Schluchten. Dahinter begann zerklüftete, trostlose Landschaft, so weit das Auge reichte. Die Wüste.

Nach einiger Zeit erkannte die Unsterbliche einen leuchtenden Schimmer am Horizont. Je näher sie kamen, desto deutlicher funkelten die Lichter von Las Vegas. Ein grandioser Anblick aus der Vogelperspektive.

Die Hotels des Strips hoben sich deutlich aus dem Lichterteppich hervor und die Pyramide des Luxor stach unverkennbar zwischen ihnen durch die Lichtsäule heraus, die senkrecht von der Spitze aus in den Himmel strahlte. Darauf steuerte Isabel mit Magnus jetzt zu und machte den Haupteingang zwischen den Vorderbeinen der Sphinx aus, die vor der Pyramide thronte. Unbemerkt von Sterblichen landeten sie in der Nähe des Eingangs und betraten eine überwältigende Eingangshalle. Ägyptische Skulpturen flankierten den Weg zu einem Durchgang wie zum Portal eines Tempels. Dahinter erstreckte sich auf einer Seite der Halle die unendlich lange Rezeption mit unzähligen Schaltern. Vom äußersten am linken Ende empfing Isabel übernatürliche Schwingungen. Die Brünette, die dort stand, sah sofort zu ihnen herüber. Sie hatte es ebenfalls wahrgenommen. Zu der späten Stunde waren die Schalter eh spärlich besetzt und durch die Reservierung auf der Lamia-Net-Seite, wusste Isabel, dass dies der Check-in für Unsterbliche sein musste.

Die Angestellte begrüßte sie freundlich: »Willkommen im Luxor! Was kann ich für euch tun?« Dabei glitt ihr Blick sofort zu Magnus und Isabel sah die Faszination darin. Am liebsten hätte sie laut geseufzt, denn ihr Gefährte zog einfach immer sofort die Aufmerksamkeit auf sich mit den hellen Haaren. Bei Sterblichen war es ja nicht ungewöhnlich, aber bei Artgenossen nervig. Sie antwortete: »Wir haben ein Zimmer auf Isabel Clark reserviert.«

Magnus schmunzelte in sich hinein, als er die Reaktion der Hotelangestellten registrierte. Sie sah ja ganz passabel aus, aber im Moment war er nicht an einem Abenteuer interessiert. Trotzdem fühlte er sich geschmeichelt und bestätigt, wenn er so auf andere wirkte.

Die Angestellte händigte ihnen den Zimmerschlüssel aus und erklärte: »Mit dem habt ihr Zutritt zu unserem speziellen Fahrstuhl, der in die abgeriegelten Etagen fährt. Er befindet sich ein wenig versteckt dort drüben.« Dabei blickte sie in die genannte Richtung. Dann breitete sie einen Stadtplan von Vegas auf dem Desk aus. »Ich zeige euch hier noch einige wichtige Punkte.« Sie malte an einer Stelle ein Kreuz hinein. »Hier ist das ›Velvet‹. Das ist ein Club, wo ihr trinken könnt.«

Magnus zog die Stirn kraus. »Wie trinken? Unter Menschen?«

Die Dame lächelte milde. »Aber nein. In einem abgetrennten Bereich verkehrt nur unsereins. Ihr könnt euch da ein Opfer aussuchen, allerdings dürft ihr es nicht töten. Falls ihr lieber jagen wollt, steht euch das ganze Stadtgebiet zur Verfügung.« Sie schrieb eine Telefonnummer an den Rand des Plans. »Das ist die Nummer vom Abholservice. Da könnt ihr anrufen, wenn ihr mit eurer Mahlzeit fertig seid.«

Isabel entgegnete: »Ach, praktisch! In San Francisco gibt's das nur nach Partys.«

Jagen war Magnus auf jeden Fall sympathischer. »Gibt es hier keine festen Reviere?«

Ihr Gegenüber schüttelte den Kopf. »In Vegas ist alles ein wenig anders. Es wird euch ganz sicher gefallen. Ich wünsche einen angenehmen Aufenthalt.« Dabei warf sie Magnus noch einen lasziven Blick zu, doch er ging nicht darauf ein und erwiderte nur: »Danke. Das werden wir sicher haben.«

Als Isabel sich umwandte, stand bereits ein Page, ebenfalls unsterblich, neben ihnen und stellte ihre beiden Koffer auf den Gepäckwagen. Sie folgten dem jungen Mann zu dem geheimen Aufzug, dessen Türen völlig unscheinbar und schmucklos waren. Er sah wie ein Dienstbotenaufzug aus. Umso mehr überraschte Isabel das luxuriöse Innere mit verspiegelter Wand und Holzvertäfelungen. Der Page drückte auf eine der Tasten und die Türen schlossen sich. Isabel kam es komisch vor, dass es so wenige waren. Das Hotel hatte doch so dreißig Stockwerke. Während der Fahrstuhl nach oben fuhr, erwähnte der Angestellte: »Man merkt es nicht, aber die Aufzüge im Luxor fahren schräg an der Außenseite entlang.«

Magnus sah zur Decke. »Wirklich?«

»Cool«, kommentierte Isabel. »Das hätte ich jetzt nicht erwartet. Aber warum hat er nur die paar Knöpfe?«

Ihr Gegenüber entgegnete: »Die obersten drei Stockwerke sind vom Rest abgeschirmt und stehen nur uns zur Verfügung. Dieser Aufzug fährt allein diese Etagen an. Von den übrigen gibt es keinen Zugang.«

»Ich verstehe.« Wirklich gut durchdacht. So ahnten die Sterblichen nicht, dass es überhaupt noch drei weitere Stockwerke gab.

Kurz darauf öffneten sich die Türen und der Page schob den Gepäckwagen den Flur entlang. Nachdem er ihre Koffer im Zimmer abgestellt hatte, ging er zum schrägen Fenster. »Keine Sorge. Rechtzeitig vor Tagesanbruch fährt ein Schutz davor und bei Dunkelheit wieder hoch.«

»Beruhigend!«, kommentierte Magnus.

Auf dem King-Size-Bett lag jeweils eine Bettdecke und daneben ein Schlafsack. Nachdem der Page das Zimmer verlassen hatte, untersuchte Isabel das Teil. Außen bestand es aus einem reflektierenden Material. Interessant!

Schließlich ging sie mit Magnus auf Entdeckungstour in diesem riesigen Hotel. Da brauchte man eigentlich gar nicht mehr nach draußen zu gehen. Es bot Restaurants, 24h-Bars, Spielhallen, Shows, Wellness-Center, Kinos und Disco.

Isabel reizte das Spa-Center, denn seit sie unsterblich war, hatte sie so etwas nicht mehr genutzt. Doch zu ihrer Enttäuschung hatte es bereits geschlossen, als sie mit Magnus vor der Tür stand. »Ach, Mist! Zu!«

Ihr Liebster grinste nur und ließ per Konzentration das Schloss aufspringen. »Bitte, Ma'am. Treten Sie ein!«

Isabel schmunzelte und huschte hinein. Nachdem Magnus wieder per Gedanken die Tür verriegelt hatte, damit sie niemand ertappte, folgte er ihr.

Hier drin duftete es herrlich nach Badezusätzen, Cremes und Ölen. Sie gingen durch den Empfangsraum mit Regalen, in denen die ganzen Kosmetikprodukte standen, und kamen kurz darauf in den Bereich mit den Badebecken. Isabel streifte im Nu ihre Kleidung ab und warf sie auf einen Liegestuhl, um ins Wasser zu steigen. Im Spa war alles verlassen und dunkel. Perfekt! Dann waren sie völlig ungestört und konnten sich im warmen Wasser aalen.

Magnus gefiel es hier. Er plantschte ein wenig herum und lehnte sich dann an den Beckenrand. Isabel schwamm auf ihn zu. Er zog sie in seine Arme und sie lehnte ihren Oberkörper gegen seine Brust.

»Hach, so lässt es sich aushalten«, seufzte sie.

So verbrachten sie die restliche Nacht in diesem Tempel der Entspannung.

Irgendwann wurde es für Isabel Zeit, ihr Zimmer aufzusuchen. Die ersten Anzeichen des nahenden Morgens machten sich bemerkbar. Magnus zog sich ebenfalls wieder an und begleitete sie nach oben.

Als sie im Zimmer ankamen, war der Schutz am Fenster bereits geschlossen. Das vermittelte Isabel Sicherheit und ließ sie entspannter ins Bett kriechen. Sie schlüpfte unter die Bettdecke und hörte noch, wie Magnus den Fernseher einschaltete und durch die Kanäle zappte.

Am nächsten Abend schlenderten die beiden Arm in Arm am Strip entlang. Das Luxor lag etwas abgelegen als zweitletztes Hotel am Südende des Strips, und so konnte Isabel auf ihrem Weg die vielen originellen Themen-Hotels bewundern. Am »Bellagio« begannen gerade die beleuchteten Wasserspiele. Dieses Spektakel war wirklich beeindruckend, wie die Fontänen im Takt der Musik in die Höhe schossen und immer wieder eine Wasserwand oder Kreise formten. Leider dauerte die Show nur einige Minuten. Sie hätte gern noch länger zugesehen.

Ab und zu spürte Isabel die Anwesenheit von anderen, aber das war in dieser Stadt ja nichts Besonderes. Viele kamen aus dem gleichen Grund her wie sie, um sich ungezwungen zu amüsieren. Nur waren Unsterbliche nicht unbedingt auf die Glücksspiele aus wie die Menschen, sondern eher auf andere Dinge.

Vor einem Club-Eingang fühlte Isabel plötzlich eine Menge Artgenossen. Beim Blick auf die violette Leuchtschrift wurde ihr auch klar warum. Sie hatten das »Velvet« erreicht.

Magnus sah an der Fassade hoch. »Das ist doch der Laden, den die vom Hotel eingezeichnet hat. Gehen wir mal rein! Das interessiert mich.«

Isabel wurde ebenfalls neugierig, und so betraten sie das Etablissement. Am Eingang zuckte der unsterbliche Türsteher kaum merklich zusammen, als Magnus an ihm vorbeiging. Die Aura ihres Gefährten flößte jungen Vampiren öfter großen Respekt ein und anscheinend war der Typ Besuch von Alten nicht gewohnt, folgerte Isabel aus dessen Reaktion.

Im Innern begrüßte die beiden schummrige Beleuchtung und auf der Bühne weiter vorn tanzten leicht bekleidete sterbliche Frauen wie in einem gewöhnlichen Nacht-Club.

Nach einem kurzen Überblick erkannte Isabel, dass hier menschliche und vampirische Gäste an den Tischen saßen, die auch von einigen unsterblichen Angestellten bedient wurden. Eine der Bedienungen kam auf sie zu und forderte sie beide auf, ihr zu folgen. Die schwarzhaarige Vampirin geleitete sie zu einer der mit lila Samt bezogenen Sitzgruppen in der Nähe der Bühne. Dort fragte sie: »Was darf ich euch bringen?« In Gedanken fügte sie hinzu: *»Falls ihr kosten wollt, dann geht das Scheingetränk aufs Haus. Seht euch das Angebot an und sagt mir dann Bescheid.«*

»Okay, dann nehme ich einen Caipi«, erwiderte Isabel. Sie mochte den Geruch der Limetten und es war als Sterbliche ihr Lieblingscocktail gewesen. Ihr Prinz blickte noch unschlüssig in die Karte. »Habt ihr auch Rotwein?« Die Vampirin antwortete: »Ich schau mal. Ansonsten?«

Magnus wies auf Isabel. »Dasselbe!«

Sie musste innerlich schmunzeln, weil er seine Angewohnheit, Wein zu bestellen, aus Italien immer noch beibehielt.

Ein junger, dunkelhaariger Mann brachte ihre Getränke an den Tisch und während er die Gläser abstellte, stieg Isabel sein verführerischer Duft in die Nase. Das sollte wohl ein Angebot sein und sie würde auf jeden Fall drauf zugreifen. Magnus musterte unterdessen die Tänzerinnen auf der Bühne.

»Willst du kosten?«, fragte sie nach.

Er wandte seinen Blick nicht von den Körpern ab. »Mal sehen.«

Isabel war sich fast zu hundert Prozent sicher, dass er es tun würde, so wie er die Mädchen betrachtete. Sie kannte inzwischen seinen Ausdruck, wenn ihm ein Opfer zusagte.

Sie bemerkte, wie manche Unsterbliche in Begleitung eines Menschen in den hinteren Bereich des Clubs verschwanden, und sie wurde neugierig, was sich dort befand. So winkte sie schließlich die eine Unsterbliche her und zeigte auf den Dunkelhaarigen, der sie bedient hatte. »Ich würde gern ihn nehmen.«

Die andere lächelte. »Gut. Ich bring dich hin.«

Sie führte Isabel zu den Separees und öffnete eines davon. Die Kabine hatte schwarze Wände und die roten Spots an der Decke verbreiteten ein diffuses rötliches Licht. »Bitte, nimm Platz. Ich schicke ihn gleich zu dir.«

Isabel lümmelte sich auf das samtbezogene Sofa und wartete auf ihre Bestellung. Aus der Nachbarkabine kamen eindeutige Geräusche. Eine Frauenstimme seufzte und stöhnte, während die männliche dunkel knurrte. Die Vorstellung, wie der andere es gerade mit dieser Frau trieb, gepaart mit dem intensiven Geruch nach Blut und Sex, erregten Isabel unweigerlich.

Als die Unsterbliche endlich mit dem Mann herkam, fragte Isabel in Gedanken: *»Wie weit darf ich gehen?«*

Sie antwortete: *»Das liegt ganz bei dir. Allerdings höchstens bis zur Bewusstlosigkeit.«* Umbringen wollte sie den armen Kerl eh nicht, da Isabel sowieso keinen großen Hunger hatte. Aber kosten war schon drin und ein wenig mit ihm spielen. Magnus ließ sich sicher eine junge Frau schmecken.

Während ihrer Annäherungsversuche erzählte der leckere Kerl von dem Job hier. Er genoss es, so viele hübsche Frauen hier zu treffen. An den feinen Narben am Hals konnte sie erkennen, dass schon etliche vor ihr von ihm gekostet hatten. Wusste er über ihre Art Bescheid? Nachdem Isabel in seinem Kopf gestöbert hatte, erfuhr sie, dass er nichts davon ahnte. Für ihn waren das wahrscheinlich Liebesbisse gewesen und er dachte, er wäre ein toller Kerl, wenn die Frauen sich so leidenschaftlich gebärdeten. Inzwischen lag sie mit ihm mehr auf dem Sofa, als dass sie saßen. Isabel ritzte mit den Zahnspitzen seine Haut an der athletischen Brust auf und leckte über die kleine Wunde. Es war jedes Mal ein Gefühl von Macht, das sie überkam, wenn die Sterblichen aufstöhnten und sich verloren, sobald sie anfing zu saugen. Diese absolute, bedingungslose Hingabe. Er klammerte sich an ihren Körper, damit sie nicht aufhörte. Ihre Zähne drangen tiefer in seine Brust, aber nach einigen Zügen stand sie auf und ließ ihn berauscht zurück.

Kaum hatte sie das Separee verlassen, kam die Schwarzhaarige abermals auf sie zu. »Hat's geschmeckt?« Isabel lächelte nur. Dann sagte die andere: »Jemand möchte dich kennenlernen. Er sitzt in der VIP-Lounge. Folge mir einfach.«

Isabel wunderte sich, wer sie hier kennenlernen wollte, aber sie war neugierig. Ihr Prinz war sicherlich beschäftigt. Daher beschloss sie mitzugehen.

Die Lounge thronte erhöht über dem Clubraum und am Eingang stand ein Aufpasser, der ihr die Tür aufhielt. Als sie eintrat, saß ein Unsterblicher mit dunklen, raspelkurzen Haaren, umringt von einigen Vampirinnen, auf der violetten Sofalandschaft. Er lächelte ihr mit strahlend weißen Zähnen entgegen und sein intensiver Blick aus grauen Augen jagte ihr einen angenehmen Schauer über den Rücken. Mit einer Handbewegung deutete er an, dass sie näher kommen solle, und seine jungen Begleiterinnen musterten Isabel dabei abschätzend. Aus der Nähe sah sie deutlich, wie sich seine Brustmuskeln unter dem weißen Hemd abzeichneten. Auf jeden Fall muskulös gebaut und auch sonst attraktiv.

»Willkommen in meinem Club! Ich hoffe, du hast dich bis jetzt ganz gut amüsiert. Setz dich doch!« Dabei wies er auf einen freien Sessel ihm gegenüber. Isabel nahm darin Platz. »Mit wem habe ich denn das Vergnügen? Ich bin nicht von hier.« Seine tiefe Stimme passte perfekt zu seiner dunklen Aura. Die Frauen lachten kurz auf und er grinste nur. Dabei entblößte er kräftige Hauer, was die erotische Wirkung auf sie nicht verfehlte. »Nun, ich heiße Alexeij. Mir gehören einige Clubs und Casinos in der Stadt. Und wie ist dein Name, schöne Frau?«

Also war er wahrscheinlich einer dieser Oberbosse, die das meiste kontrollierten. »Ich bin Isabel! Freut mich, deine Bekanntschaft zu machen, Alexeij.«

Plötzlich verzogen sich die restlichen Frauen aus der Lounge und sie war mit ihm allein. Schickte er seine Tussis extra ihretwegen weg? Nun, dann hatte sie diesen faszinierenden Mann wenigstens ganz für sich.

»So, nun können wir uns ungestört unterhalten. Erzähl doch mehr von dir. Was führt dich nach Las Vegas?«

Gegen ein bisschen Flirten sprach ja nichts, so schlug Isabel die Beine übereinander und entgegnete: »Na ja, das, was die meisten herführt. Das Vergnügen!«

Er nickte grinsend, stützte dann sein markantes Kinn auf die Finger und schaute durch die große Glasscheibe nach unten. »Du bist nicht allein hier.«

Das klang wie eine Feststellung, aber beinhaltete wohl die unausgesprochene Frage, wer ihre Begleitung war.

»Mein Gefährte trinkt wahrscheinlich noch. Bei ihm müsst ihr nachher sicher sein Opfer zusammenflicken.«

Alexeij machte eine wegwerfende Handbewegung. »Das ist kein Problem! Das funktioniert hier alles prächtig.«

»Interessant. Ja, das war einer der Gründe, warum wir hergekommen sind. Wir wollten einmal an einen Ort, wo wir uns nicht verstellen müssen. Ein bisschen Freiheit genießen.«

Alexeij lächelte wissend. »Du gefällst mir! Morgen Abend gebe ich eine Party und würde mich freuen, wenn du kommst. Sie findet in meinem Anwesen statt.« Dabei überreichte er ihr seine Karte. Isabel war unsicher, ob sie die Einladung annehmen sollte. Galt sie ihr allein? Alexeij hatte etwas Einnehmendes an sich, das konnte sie nicht leugnen. Während sie die schwarze Visitenkarte mit dem Namen »Alexeij Ivanowitsch Romanow« in goldener

Schrift zwischen ihren Fingern betrachtete, fügte er gönnerhaft hinzu: »Dein Gefährte kann dich begleiten.«

Hatte er etwa ihre unausgesprochene Frage gehört? Von seiner Aura her müsste er schon einige Jahrhunderte alt sein, also wäre es möglich. »Danke, ich werde ihn fragen.«

Er beugte sich näher zu ihr und fixierte sie mit seinen grauen Augen. »Die Adresse steht auf der Karte. Du kannst es nicht verfehlen.«

Isabel vermutete, dass er gerade versucht hatte, in ihr zu lesen. Aber unter Artgenossen hielt sie eh ihre mentale Barriere aufrecht. Allerdings konnte sie nicht abschätzen, ob er trotzdem durchkam. Deswegen verabschiedete sie sich jetzt lieber. »Gut. Dann werde ich mal nach meinem Gefährten sehen. Vielleicht bis morgen!« Mit diesen Worten erhob sie sich, während der Clubbesitzer sich wieder entspannt zurücklehnte.

»Bis morgen, Isabel! Ich freue mich!«

Er schien wirklich fest davon auszugehen, dass sie kommen würde. Wahrscheinlich war er als Boss kaum ein »Nein« gewohnt.

Mit einem Kribbeln im Bauch kehrte sie zum Tisch zurück, wo Magnus bereits wartete. Verdammt, warum hatte dieser Russe so eine starke erotische Wirkung auf sie?

»Wo warst du?«, fragte ihr Gefährte neugierig. Sie deutete mit dem Kopf zur Lounge. »Der Boss dieses Clubs wollte mich kennenlernen. Ihm gehören noch mehr Läden in der Stadt.«

Magnus sah zu Alexeij hinauf, der an der Glasscheibe saß und ihnen zulächelte. Irgendwie war ihm der Clubbesitzer nicht geheuer, aber er konnte nicht genau sagen aus welchem Grund. Er verzog keine Miene, während er kurzen Blickkontakt mit Alexeij hielt, und wandte sich dann Isabel zu. »Gehen wir.« Er wollte jetzt einfach hier weg.

Isabel wunderte sich über seine Reaktion. Hatte Alexeij ihm in Gedanken etwas mitgeteilt? Der Blickkontakt der beiden war ihr nicht entgangen.

Die Unsterbliche von vorhin kam jetzt zum Abkassieren, stutzte kurz und meinte dann: »Ihr braucht nicht zu bezahlen. Das geht aufs Haus.«

Eine nette Geste von Alexeij. Isabel lächelte zu ihrem Gastgeber hinauf, was er erwiderte, bevor sie mit ihrem Liebsten aus dieser Bar verschwand.

Irgendwie ein merkwürdiger Ort! Hier kamen Unsterbliche her, um zu trinken und dann dafür zu bezahlen. Schon seltsam, dass ihre Art bereit war, für Blut Geld auszugeben. Na ja, vielleicht war es die Bequemlichkeit. Die Suche nach Opfern wurde einem hier abgenommen.

»Wie fandest du den Club?«, fragte sie ihren Prinzen, während sie den Strip in Richtung Luxor zurück schlenderten. Nach seiner Hautfarbe zu urteilen, hatte er gekostet. So was würde sich ihr Gefährte doch nicht entgehen lassen.

Er lächelte vielsagend. »Ganz gut. Aber auf Dauer wäre das nichts. Ich brauche die Jagd.«

Da stimmte sie zu: »Ja, so geht es mir auch. Der Nervenkitzel fehlt hier total. Wir sind morgen übrigens bei diesem Alexeij eingeladen. Er gibt ne Party.«

Magnus reagierte nicht so begeistert. »Willst du da hin?«

»Ich finde, Beziehungen können nicht schaden. Es ist doch bloß eine Party.«

Er war immer noch skeptisch. »Der will dich eh nur flachlegen wie seinen ganzen Harem.«

Sie grinste. »Du hast eben eine attraktive Gefährtin. Ich muss zugeben, ich bin ja schon neugierig auf diese elitären Kreise hier. Wenn ihm einige Casinos und Clubs gehören, könnte er doch einer der geheimen Oberbosse sein. Oder was meinst du?«

Magnus legte den Arm um ihre Schultern und lenkte ein: »Kann gut sein. Okay. Wie du meinst? Aber sei vorsichtig bei dem Kerl. Mir ist er nicht geheuer.«

KAPITEL 4

Alexeijs Anwesen übertraf alles, was Isabel an Unterkünften seither kennengelernt hatte. Es war wirklich kein Problem, es aus der Luft auszumachen. Ein riesiger Park umfasste den Gebäudekomplex und es hatte sogar einen Hubschrauberlandeplatz und einen Golfcourt. Die lagunenartige Poollandschaft mit künstlichen Felsen und Wasserfällen, die stimmungsvoll beleuchtet waren, sah beeindruckend aus. Isabel war gespannt, ob es im Inneren auch so prunkvoll eingerichtet war.

Sie spürte die Schwingungen von vielen Unsterblichen, obwohl im Hof nur wenige Autos parkten. Dann schienen die meisten wie sie durch die Luft hergekommen zu sein. Isabel vernahm keine Herzschläge, also eine Party für ihresgleichen.

Nachdem sie mit Magnus in der Auffahrt gelandet war, stöckelte sie den restlichen Weg an seiner Seite auf die weiße ausladende Flügeltür mit goldenen Beschlägen zu, die von zwei stattlichen Anzugträgern flankiert wurde. Immerhin war sie in ihren Heels jetzt fast so groß wie er. Ansonsten überragte er sie um einen halben Kopf.

»Eure Einladung, bitte!«, verlangte der rechte Türsteher.

Sie kramte die schwarze Karte aus ihrer Handtasche und hielt sie ihm entgegen. »Hier. Die gab mir Alexeij gestern im Velvet.«

Er warf einen kurzen Blick darauf, nickte und öffnete die Tür. »Bitte! Ihr könnt gleich in den Garten durchgehen.«

In der Vorhalle erschlug Isabel das Gold fast. Nicht ihr Geschmack, aber sie musste ja nicht hier wohnen. Der Hausherr kam ihnen im Smoking entgegen, breitete die Arme aus und rief gut gelaunt: »Willkommen in meinem Reich! Schön, dass ihr da seid.« Er fasste Isabel an den Händen und betrachtete sie wohlwollend von Kopf bis Fuß in ihrem smaragdgrünen Cocktailkleid. »Du siehst einfach umwerfend aus!« Dabei zog er sie an sich und küsste sie auf beide Wangen. Wieder lösten seine Berührungen ein Kribbeln aus. Danach streckte er Magnus die Hand entgegen. »Sei gegrüßt. Ich bin Alexeij.«

Ihr Prinz erwiderte die Geste zwar, aber blieb kühl und förmlich: »Danke für die Einladung. Ich bin Magnus.«

Isabel ärgerte sich, dass ihr Gefährte aus seiner unterschwelligen Abneigung keinen Hehl machte. Magnus war leider oft ziemlich direkt.

Alexeij überging es einfach und wandte sich mit einem Wink um. »Kommt, die anderen sind draußen.« Dabei führte er sie weiter in die hohen Räume hinein.

Im Garten standen hauptsächlich junge Unsterbliche in kleinen Grüppchen zusammen und unterhielten sich, weshalb sich Isabel nicht vollkommen fehl am Platz vorkam. Der Hausherr war, neben Magnus, eindeutig der Älteste hier. Ihr Gefährte sah in dem weinroten Seidenanzug heute einfach wieder zum Anbeißen aus und würde sicherlich viel Aufmerksamkeit auf sich ziehen wie immer. In diesem Outfit hatte er auch Isabel auf dem Neujahrsball in seinen Bann gezogen.

Alexeij stellte sie einigen Gästen vor, darunter auch die Betreiber seiner anderen Clubs, so wie er erwähnte. Er müsse seine Beziehungen pflegen. Natürlich! Als Geschäftsmann.

Schließlich entschuldigte sich der Russe, um weitere Ankömmlinge zu begrüßen. Isabel schlenderte Händchen haltend mit Magnus weiter durch den Garten.

»Nette Hütte hat der Kerl! Und genügend Aufpasser«, meinte ihr Gefährte.

Sie erwiderte: »Nicht mein Stil. Zu viel Kitsch.«

Magnus lachte. »Meiner auch nicht. Komm, sehen wir uns weiter um.«

Einige gepflasterte Wege schlängelten sich zwischen Palmen und Sträuchern durch den Garten und die Poollandschaft war wirklich toll angelegt mit der künstlichen Grotte und den Felsen. So etwas würde ihr am heimischen Pool auch gefallen, aber dazu war er zu klein. Sie setzten sich auf eine der Liegen und unterhielten sich ein wenig, bevor es Magnus wieder zu den Gästen zurückzog. Doch Isabel wollte noch bleiben und beobachtete den angestrahlten Wasserfall, der sich über den Eingang der Grotte ergoss. Bei diesem Anblick verspürte sie den Drang, in das beleuchtete Wasser hineinzugleiten.

Plötzlich sagte Alexeijs dunkle Stimme hinter ihr: »Möchtest du baden? Nur zu.«

Sie wandte erschrocken den Kopf zu ihm um. War sie so vertieft gewesen, dass sie ihn nicht bemerkt hatte, oder hatte er seine Schwingungen unterdrückt?

»Na ja, das ist in diesem Rahmen sicher nicht so angemessen«, antwortete sie mit Blick in Richtung der Partygesellschaft. Er stand jetzt direkt neben ihr und tätschelte lachend ihren Arm. »Also, wenn du bei mir bist, ist alles angemessen. Tu, was du nicht lassen kannst! Ich werde es auch tun.«

»Okay, wenn du meinst.«

So erhob sie sich und streifte am Beckenrand ohne Umschweife ihr Cocktailkleid vom Körper. Als Unsterbliche hatte sie sowieso kein Schamgefühl mehr. Die Lagunenlandschaft übte wirklich eine verlockende Anziehungskraft aus, und so stieg sie kurzerhand in das von der Sonne aufgeheizte Wasser. Alexeij begann, sich ebenfalls aus dem Anzug zu schälen, und Isabel beobachtete interessiert, wie immer mehr von seinem muskulösen Körper zum Vorschein kam. Wirklich ein leckerer Anblick.

Alexeij sprang kopfüber ins Becken, tauchte vor ihr auf und strich mit beiden Händen über seine kurzen Haare. Dabei perlte das Wasser an den breiten Schultern, den Brustmuskeln bis zum Sixpack hinab. Den hatten Unsterbliche schon von Natur aus, mussten ihn nicht erst antrainieren. Gern würde sie darüberstreichen und ertappte sich dabei, wie sie den Hausherrn anstarrte. Schnell wandte sie sich ab und schwamm einige Züge. Alexeij folgte ihr.

»Wo kommst du her, Isabel?«

Inzwischen hatte sie verinnerlicht, dass man Artgenossen nur das verriet, was sie wissen wollten. »Aus San Francisco.«

»Schöne Stadt. Ist allerdings Jahrzehnte her, dass ich dort war«, meinte er.

Sie blieb stehen und entgegnete: »Ja, obwohl ich schon an einigen Orten gelebt habe, zog es mich letztendlich in meine Heimatstadt zurück.«

»Die Heimat bleibt immer wichtig. Auch wenn wir Jahrhunderte von ihr getrennt sind. Sie bleibt im Herzen.«

Dabei legte er seine Hand für einen Moment auf ihr Dekolette, was Isabel nicht unangenehm war.

»Du sprichst von deiner? Bist du nicht gern in den USA?« Sie fügte schmunzelnd hinzu: »Stimmt, wir sind ja der Feind. Obwohl der Kalte Krieg schon zwölf Jahre vorbei ist.«

Alexeij lachte. »Nein, dieses Feindbild existiert in unseren Kreisen nicht. Sagen wir mal so. Las Vegas bietet sich als Mekka für unsere Art einfach perfekt an.«

Isabel sah zu den anderen hinüber. »Ja, das kann ich mir lebhaft vorstellen. Vegas ist irgendwie eine unwirkliche Welt. Da passen wir ideal hinein.«

Er grinste. »So ist es!«

Isabel steuerte jetzt auf die künstliche Grotte in den Felsen zu und schwamm durch den Wasserfall. Im Innern warfen zwei Spots warmes Licht an die künstliche Höhlendecke. »Das ist echt alles toll angelegt.«

Alexeij erwiderte rau: »Ja, mir gefällt es auch.«

Der Klang seiner Stimme, gepaart mit dem lüsternen Blick, ließ Isabel die Zweideutigkeit dieser Bemerkung erkennen. Er kam auf sie zu, zog sie in seine starken Arme und küsste sie einfach. Isabel fühlte sich in dem Moment überrumpelt, wahrte jedoch die coole Fassade. »Du lässt wohl nichts anbrennen?«

Zärtlich strich er über ihre feuchten Schultern und lächelte. »Ach, Isabel! Du bist so eine hübsche Frau. Da kann ich mich einfach nicht beherrschen.«

Diese Entschuldigung versöhnte sie ein Stück weit. »Danke. Und du bist sehr faszinierend.« Sie hatte das Gefühl, ihm ebenfalls ein Kompliment machen zu müssen, aber es stimmte ja auch. Er hatte etwas an sich, was sie fesselte.

Seine grauen Augen schienen ihre grünen ergründen zu wollen. So dicht war sein Gesicht vor ihrem. Sie spürte die knisternde Spannung, die zwischen ihnen herrschte. Alexeij zog sie jetzt enger an die breite Brust und berührte mit den seidigen Lippen ihren Hals. Da erwachte ihr vampirisches Verlangen. Unweigerlich bog sie den Kopf zur Seite, ließ seine raue Zunge über ihre Halsschlagader lecken. Aber als zuletzt seine Zähne durch die Haut stießen, versteifte sich ihr Körper sofort und sie fauchte: »Lass mich los!« Sein Biss löste Panik in ihr aus und sie versuchte, sich von ihm wegzudrücken. »Was fällt dir ein?«

Alexeij gab sie sofort wieder frei. »Verzeih, meine Schöne! Ich dachte, du magst es stürmisch.«

Sie rieb murrend über die kribbelnde Bisswunde. »Normalerweise schon, aber wir kennen uns ja kaum.«

Die gewaltsamen Bisse der Angreifer bei dem Überfall saßen ihr einfach noch zu tief in den Knochen. Bei

Magnus machten ihr die Liebesbisse nichts aus und erregten sie auch. Wahrscheinlich weil sie ihm vertraute und ihn liebte. Ihr Verlangen von vorhin war jetzt schlagartig verflogen.

»Sollten wir nicht langsam zurück? Zumindest du«, schlug sie vor.

Er winkte lässig ab. »Die vermissen mich nicht.«

Doch Isabel wollte jetzt raus aus dieser Situation. »Ich geh mal wieder«, sagte sie und schwamm aus der Grotte.

Alexeij folgte ihr sichtlich enttäuscht. »Du hast recht. Ich sollte zu meinen Gästen zurück.«

Er hatte wohl eine schnelle Nummer im Sinn gehabt und sie wusste nicht, wie weit sie gegangen wäre, wenn sein Biss sie nicht abgetörnt hatte.

Während sie sich beide wieder ankleideten, fragte er: »Wo wohnst du im Moment?«

Isabel war nicht sicher, ob sie es verraten sollte, aber sie nahm an, wenn er wollte, konnte er es eh herausfinden. »Im Luxor.«

Nachdem sie wieder angezogen waren, kam er näher und spielte mit einer ihrer feuchten Haarsträhnen. »Ich würde mich freuen, wenn du mich bald wieder besuchen kommst. Lass mich meinen Fehler von vorhin gutmachen.«

Isabel zögerte. Sie wusste nicht, ob es eine gute Idee war, allein zu dem stürmischen Älteren zu gehen.

Sein Gesicht kam so dicht an sie heran, dass sich ihre Nasen fast berührten, und er hauchte: »Du willst mich doch auch. Das spüre ich! Ich verspreche dir, das nächste Mal lassen wir es ganz langsam angehen.«

Behutsam strich er über ihre Wange und diese Berührung schickte einen heißen Stoß durch ihren Körper. Ganz klar, sie war scharf auf ihn. Wenn er sein Versprechen hielt und sie nicht mehr so überfallen würde, dann wollte sie ihm eine zweite Chance geben. »Einverstanden! Ich möchte dich eh noch besser kennenlernen.«

Jetzt strahlte er sie an und jedes Mal fielen ihr seine kräftigen Zähne auf. Irgendwie stand sie auf solche Typen. Magnus' Gebiss war auch von dieser Sorte.

Nachdem sie beide sich wieder unter die Gesellschaft gemischt hatten, widmete sich Alexeij den anderen Gästen und Isabel entdeckte ihren Prinzen bei den aufgetakelten Tussis aus Alexeijs Gefolge. Gerade schäkerte er mit einer Brünetten, die ebenfalls in der VIP-Lounge dabei gewesen war. Isabel hatte keine Lust, da jetzt dazwischen zu platzen, und beobachtete ihren Liebsten lieber in seinem Element.

Alexeij sah öfter zu ihr herüber, während er sich mit anderen unterhielt. Was wollte er überhaupt von ihr? Einen Mangel an Gespielinnen hatte er jedenfalls nicht, wie Isabel an den zahlreichen Mädchen erkennen konnte, die sich hier aufhielten. Irgendwie verständlich, dass junge Vampirinnen darauf aus waren, die Geliebte eines mächtigen Unsterblichen zu werden. Er hatte Einfluss hier, und so genossen sie seinen Schutz und ein Dasein in überschwänglichem Luxus, was auch nicht zu verachten war. Die Vampirinnen erschienen ihr total verwöhnt und nur Klamotten und Partys im Kopf zu haben. Vielleicht interessierte sich Alexeij deshalb für sie. Weil sie mal eine Abwechslung zu diesen Püppchen war. Ihr Prinz bemerkte, dass sie ihn gerade ansah, und eiste sich von den Damen los.

»Ich musste mir ja die Zeit vertreiben, nachdem du verschwunden warst«, bemerkte er schmunzelnd, als er bei ihr ankam. »Warst du im Pool? Riecht zumindest so.«

Isabel bejahte. »Er sah einfach so einladend aus.«

Magnus berührte ihre Halsseite, wo sich die Bisswunde befand, und wurde augenblicklich ernst. »Alexeij wohl auch.«

Ertappt fasste sie an die Stelle und errötete. Ihr war zwar klar gewesen, dass ihr Gefährte die Wunde bemerken würde, aber nicht sofort. »Er war zudringlich geworden, aber ich habe ihn zurückgewiesen.«

Magnus murrte nur. Wahrscheinlich kaufte er ihr die Behauptung nicht ab. Aber warum reagierte er bei dem Russen so empfindlich? Sonst gestand er ihr doch auch kleine Abenteuer auf Partys zu. Wie unter Unsterblichen üblich führten sie eine offene Beziehung, in der körperliche Affären als belanglos angesehen wurden. Erst wenn tiefere Gefühle ins Spiel kamen, meldete sich die Eifersucht. Das hatte sie anfangs erst lernen müssen, obwohl sie als Mensch nie besonders eifersüchtig gewesen war. Sie berührte den Arm ihres Prinzen. »Sollen wir gehen? Bald muss ich eh ins Hotel?« Magnus strich ihr über die Wange und küsste sie.

»Ja, gehen wir!«

Da Alexeij gerade in eine Unterhaltung vertieft war, sandte sie ihm in Gedanken: *»Ich muss jetzt los! Vielen Dank für die Nacht.«*

Der Hausherr sah kurz zu ihr rüber und lächelte. *»Gern geschehen! Wir sehen uns.«*

In der Vorhalle angekommen, empfing sie noch: *»Falls du irgendwo Schwierigkeiten bekommen solltest. Sag einfach, dass du zu mir gehörst.«*

Sie antwortete. *»Werde ich machen. Danke für die Einladung. Bye!«* Ja, das konnte sie sich leibhaftig vorstellen, dass ihr das in der Stadt Tür und Tor öffnete.

Bei ihrer Rückkehr im Hotel zog sie sich zuerst einmal aus und begutachtete vor dem großen Badspiegel Alexeijs Bisswunde an ihrem Hals. Die Abdrücke waren schon von rötlicher Haut bedeckt und morgen würden sie so gut wie verschwunden sein. Isabel konnte nicht leugnen, dass Alexeij außerordentlich heiß war und sie reizte.

»Na, wie war dein Russe so?«, ertönte es plötzlich hinter ihr. Sie zuckte zusammen und drehte sich ruckartig um. »Verdammt! Was schleichst du dich so an?«

Magnus lehnte lässig am Türrahmen und lachte. »Was kann ich dafür, wenn du mit deinen Gedanken in anderen Sphären bist?«

»Bin ich nicht«, grummelte sie ertappt. Mist! Was hatte er gerade aufgeschnappt? »Und er ist nicht mein Russe.«

Er grinste. »Okay, ich vergaß. Es ist eher anders herum. Du bist *sein* Spielzeug.«

»Ich lasse mich von niemandem besitzen«, empörte sich Isabel. »Seit wann interessiert dich, mit wem ich zusammen war?«

Magnus' Gesichtsausdruck wurde wieder ernst. »Was will er von dir?«

»Spaß wahrscheinlich. Das ist doch nichts Ernstes.«

Er musterte sie sorgenvoll und sagte dann etwas Merkwürdiges: »Es kommt nicht darauf an, was *du* willst, sondern, was *er* will.«

Wusste er etwa mehr als sie? Hatten sie neulich im »Velvet« Gedanken ausgetauscht? »Woher willst du das wissen?«

Ihr Prinz entgegnete: »Instinkt! Sei vorsichtig.«

Dabei beließ sie es dann und nahm sich vor, seinen Ratschlag beim nächsten Treffen mit dem Clubbesitzer zu befolgen.

Am nächsten Abend tippte Isabel an dem PC-Terminal der Etage eine Mail an ihren Freund Jack aus London. Darin fragte sie ihn, ob er und sein Gefährte Alexander Lust hätten, nach Las Vegas zu kommen. Sie hoffte, der Groll zwischen Magnus und ihm wäre inzwischen verraucht. Ihr Gefährte war damals einfach in die Hotelsuite von ihrem Schöpfer Cornelius gekommen und hatte Jack provoziert, um mit ihr allein zu sein. Der Brite hatte gekocht vor Wut, aber sich beherrscht und war lieber abgehauen. Die Reise hatte Isabel ungefähr ein Jahr nach ihrer Verwandlung mit Cornelius und Jack nach Florenz unternommen und war dort dann wieder Magnus begegnet. Vermutlich würden sich die beiden nie mögen, wobei diese Abneigung eher von Jack ausging. Er schien Magnus das Verhalten damals nie verziehen zu haben. Daher war sie auf die Antwort gespannt.

Dann zog sie abermals mit ihrem Prinzen in die Stadt los. Es gab noch einiges anzusehen.

Die Casinos interessierten sie nicht, außer sie bräuchten Geld. Durch ihre Gedankenkraft könnten sie zum Beispiel die Roulettekugeln beeinflussen und einen satten Gewinn einfahren. Deswegen gab ihr dieses Spiel nichts. Lieber starteten sie von der kleinen Plattform an der Pyramidenspitze aus, wo sich auch die Scheinwerfer für den grellen Lichtstrahl befanden, in den Nachthimmel. Aus der Vogelperspektive waren Großstädte einfach am schönsten. Während sie das bunte Lichtermeer so betrachtete, musste sie unweigerlich an Alexeij denken. Der Kerl ging ihr nicht aus dem Kopf und sie ihm anscheinend auch nicht. Es schmeichelte ihr, dass einer der Bosse scharf auf sie war. Seine dunkle Aura nahm sie regelrecht gefangen. Ähnlich war es ihr mit Antonio ergangen, aber außer einem Blutkuss war zwischen ihnen nie was gelaufen. Sie verband einfach eine Freundschaft und er konnte ihr interessante Dinge über das unsterbliche Dasein erzählen. Ihr Forscherdrang war nämlich seit ihrer Verwandlung nicht verschwunden. Als Sterbliche hatte sie zu den Protectoris, einer Organisation, die Vampire beobachtete, gehört und dabei Unsterblichen nachspioniert. Inzwischen interessierte sie eher die Frage, woher ihre Art kam, denn sie glaubte nicht an etwas Dämonisches. Antonio wusste zwar viel, aber wer die Ältesten waren oder wie es dazu gekommen war, leider auch nicht. Nun, sie hatte ja jetzt die Ewigkeit, um es eines Nachts herauszufinden.

KAPITEL 5

Am darauffolgenden Abend las Isabel die Antwort von Jack. Er war begeistert von dem Vorschlag, nach Vegas zu kommen, da er und Alexander noch nie diese Stadt besucht hatten. Er schrieb, dass er ebenfalls ein Zimmer im Luxor buchen würde und so schnell wie möglich anreisen wollte. Sie freute sich riesig, aber jetzt musste sie noch Magnus auf den Besuch vorbereiten. Wie würde er reagieren? Sie hatte ein wenig Bammel, es ihm zu sagen.

Er lag gerade auf dem Bett und sah fern, als sie vom PC-Terminal ins Zimmer zurückkehrte. Am besten redete sie nicht lange drumherum und sagte geradeaus: »Jack und Alex kommen auch!«

Verdutzt fragte er: »Hierher? Hast du sie eingeladen?«

Isabel setzte sich zu ihm aufs Bett. »Na ja, ich machte den Vorschlag, weil es hier für unsere Art so toll ist und die beiden das auch mal erleben sollen.« Sie umfasste seine Hand und grinste. »Keine Sorge! Ich vernachlässige dich schon nicht. Jack und Alex sind frisch verliebt, die wollen sicher viel Zeit allein verbringen.«

Ein bisschen skeptisch schaute er schon noch drein, bis er schließlich »Okay« meinte.

Isabel gab ihm erleichtert einen Kuss. »Ich geh mal jagen. Was treibst *du* heute?«

Ihr Prinz entgegnete: »Ich cruise in der Stadt herum.«

Sie runzelte die Stirn. »Mit was?«

Er setzte sein teuflisches Grinsen auf. »Ich hab gestern am Straßenrand ne Harley gefunden.«

»Jaja. Gefunden! Bring uns bloß nicht in Schwierigkeiten.«

Er streckte sich auf dem King-Size-Bett aus. »Das musst gerade *du* sagen. Ich fühle, dass uns dieser Alexeij noch Unglück bringt.«

Isabel zuckte mit den Schultern. »Warum auch? Er interessiert sich eben für mich.«

»Ja, eben. Sei vorsichtig bei ihm. Er ist es nicht gewohnt, Absagen zu bekommen. Für dich ist es ein Spiel, aber wie sieht er das Ganze?!«

Sie winkte ab. »Ach, er hat doch genügend Mädchen und kann Unmengen weitere haben.«

Auf was wollte er eigentlich hinaus? Aber Isabel konnte es sich denken. Seiner Meinung nach wollte Alexeij womöglich mehr von ihr, aber das konnte sie sich einfach nicht vorstellen. So toll war sie gewiss nicht und täglich strömten neue Unsterbliche in die Stadt. Er konnte jede haben. Der Russe wollte sie einfach flachlegen, das war ihr klar. Magnus spielte wohl auf ihren Flirt mit Alexeij auf der Party an. Sie würde schon auf sich aufpassen. »Bis später!«

Diesmal nahm sie den Aufzug für Vampire in die Lobby, um sich zuerst im Hotelkomplex nach einem geeigneten Opfer umzusehen. Touristen wurden nicht so schnell vermisst. Daran hatte sie sich bereits in Florenz oder London gehalten, wenn kein Schwerverbrecher aufzutreiben gewesen war.

Als sie aus dem Aufzug stieg und durch die Halle ging, sprach sie kurz darauf ein großer, schlanker Unsterblicher in einem schwarzen Anzug an: »Isabel?«

Woher kannte der Hotelangestellte ihren Namen? Skeptisch antwortete sie: »Wer will das wissen?«

Der Unbekannte mit den braunen kurzen Haaren deutete eine Verbeugung an und antwortete: »Verzeihung! Alexeij schickt mich. Er möchte dich auf einen Drink einladen.«

Woher wusste der Russe, dass sie heute hungrig war? Vermutlich hatte er es gestern bemerkt. Der Diener wies mit dem Arm Richtung Hotelausgang und schien fest davon auszugehen, dass sie einwilligte. Kurz überlegte Isabel, ob sie überhaupt mitgehen sollte, aber im »Velvet« fühlte sie sich sicher. Daher erwiderte sie: »Okay, ich komme mit.«

Der Chauffeur, der ungefähr dreihundert sein musste, geleitete sie zu einer schwarzen Stretch-Limousine, ließ sie einsteigen und fuhr los.

Isabel machte es sich auf der Rückbank aus zweifarbigem Leder bequem, das sich herrlich weich an ihre nackten Schenkel schmiegte. Und das Wurzelholz war so wunderbar glatt, als sie es betastete. Man merkte, dass der Wagen für jemanden ihrer Art ausgestattet worden war, denn Unsterbliche hatten einen sensibleren Tastsinn. Und sie liebte die Duftkombination von Leder und Holz. Das fand sie auch bei Magnus immer anziehend, wenn er nach seinen Lederklamotten roch.

Auf einmal fiel ihr auf, dass der Wagen vom Strip abbog.

»Fahren wir nicht ins Velvet?« Sie hatte eigentlich damit gerechnet, dass er sie zum Club bringen würde. Der Chauffeur sah in den Rückspiegel und antwortete: »Alexeij empfängt dich im Anwesen.«

So wie er das sagte, schien das ein Privileg zu sein. Trotzdem überkam Isabel ein komisches Gefühl. Würde sich Alexeij an sein Versprechen halten, es langsam angehen zu lassen?

Während der Fahrt schielte der Fahrer immer wieder in den Rückspiegel, um den Blick jedes Mal schnell zurück auf die Straße zu richten, wenn Isabel in seine Richtung sah. Gefiel sie ihm?

Vor der Einfahrt des Grundstücks betätigte er die Sprechanlage und sagte etwas auf Russisch, worauf sich das weiße Tor öffnete. Isabel registrierte einige Überwachungskameras auf der hohen Mauer. Für ihresgleichen waren die jedoch nutzlos, weil sie die blitzschnellen Bewegungen nicht aufzeichnen konnten. Von daher sollten sie wohl hauptsächlich Sterbliche abschrecken, damit die tagsüber das Grundstück nicht betraten.

Der Wagen erreichte den Innenhof, wo heute kein einziges Auto parkte. Falls sich Sterbliche im Haus befanden, dann waren sie nicht selbst hergefahren.

Isabel wartete, bis der Chauffeur ihr die Autotür öffnete, stieg aus und ging zum Hauseingang. Er begleitete sie in die Vorhalle und wies dort zur Treppe ins Obergeschoss. »Der Boss erwartet dich oben im Bad. Es ist alles vorbereitet.«

Bad? Wollte er etwa da weitermachen, wo sie das letzte Mal aufgehört hatten? Bei dem Gedanken an Alexeijs leidenschaftliche Annäherung im Pool wurde ihr warm und mulmig zugleich.

Im oberen Flur angekommen, erreichte sie seine mentale Stimme: »*Isabel! Nimm die dritte Tür rechts.*«

Je näher sie dieser Tür kam, desto deutlicher hörte sie Gespräche und zwei sterbliche Herzen schlagen. Ihr eigenes tat das nur noch schwach und langsam. Alexeij wusste also tatsächlich, dass sie Blut brauchte.

Als sie das riesige, goldüberladene Bad betrat, tummelte sich ein junges Pärchen in einem großen Whirlpool. Alexeij kam im Bademantel auf sie zu, nahm ihre Hand und führte sie zur Wanne. »He, ihr zwei. Das ist Isabel. Sie leistet uns ein wenig Gesellschaft. Ich hoffe, ihr habt nichts dagegen.«

Das Mädchen kicherte angeheitert: »Nein, überhaupt nicht. Komm rein! Ist herrlich hier und Champagner ist auch noch übrig.«

Die Unsterbliche blickte auf die fast leere Flasche. Deswegen waren die beiden so ausgelassen. Dann zog sie ihre schwarze Jeans und das Shirt aus, wobei der junge Mann eingehend ihren Vampirkörper betrachtete. Sie hörte, dass er sich danach sehnte, sie zu ficken, und fühlte seine wachsende Erregung. Fasziniert sah er sie an, als sie ins Wasser stieg, und näherte sich zielstrebig. Der Alkohol nahm ihm die restlichen Hemmungen und er legte sogleich den Arm um Isabel. Bei Menschen stieß sie diese Unbeherrschtheit ab. Da fühlte sie sich bedrängt und hätte ihn am liebsten angeknurrt. Aber sie wahrte ihre freundliche Miene und ließ ihn weitermachen.

Alexeij befand sich nun ebenfalls im Becken und widmete sich dem Mädchen. Er hielt sie von hinten in seinen Armen und ihre Gesichtszüge waren ganz verklärt. Sie schwelgte in unbekannten Sphären und ahnte nicht, dass der Tod bereits auf sie lauerte.

Die Frau würde gerade nichts mitbekommen, und so packte Isabel den ungehobelten Kerl mit einer Hand am Hals, zog ihn an ihren Mund und umklammerte dann mit beiden Händen seine Schultern. Bei ihrem Biss schrie er erschrocken auf und versuchte, sich aus dem Griff zu befreien. Wasser spritzte auf, als er mit den Beinen ausschlug und Isabel mit seinen schwachen Armen abwehrte. Sie wusste auch nicht, warum sie so gereizt war, löste ihre Zähne aus seinem Hals und tunkte ihn unter Wasser. Als sie ihn wieder hochzog, japste er hastig nach Luft und stöhnte auf, als sie abermals zubiss. Isabel konzentrierte sich auf die inneren Geräusche. Das Herz wollte zerbersten vor Panik und die Vampirin gab sich völlig diesem Rhythmus hin, der sich jetzt auf ihr eigenes Herz übertrug. Es schlug immer schneller, passte sich dem Sterblichen an und pumpte das Blut mit wachsendem Tempo durch ihr Adergeflecht, bis sie nichts mehr um sich herum wahrnahm.

Allmählich wurde das Opfer schwächer. Nun lag er schlaff und betäubt in ihren Armen. Die Augenlider flatternden und seine Atemzüge flachten ab. Während sie die Wunde weiter aufriss, setzte sein Herz aus und Isabel saugte den Rest des toten Blutes in sich auf. Dann lehnte sie sich an den Wannenrand, um diese Befriedigung auszukosten, wie der heiße Lebenssaft durch ihre Adern rauschte und gegen ihre Schläfen pochte. In diesem ekstatischen Zustand erkundeten Alexeijs Hände ihren Körper.

»War es gut?«

Sie nickte nur.

Da küsste er sie gierig und Isabel wusste nicht, welcher Teufel sie ritt, aber plötzlich wollte sie ihn. Ungezügeltes Verlangen brannte durch das frische Blut in ihr und sie sehnte sich danach, von Alexeij genommen zu werden. Bereitwillig öffnete sie ihre Schenkel für ihn und er ergriff die Aufforderung sofort. Knurrend versenkte er sich mit einem Ruck in ihr. Dieser Stoß jagte eine regelrechte Stichflamme durch ihren Körper und sie wollte mehr.

»O ja, besorg's mir!«, stachelte sie ihn an.

Alexeij nahm sie beim Wort und begann, sie hemmungslos zu ficken. Solch einen muskelbepackten Unsterblichen hatte sie noch nie zwischen den Beinen gehabt. Muskulöser Nacken, breiter Rücken und eine unbändige Kraft. Sein Ungestüm war so erregend, dass sich Isabel in seiner Schulter verbiss. Der Geschmack seines Blutes törnte sie noch zusätzlich an.

Inzwischen hatte Alexeij sie an den Wannenrand gedrängt, umfasste ihre Knie und spreizte ihre Beine weiter, ohne sein Tempo zu drosseln. Die Wucht seiner Stöße jagte elektrisierende Wellen durch ihren Leib, trieben sie unablässig auf einen gigantischen Höhepunkt zu. Du meine Güte, wie geil war das denn!

Er griff in ihre Haare und zog ihren Kopf in den Nacken, ritzte mit den Zahnspitzen ihren Hals an. Dabei drückte er mit der anderen Hand eines ihrer Beine weiterhin an den Beckenrand. Isabels Unterleib pochte immer heftiger, ihr ganzer Körper kribbelte und dann überrollten sie die Wogen so stark, dass sie aufschrie. Isabel wand sich unter ihrem Höhepunkt, als Alexeij sie umdrehte und seinen Schwanz in ihren Hintern drängte. Die Lust brandete sofort wieder in ihr auf und als sich auch noch seine Finger in ihre Spalte schoben und sie im selben Rhythmus wie seine Männlichkeit penetrierten, konnte Isabel nur noch haltlos stöhnen. Dabei knurrte er etwas auf Russisch. Sie verstand die Worte zwar nicht, aber sie wusste irgendwie, dass er meinte, sie würde ihn verrückt machen. So erging es ihr auch. Der Kerl vögelte sie gerade um den Verstand und das machte sie unvorstellbar an. Ihre Anspannung steigerte sich ins Unerträgliche. Heftige Schauer durchfuhren sie und als Isabel dachte, sie hielte es kaum noch aus, explodierte sie regelrecht. Ihre unkontrollierten Lustschreie wurden von seiner Hand gedämpft, die er auf ihren Mund presste, und während sie am ganzen Leib bebte, schob sich Alexeij ein letztes Mal in ihren Vordereingang. Er bewegte sich jetzt so quälend langsam, dass Isabel befürchtete, er würde noch mal von vorn beginnen. Das würde sie nicht überleben. Doch sie fühlte, wie sein Glied bereits in ihr zuckte, und dann kam er ebenfalls zum Höhepunkt.

Nach diesem Feuerwerk der Ekstase lehnte sich Isabel erst einmal völlig außer Atem an den Wannenrand und genoss die Nachbeben, die sie immer wieder durchzuckten. Alexeij neben ihr atmete ebenfalls angestrengt und murmelte etwas auf Russisch. Mit zufriedenen Gesichtszügen fuhr er ihr Schlüsselbein nach und bot ihr an: »Du kannst bei mir schlafen, wenn du willst.«

Dann schien ihm die Nummer wirklich gefallen zu haben, wenn er ihr solch ein Angebot machte. Tat er das immer so schnell bei einer neuen Eroberung? Aber Isabel hatte gewiss nicht vor, hier den Tag zu verbringen. »Eher nicht! Mein Gefährte würde mich sicher vermissen.«

Er bedauerte: »Schade.«

Noch benommen sah Isabel sich um. Das Wasser hatte sich inzwischen rot verfärbt und die beiden Sterblichen schwammen mit dem Gesicht nach unten an der Oberfläche. Alexeij stieg aus der Wanne, trocknete sich ab und streifte seinen weißen Bademantel über. »Komm. Gehen wir in mein Schlafzimmer.«

»Und die Leichen?«, fragte sie.

Er lächelte milde. »Die werden entsorgt. Darum muss ich mich nicht kümmern und du auch nicht.«

Dann streckte er ihr seine Hand hin, um ihr aus der Wanne zu helfen, reichte ihr einen Bademantel und half ihr hinein. Ein richtiger Gentleman!

Das Schlafzimmer im orientalischen Stil hatte ein Bett mit Himmel und vielen rotgoldenen Kissen darauf. Isabel legte sich auf die seidene Tagesdecke und Alexeij sank neben sie, drängte wieder seinen erhitzten Körper an ihren. »Du warst vorhin mit deinem Opfer nicht zimperlich.«

»Eigentlich tue ich das nur bei Gewaltverbrechern, aber diesmal war ich irgendwie gereizt.«

Er streichelte ihr feuchtes Haar. »Mich hat es erregt, dir zuzusehen.«

Das verwunderte Isabel nicht. Sie schätzte Alexeij ähnlich wie Magnus ein. Auch der Sex glich sich. Doch ihr Gefährte war dabei nicht dominant so wie der Russe.

»Erzähl ein wenig von dir, Isabel. Wo stammst du her?«

Sie wich aus. »Warum willst du das wissen? Das ist doch unwichtig.« Er fuhr mit dem Finger über ihre Leiste. »Mich interessiert alles über dich. Gut, wenn du nicht willst, dann erzähle ich ein wenig über mich.«

Sie war einverstanden. Auf seine Geschichte war sie wirklich neugierig. Das hatte sie schon bei den Protectoris spannend gefunden, die Lebensläufe der Unsterblichen zu lesen. Seit sie selbst dazugehörte, ließ sie sich gern von Artgenossen aus deren Vergangenheit erzählen.

»Ich stamme aus der Gegend um Kiew. Meine Familie war arm und ich schlug mich mit Gelegenheitsjobs durch. Ein trostloses Leben. Irgendwann heiratete ich nur wegen des Geldes. Ihrer Familie ging es ein wenig besser als uns und ich hatte sie obendrein noch geschwängert. Dann folgten vier weitere Kinder und ich brachte gerade mal alle so durchgefüttert mit meiner Hilfsarbeit. Dann heuerte ich als Stallknecht bei einem großen Gut an. Der Lohn war der beste, den ich bis dahin bekommen hatte. Zweimal in der Woche machte mein neuer Herr nächtliche Ausritte allein. Ein wenig wunderte ich mich schon über diese Angewohnheit. Vielleicht auch, weil er es in so regelmäßigen Abständen tat. Er war ein sehr freundlicher Mann und sehr nobel. Seine Kleidung, sein Gebaren und er sah sehr gut aus. Nach einiger Zeit fragte er mich, ob ich bei ihm im Haus arbeiten wolle. Dabei wäre auch eine Lohnerhöhung drin. Bei dem Gedanken an meine hungrigen Mäuler zuhause stimmte ich sofort zu. Nun wechselte ich vom Stall in die vornehmen Räume des Gutshauses. Das war eine große Umstellung für mich und mein Benehmen entsprach so gar nicht einem Hausdiener. Ich hatte von so einer Arbeit keine Ahnung.« Er lachte. »Nun, gut. Ich bemühte mich, da ich die Stelle nicht verlieren wollte. Dabei merkte ich, dass der Herr nur am Abend im Haus war. Tagsüber bekam ich ihn nie zu Gesicht. Es hieß, er wäre meistens geschäftlich unterwegs. Um es kurz zu machen. Er hatte sich in mich verliebt, aber traute sich noch nicht, es zu zeigen. Ich hatte vorher nie etwas mit Männern gehabt, aber da er ein Vampir war, konnte er mich verführen. So verbrachte ich also etliche Nächte in seinem Bett und wurde zum Kammerdiener. Er offenbarte mir mehr von seinem wahren Wesen und bald wusste ich zwar, dass er kein Mensch war, aber auch nicht was genau. Er betonte immer wieder, dass ich für ihn kein Diener wäre, aber dass die anderen Bediensteten das glauben mussten. Also, ich durfte ihn mit seinem Vornamen anreden, wenn wir allein waren, und er erteilte mir auch keine Befehle. Er wollte mich zum Vertrauten haben. Langsam bereitete er mich auf die ganze Wahrheit vor. Ich sollte ihn schließlich auf seinen Ausritten begleiten, was sich dann als Jagdzüge herausstellte. Ich sollte sehen, wie er sich ernährte. Dass er nur Blut trank, hatte er mir schon vorher gebeichtet. Mich faszinierte sein ganzes Wesen und er fragte mich letztendlich, ob ich es auch wollte. Dieses unsterbliche Leben. Er würde mich gern zum Gefährten haben. Wie du siehst, habe ich ja gesagt. Danach lebten wir noch lange zusammen, aber ich wollte fort. Die Welt kennenlernen. So trennten sich unsere Wege und ich sollte ihn nie mehr wiedersehen. Jemand wiegelte den Pöbel gegen ihn auf und sie brannten das Gut nieder. Dabei fanden sie seinen leblosen Körper, zerrten ihn ans Tageslicht, schlugen ihm den Kopf ab, durchbohrten sein Herz und den Rest erledigte die Sonne.« Seine Stimme klang traurig, als er das erzählte. Sonst schien er ein kühler Kopf zu sein, aber sein Schöpfer hatte ihm wohl viel bedeutet. Nachdenklich starrte er vor sich hin.

»Mein Erschaffer existiert auch nicht mehr. Er starb bei einer Explosion.«

Alexeij horchte auf. »Eine Explosion?«

Isabel nickte. »Ja, er saß in einem Privatjet und der explodierte über dem Atlantik. Anscheinend blieb nichts übrig. Bei mir war es ähnlich wie bei dir. Mein Schöpfer verliebte sich in mich und ich mich natürlich in ihn und nach einem Jahr fragte er mich, ob ich ihm folgen wolle. Das tat ich dann auch. Nach seinem Tod ging ich für längere Zeit nach England. Später bin ich in die Staaten zurückgekehrt und blieb. Nichts Aufregendes! Und wie ging es bei dir weiter?«

Er meinte: »Auch nichts Aufregendes. Ich tingelte in Europa herum und wagte irgendwann den Sprung über den Großen Teich. Hier zog ich ebenfalls umher und landete schließlich in Las Vegas. Hier baute ich dann mein Imperium auf.«

»Wie alt bist du denn? Ich schätze, du hast einige Jahrhunderte hinter dir.«

Alexeij grinste frech. »Ja, da hast du recht. Meine Mädchen sind viel zu schwach wie viele Unsterbliche hier. Du bist anders und dein Gefährte ist sehr mächtig. Was sagt er eigentlich dazu, wenn du bei mir bist?«

Isabel zuckte die Schultern. »Er hat ja keinen Grund zur Eifersucht.«

Alexeij hatte wohl Angst, sich mit Magnus anlegen zu müssen. Er wusste, dass er da den Kürzeren zog. Wie er so auf der Seite lag, enthüllte sein Mantel einladend den Brustmuskel, dass Isabel ihre Hand darauf legen musste. Er behielt die Hände ebenfalls nicht bei sich. Seine Finger krochen ihre Schenkel entlang und mit der anderen Hand öffnete er den Gürtel und legte ihre Vorderseite frei. Dann küsste er ihre Brüste und schmiegte sich enger an sie. Isabel gurrte vor Wohlbehagen und fuhr durch seine stoppeligen Haare. »Waren sie so?«

Sein Mund wanderte weiter nach unten zum Bauch. »Nein, wenn ich sie wachsen lasse, bedecken sie gerade den Nacken.«

Schließlich senkte er sein Gebiss in ihren Oberschenkel und trank ein wenig. Sie genoss das Kribbeln, doch plötzlich warf sich Alexeij auf sie, umklammerte ihre Handgelenke und packte sie an der Kehle. Von Magnus war die Jüngere im Bett Ähnliches gewohnt, aber da sie den Hausherrn kaum kannte, stieg Panik in ihr hoch.

Kurz blitzten die Bilder von dem Überfall auf und sie versteifte sich. Er schien es zu spüren, denn sein Griff lockerte sich wieder. Stattdessen ging er dazu über, ihre Brüste zu liebkosen. »Du bringst mich noch um den Verstand! Weißt du das?«

Isabel schmunzelte. »Das sagst du bestimmt zu jeder.«

Er sah ernst zu ihr auf und sagte mit Nachdruck: »In meiner Position habe ich es nicht nötig zu schmeicheln. Wenn ich etwas sage, dann ist es so gemeint!«

Oh, jetzt hatte sie ihn gekränkt. »Tut mir leid, Alexeij! Ich werde in Zukunft nicht an deinen Worten zweifeln.«

Er lächelte und küsste ihren Bauch. »Braves Mädchen!«

Nach einer weiteren stürmischen Liebelei nahm Alexeij ihr noch das Versprechen ab, bald wieder zu kommen. Bevor Isabel sich allein auf den Heimweg machte, überzeugte sie ihren Gastgeber noch davon, dass sie keinen Fahrer brauchte.

Auf dem Rückflug zum Luxor sinnierte sie über seine Worte. Wollte er doch mehr von ihr als nur Spaß? Sie wusste es nicht.

KAPITEL 6

Zwei Nächte später erreichte Isabel der Ruf von Jack. »Hi, kleine Spionin! Alex und ich sind jetzt angekommen. Treffen wir uns nachher in der Lobby?«

Sie saß mit Magnus gerade in einer der Bars. »Hi, Jack! Klar. Sag mir Bescheid, wenn ihr unten seid.«

Dann wandte sie sich an ihren Gefährten: »Jack und Alex sind da! Wir treffen sie nachher in der Lobby.«

Magnus sah zwar nicht so begeistert aus, aber Isabel hoffte wirklich, dass sich ihr Prinz und Jack einigermaßen vertrugen. Die letzten beiden Nächte hatten sie sich einige Shows angesehen und waren auch mal durch die Casinos geschlendert. Langweilig wurde es einem in Vegas sicher nie. Alexeij spukte immer mal wieder in ihrem Kopf herum. Der Russe hatte irgendetwas an sich, was Isabel reizte. Daher fand sie es ganz gut, dass sie ihn seit dem leidenschaftlichen Besuch bei ihm nicht mehr getroffen hatte. Sie liebte ihren Prinzen und wollte keine verwirrten Gefühle.

Später in der Lobby, wo sie sich mit Jack und Alex trafen, begrüßte Magnus die beiden glücklicherweise höflich, aber bei ihrem Briten bemerkte sie Abneigung. Er mochte ihren Gefährten einfach nicht und sie fand es schade, dass er Magnus keine Chance gab. Jack konnte ihm wohl immer noch nicht verzeihen, was in Florenz vorgefallen war. Alexander war kein verschüchterter, hilfloser Neugeborener mehr wie beim Neujahrsfest am Millennium. Er wirkte vom Äußeren her jetzt viel erwachsener und von der Art her selbstsicherer.

Jack hatte ihm sicherlich inzwischen vieles beigebracht, was er als Unsterblicher wissen musste und was Alex' Schöpfer Dirk versäumt hatte. Dessen Unverantwortlichkeit war so weit gegangen, dass er Alex nur von sich hatte trinken lassen und ihm das Jagen überhaupt nicht beigebracht hatte. Jack war außer sich gewesen, als er das von Alex erfahren hatte. Denn Isabel war aufgefallen, dass der Teenie nach der Jagd komisch roch, und so hatte Jack ihn beim nächsten Mal verfolgt und gesehen, dass Alex von Tieren trank. In Jacks Augen ein Frevel und verachtenswert, denn in unsterblichen Kreisen galt das als Schande und wurde nur in Notsituationen toleriert. Er hatte dann den Jüngeren zur Rede gestellt und dabei erfahren, in welch erschreckender Abhängigkeit dieser Dirk seinen Zögling gehalten hatte.

Isabel fand die verliebten Blicke, die sie sich gegenseitig zuwarfen, wirklich rührend. Körperliche Gesten vermied Jack in der Öffentlichkeit immer noch. Das saß ihm einfach zu tief im Blut, denn bis in die 70er wurde Liebe zwischen Männern in England noch bestraft. In früheren Zeiten sogar mit dem Strang. Unter Vampiren war es hingegen schon ewig völlig normal, doch wenn sie sich in der Öffentlichkeit unter Menschen bewegten, passten sie sich deren Normen an, um nicht aufzufallen. Aber ein Homo-Pärchen störte in Las Vegas sicher niemanden. Es galt doch sowieso als Sündenpfuhl.

Isabel freute sich jedenfalls total, die beiden hier zu haben, und lotste sie zuerst einmal zu den bequemen Sesseln der Lobby. Jack berichtete von einer Berlintour, die er mit Alex zusammen unternommen hatte. Er kannte die Stadt zwar aus seinen alten Tagen, aber es war trotzdem etwas Neues gewesen, mit seinem Gefährten dessen Heimatstadt zu erkunden. Er erwähnte auch mit gewissem Stolz, dass Alex nun gut allein zurechtkommen würde. Auch ohne ihn. Isabel schmunzelte, weil sie das an einen Vater erinnerte, der stolz erzählte, was aus seinem Sohn geworden war.

»Das habe ich auch von dir erwartet«, bemerkte sie. »Ihr habt euch gesucht und gefunden.«

Jack grinste spitzbübisch und fuhr sich durch sein langes blondes Deckhaar. Manchmal wirkte er völlig jung in den lässigen Klamotten und der saloppen Art und dann kam wieder der altmodische zweihundertdreißigjährige Vampir durch. So konnte man sich gar nicht vorstellen, wie er Artgenossen vernichtete, die in seinem Revier wilderten. Da wurde er zum gnadenlosen Killer und diese Seite wohnte in allen von ihnen. Die Alten nannten es den Dämon, der dann die Oberhand gewann, doch Isabel war nicht sicher, ob in ihr wirklich eine fremde Macht wohnte. Auf jeden Fall übernahm ihr Körper in manchen Situationen die völlige Kontrolle, aber vielleicht war das nur Überlebensstrategie.

Magnus kam sich vermutlich überflüssig vor, denn er verabschiedete sich nach einer Weile von ihnen und verließ das Hotel. Isabel konnte es ihm nicht verübeln, und so führte sie die beiden zuerst im Komplex des Luxors herum.

Alexander war von dem Ganzen total beeindruckt, aber ihr konservativer Engländer empfand das als zu künstlich. Er bevorzugte eben die wahren historischen Stätten. Solange Isabel mit Jack in eine der Hotelbars ging, wollte sich Alex die Unterhaltungsetage näher ansehen. Sie hockten sich in eine lauschige Ecke, um ungestört zu reden.

»Wie ich sehe, geht es dir noch gut mit ihm«, begann Jack.

Isabel rollte mit den Augen, weil er wieder mit derselben Leier wie vor Jahren anfing. »Ja, warum auch nicht. Sei doch nicht so voreingenommen. Ihr müsst ja keine Freunde werden, aber könntest du nicht ein bisschen freundlicher zu ihm sein. Magnus bemüht sich wirklich.«

Jack beugte sich zu ihr vor. »Ich kann nichts dafür, aber ich bin der Meinung, dass er gefährlich ist. Aber gut. Wenn du es wünschst, werde ich mein Verhalten ändern.«

Isabel nahm seine Hand. »Du und Alex seid auf jeden Fall sehr glücklich. Das ist schön.«

Jack grinste. »Er macht sich ganz gut. Er hat mir sogar schon geholfen, ein paar ›Ratten‹, die in unserem Revier gewildert hatten, unschädlich zu machen. Dabei wurde er allerdings schwer verwundet. Er ist eben noch schwach und hatte zuerst zu große Hemmungen, sie anzugreifen. Im Gegensatz zu dir. Na ja, erst als er in Bedrängnis geriet, hat er sich entsprechend gewehrt. Aber die erlittenen Verletzungen machten ihn stärker. Das ist das einzig Gute daran. Und, gab es bei dir was Aufregendes?« Isabel spielte mit seinen Fingern. »Nicht so. Außer dass ich auf unserem Grundstück von vier Unsterblichen überfallen wurde und Magnus sie vernichtet hat. Das war so ne Bande, die Gebiete von Älteren erobern wollte. Das gibt's hier in den Staaten öfters. Die pfeifen auf die Regeln.«

Er seufzte: »Ja, die alten Sitten verkommen immer mehr. Wurdest du verletzt?«

Isabel starrte auf Jacks Finger. »Ja, aber es heilte dank Magnus' Blut recht schnell. Ansonsten verlief mein Dasein ganz gewöhnlich. Wir genossen vor allem die Zeit zu zweit.« Irgendwie bedauerte sie, dass sie Jack nie wirklich geliebt hatte. Nicht so, wie er es verdient gehabt hätte. Mehr wie einen Freund mit gewissen Vorzügen. Deswegen war sie froh gewesen, dass er sich dann in Alex verguckt hatte, und gönnte den beiden ihr Liebesglück von ganzem Herzen.

Nach einer Weile stieß der Junge wieder zu ihnen, küsste Jacks Lippen und sagte etwas auf Deutsch. Ihr Ex-Gefährte antwortete auf dieselbe Weise, bevor Alex abermals verschwand.

»Hat er es dir beigebracht?«, fragte Isabel.

Jack schüttelte den Kopf. »Ich konnte es schon von früher her.«

»Magnus und ich reden im Bett gern Italienisch. Das finde ich erotischer.« Da mussten sie beide lachen.

Jack sah sie jetzt mit einer gewissen Begierde an, beugte sich vor und ihre Lippen trafen schließlich aufeinander.

Für Isabel fühlte es sich vertraut an. Sie konnten einfach nicht vollkommen die Finger voneinander lassen, zogen sich körperlich immer wieder an, egal wen sie gerade liebten.

»Wird Alex nicht eifersüchtig, wenn er uns hier so findet?«, murmelte Isabel an sein Ohr.

»Nein, ich denke nicht. Er hat es ja auch geduldet, als du noch bei uns in London warst. Aber hier in der Öffentlichkeit möchte ich dir nicht die Kleider vom Leib reißen. Du weißt doch, dass ich dir nicht widerstehen kann.«

Isabel war bewusst, dass er sie schon als Sterbliche begehrt hatte. Sie wollte etwas erwidern, aber da fühlte sie die Anwesenheit von Alex und verkniff sich ihre Bemerkung. Als der sich neben Jack setzte, machte sie sich auf, um zu verschwinden. Doch der Brite zog sie aufs Sofa zurück. »Du brauchst nicht zu gehen.«

Isabel übermittelte ihm: »Ich lass euch jetzt allein.«

Jack legte den Arm um seinen Gefährten und erwiderte: »Okay. Wir sehen uns morgen. Schlaf gut!«

Zum Abschied meinte sie noch: »Morgen zeige ich euch einen speziellen Club für Unsterbliche. Also, bis dann!«

Alex verabschiedete sich ebenfalls: »Bis morgen, Isabel!«

Magnus war bereits auf dem Zimmer, als sie eintrat. »Na, was treibt dein Besuch jetzt?«

Sie streifte ihr Kleid über den Kopf. »Die sind mit sich beschäftigt. Ich will morgen mit ihnen in Alexeijs Club. Kommst du mit?«

Er schüttelte den Kopf. »Ich brause lieber mit meiner Harley rum.«

Sie bedauerte das von vorhin. »Sorry, dass Jack so abweisend zu dir ist. Ich dachte, er könne dir verzeihen.«

Magnus strich ihr lächelnd einige Haarsträhnen aus dem Gesicht. »Ach, das macht mir nichts aus, was er von mir denkt. Irgendwie schmeichelhaft, dass er mich für einen Teufel hält.« Dabei entblößte er lachend sein Raubtiergebiss.

Isabel schüttelte nur den Kopf. Ihr Prinz hatte einfach ein unerschütterliches Selbstbewusstsein.

Wie verabredet besuchte Isabel am nächsten Abend mit Jack und Alexander das »Velvet«. Der Jüngere musste trinken, und so passte der Zeitpunkt perfekt. Sie erklärte den beiden, was hier abging, worüber Jack nur den Kopf schüttelte. Doch sein Gefährte war sehr wohl an den Mädchen, die vor ihnen tanzten, interessiert. Er flirtete heftig mit einer Kreolin, die sich aufreizend vor ihm räkelte, kurz mit den Fingern sein Kinn berührte und dann weitertanzte.

Daraufhin rief Isabel die Unsterbliche, die bediente, her und deutete zu der Kreolin. »Er möchte sie dort haben.«

Die Bedienung nickte und bat Alex mitzukommen. Als der Junge zu den Separees geführt wurde, fragte Isabel ihren Kumpel: »Und du? Möchtest du nicht kosten?«

Jack war unschlüssig. »Ich weiß nicht. Das ist doch unter unserer Würde. Findest du nicht?«

»Ach, Jack. Du musst mehr mit der Zeit gehen. Ich habe es das erste Mal auch ausprobiert. Nur ne Kostprobe!« Dann erreichte eine vertraute Stimme ihren Kopf: »Isabel! Komm doch rauf in die Lounge.«

Alexeij!

Sofort schaute sie zur Glasscheibe hoch, wo er auf dem Sofa saß und grüßend seine Finger hob. In ihrem Innern kribbelte es augenblicklich.

»Du, ich muss nur kurz zu meiner neuen Bekanntschaft.«

Jack folgte ihrem Blick. »Wer ist das?«

»Der Clubbesitzer!«

Da schnalzte ihr Freund mit der Zunge. »Tz, tz. Du bist unverbesserlich!«

Sie zwinkerte ihm noch zu, bevor sie den Tisch verließ.

Auf dem Weg zur Lounge wurde sie schon bei den Gedanken an ihr letztes heißes Treffen mit dem Russen feucht.

Als Isabel die Tür zum VIP-Bereich öffnete, wunderte sie sich, dass Alexeij heute ganz allein war. Er streckte den Arm nach ihr aus und strahlte über beide Backen. »Hi, mein Liebling! Hast du wieder hergefunden? Ich hatte dich eigentlich bei mir zu Hause erwartet.«

War das ein Vorwurf? Sie küsste ihn zur Begrüßung. »Alte Freunde sind auf Besuch. Ich führe sie ein wenig herum. Bald komme ich wieder zu dir.«

Er drängte sich verlangend an sie, was sofort ihre Lust anfachte. »Das hoffe ich doch, meine Schönste.«

Sein Körper strahlte Hitze aus und auf dem Sofa erkannte sie einige frische Blutflecken. Ach, darum war er so lüstern. Doch im Moment musste sie sich beherrschen. »Alexeij, bitte! Heute kann ich nicht. Ich muss zu meinen Gästen.«

Er grinste verschlagen und fuhr mit einer Hand unter ihren Rock. »Die sind doch gerade beschäftigt. Also, komm!«

Ihr Blick streifte kurz ihren Tisch, aber der war verlassen. Hatte sich Jack doch zu einer Kostprobe entschlossen, denn sie spürte noch seine Nähe?

Alexeijs Finger tauchten währenddessen zielsicher in ihre Feuchte, was sofort eine Hitzewelle durch sie hindurch jagte. Aufstöhnend bog sie ihr Becken seiner Hand entgegen. Jetzt nahm er einen weiteren Finger hinzu und begann, in schnellem Rhythmus zuzustoßen, bis ihre Mitte anfing zu pulsieren.

»Du bist ja schon ganz nass, kleines Luder«, grollte er.

Plötzlich wurde der Russe ungestümer, drückte sie mit dem Rücken auf die Polster und spreizte mit den kräftigen Händen ihre Schenkel.

»Bleib so!«, wies er sie an.

Isabel schob seine Gier auf die vorangegangene Mahlzeit. Erst leckte Alexeij über ihre Scham, saugte daran und massierte mit der Zunge ihre Perle. Dabei umklammerte er ihre Knie so fest, dass sie ihre Beine kaum bewegen konnte und ihr heiße und kalte Schauer durch den Leib flossen. Völlig seinem Zungenspiel ausgeliefert lag sie da, stöhnte nur noch und ersehnte die Erlösung. Er schien aber nicht gewillt, sie ihr zu geben, denn er setzte sich wieder auf.

»Besorg's mir!«, knurrte er dunkel und öffnete seine Hose.

Isabel brauchte einen Moment, bis sie realisiert hatte, dass er nicht weitermachte. Na schön! In der Hoffnung, er würde sie später noch befriedigen, machte sie sich mit Pochen zwischen den Beinen über seine stattliche Erektion her.

Alexeijs kehliges Grollen signalisierte ihr, dass ihm der Blowjob gefiel. Immer wieder ächzte er: »Du machst mich verrückt, Isabel«, und krallte sich in ihre Haare. Es dauerte nicht lange, bis sein Glied in ihrem Mund zuckte. Zum Glück hatten unsterbliche Männer keinen Samenerguss mehr. Deswegen wollte es Isabel nicht mehr mit Menschen tun. Das war neben dem Schweiß und den behaarten Körpern einfach eklig.

Nachdem Alexeij seinen Spaß gehabt hatte, küsste sie ihn erwartungsvoll und führte seine Hand in ihren nassen Schoß. Doch er streichelte sie eher lustlos, bis sein Handy plötzlich klingelte. Er lauschte kurz dem Gegenüber in der Leitung und meinte dann bedauernd: »Sorry, Darling. Aber ich muss gehen. Ich hab noch was zu erledigen. Komm einfach bald zu mir nach Hause. Dann verwöhne ich dich wieder.« Dabei setzte er sein gewinnendes

Lächeln auf, dem es nichts entgegenzusetzen gab. Trotzdem blieb sie frustriert zurück.

Danach wartete Isabel an ihrem Tisch auf Alex und Jack, die kurz darauf beide erschienen. Der Jüngere sah satt und zufrieden aus und ihr Brite hatte ihm angeblich nur Gesellschaft geleistet. Nach dem Clubbesuch spazierten sie weiter am Strip entlang.

»Ein Restaurant für Unsterbliche«, bemerkte Jack. »Was es nicht alles gibt? Und den Leuten dort ist nicht mal ganz klar, was sie eigentlich mit sich machen lassen.«

»Ja, deswegen servieren sie uns auch die Scheingetränke. Damit die menschlichen Angestellten es für einen normalen Nachtclub halten«, fügte Isabel hinzu.

Jack wuschelte Alex durch das braune kurze Haar. »Und ich musste aufpassen, damit mein Sweetheart nicht zu weit geht. Umbringen darf man die Opfer ja nicht.«

Alex schob seine Hand weg. »Lass das!« Dann lächelte er verzückt. »Aber ihr Blut war wirklich lecker.«

Die weitere Nacht mit den beiden war wirklich unterhaltsam. Sie scherzten viel und es herrschte eine herrlich entspannte Stimmung. Doch plötzlich überkam Isabel ein merkwürdiges Gefühl, das sie nicht einordnen konnte.

Magnus genoss das Überraschungsmoment, als er plötzlich in Alexeijs Garten beim Pool aufsetzte. Die vier Grazien, die sich gerade auf den Liegen aalten, zuckten erschrocken zusammen und starrten ihn mit einer Mischung aus Furcht und Faszination an.

»Ich tu euch nichts«, sandte er aus.

Die durch sein Auftauchen alarmierten Wachen umringten ihn kurz darauf und umschlichen ihn in gebührendem Abstand, denn sein hohes Alter flößte diesen Jüngeren Respekt ein. Gut so! Doch Magnus unterschätzte ihre Überzahl nicht, und so teilte er den Typen mit ihrer schwarzen Tarnkleidung den Grund seines Besuchs mit: »Ich bin Magnus und möchte zu Alexeij!«

»Der Boss ist nicht hier«, entgegnete einer von ihnen kühl.

Dann würde er eben auf ihn warten. So leicht ließ sich Magnus nicht abweisen. Er verschränkte die Arme vor der Brust und blickte herausfordernd in die Runde. »Dann ruf ihn her! Es ist dringend.«

Die Wachen fürchteten seine mächtige Aura, die er bewusst ausstrahlte, wie er in ihnen las. Der Kerl, der mit ihm gesprochen hatte, beratschlagte sich kurz mit einem anderen, bevor er ein Handy zückte. Mit Genugtuung hörte Magnus, wie er Alexeij erklärte, wer auf ihn wartete. Würde der Russe wirklich herkommen? Der Typ nickte ihm zu, während er noch den Hörer ans Ohr hielt, und legte dann auf. »Der Boss wird in Kürze eintreffen.«

Magnus grinste zufrieden. »Gut.«

Solange gesellte er sich zu Alexeijs Girls, die er teilweise von der Party her kannte. »Ladys! Darf ich mich setzen?«

Er ließ sich einfach bei der Brünetten auf der Liege nieder, die zur Seite rückte und ihn eingehend betrachtete. Sie war die Älteste des Quartetts und hieß Irina. Für diese Infos musste er sich nicht anstrengen, in ihr zu lesen, das flog ihm regelrecht zu. Einer der Vorteile, wenn man alt war.

Seit seinem Erwachen aus dem Koma vor bald zwanzig Jahren hatten sich seine Kräfte relativ schnell gesteigert. Er war als Vierhundertjähriger erwacht und inzwischen hatte er wohl die Macht eines Achthundertjährigen.

Irina fragte kokett: »Was willst du denn von Alexeij?«

Sacht berührte er ihren Oberarm, strich lächelnd daran entlang. »Was Geschäftliches.« Die Berührung gefiel ihr und sie wollte seine zarten Finger noch an ganz anderen Stellen spüren. Fast hätte er losgelacht, weil sie gleich auf ihn ansprang. Das wäre doch die richtige Demütigung für Alexeij. Wenn Magnus jetzt seine Tussis durchvögeln würde und der platzte dann mitten rein.

Im Nu hatte er die Gören um den Finger gewickelt und plauderte zwanglos mit ihnen. Das passte den Bodyguards überhaupt nicht, aber Magnus schmunzelte nur innerlich darüber.

Endlich spürte er Alexeijs Präsenz näher kommen, was dessen Armee noch gar nicht registrierte. Erst als der Russe direkt vor Magnus landete und ihn für einen Bruchteil aus grauen Augen anfunkelte. Doch Alexeij wahrte die freundliche Fassade. »Ah, du warst doch neulich mit Isabel in meinem Club. Was führt dich zu mir, Magnus?«

Der Hellblonde erhob sich von der Liege. Er hatte keine Lust auf Smalltalk und kam daher gleich zur Sache. »Ich will, dass du die Finger von meiner Gefährtin lässt.

Du hast ja schon genug Bitches um dich herum.« Magnus fühlte den Groll, der in seinem Gegenüber rumorte.

Alexeij lächelte überlegen. »Deine Bitch kam doch freiwillig zu mir. Ich habe sie zu nichts gezwungen. Das war ganz allein ihre Entscheidung. Was kann ich dafür, wenn sie in der Gegend herumhurt?«

So wie der Kerl jetzt über Isabel herzog, stieg in Magnus die Wut hoch und er musste ein Knurren unterdrücken. Seine Augen formten sich zu Schlitzen, fixierten den Jüngeren verärgert. »Darum geht es nicht. Das ist mir egal. Tu nicht so unschuldig. Ich weiß, dass du sie willst. Aber sie gehört zu mir und ich lasse sie mir nicht von dir wegnehmen. Hast du mich verstanden?« Den letzten Satz knurrte er mehr und jetzt wurde Alexeij laut.

»Was glaubst du eigentlich, wen du vor dir hast, dass du hier Forderungen stellst?«

Magnus blieb äußerlich kühl, aber innerlich brodelte er. »Einen der Oberbosse von Vegas, ich weiß. Das Einzige, was ich von dir will, ist, dass du Isabel in Ruhe lässt. Sie ist meine Gefährtin und soll es auch bleiben.«

Der Russe grinste süffisant. »Ich hab deine Kleine ganz schön hart rangenommen. So lange, bis sie sich vor Lust die Seele aus dem Leib geschrien hat. Die ging ab wie eine Rakete. Echt ein heißer Feger! Wahrscheinlich besorgst du es ihr nicht richtig, dass sie sich mir an den Hals schmeißt. Da kann ich doch nichts dafür, dass du ein Versager bist.«

Alexeijs gehässiges Lachen brachte das Fass zum Überlaufen. Jetzt war das Maß voll! Dieser ungehobelte

Scheißkerl sollte ihn kennenlernen. Magnus hatte das Gefühl, gleich zu explodieren. Unbändiger Zorn brach unweigerlich aus ihm heraus und er stürzte sich fauchend auf den Hausherrn. Magnus packte seinen Gegner mit beiden Händen an den Schultern und schlug die Zähne, so tief es ging, in dessen Halsbeuge. Dabei umklammerte er Alexeij so fest, bis Knochen knackten, und saugte mit aller Kraft an der Wunde. Er wollte es diesem aufgeblasenen Anzugträger so richtig heimzahlen. Das Blut schmeckte jedenfalls sehr aromatisch.

Der Russe schien so überrascht von dem Angriff zu sein, dass es einige Augenblicke dauerte, bis er versuchte, sich aus Magnus' Griff zu befreien. Dann zerrten plötzlich unzählige Artgenossen an seinen Gliedern und verbissen sich überall in seinem Leib. Manche schleuderte er von sich, aber schon griffen die nächsten an, so dass Magnus es nicht verhindern konnte, dass ihm immer mehr tiefe Wunden gerissen wurden. Der starke Blutverlust machte ihm zu schaffen, auch wenn er wiederum Alexeij den Lebenssaft entzog.

Nach einem kurzen Gerangel schaffte Alexeij es schließlich, sich aus seiner Umklammerung zu winden. Leicht schwankend drückte er die Hand auf die Halswunde, wo noch Blut unter den Fingern hervorquoll. Gleichzeitig packten einige Wachen Magnus an Armen und Beinen und hielten ihn mit aller Kraft, die sie aufbringen konnten, fest. Leider verlor er zu viel Blut aus den unzähligen Wunden, so dass er zu schwach war, um sie abzuschütteln. Jede Gegenwehr war zwecklos.

Nun wandte sich Alexeij voller Grimm zu ihm um. Seine Augen schienen Feuer zu sprühen.

»Das wirst du büßen! Niemand greift mich ungestraft an«, zischte er und nach einem Wink von ihm zerrten seine Bluthunde Magnus in Richtung der Villa.

Kurz vor Morgengrauen, als Isabel allmählich in den Schlaf dämmerte, sah sie plötzlich gleißendes Licht vor ihrem inneren Auge. Ein Gefühl der absoluten Hilflosigkeit und Verzweiflung befiel sie wie aus dem Nichts. Wo kam das plötzlich her? Sie meinte noch, ihren Namen zu hören, bevor sie in ihren Todesschlaf sank.

KAPITEL 7

Fanella! Seine Augen mussten auf dem Julfest nicht lange nach ihrem roten Haar suchen. Sie saß mit den Mädchen in der Nähe des Feuers und aß von einem Stück Fleisch in ihrer Hand, während sie mit den anderen scherzte und lachte. Als sie seine Blicke bemerkte, hielt sie inne und er senkte sofort verlegen die Augen. Kurz darauf wagte Magnus, wieder zu ihr hinüber zu schielen, und sie sah ihn immer noch an. Dabei wurde ihm heiß und sein Herz schlug schneller. Eines der Mädchen flüsterte ihr etwas ins Ohr. Sicherlich über ihn. Der Anflug eines Lächelns umspielte Fanellas Lippen, bevor sie sich abwandte. Wie sollte er sich ihr nur nähern? Ansonsten so ein Hitzkopf und bei ihr war er so unsicher. Er musste es einfach wagen, wenn sie allein war.

Nachdem sich die Gruppe der Mädchen langsam aufgelöst hatte, um zu tanzen, nahm Magnus allen Mut zusammen, atmete tief durch und ging zu Fanella hinüber. Dabei setzte er sein schönstes Lächeln auf, um seine Unsicherheit zu überspielen, und sagte zu ihr: »Ich warte dort drüben auf dich. Wenn du magst, kommst du.« Bevor ihm das Blut in die Wangen schoss, wandte er sich ab und schritt zu den Hütten, wo er auf sie warten wollte. Na ja, zufrieden war er mit seiner Aufforderung nicht, aber vielleicht würde sie ihm aus Neugierde folgen. Dann dürfte er es nicht vermasseln.

Magnus lehnte gerade an einer der Hüttenwände, als Fanella sich tatsächlich näherte. Mit feuchten Händen nestelte er in einem Beutel an seinem Gürtel. »Schön, dass du da bist. Ich wollte dir etwas geben«, begrüßte er sie.

Fanella blickte ihn erwartungsvoll an. »Was denn?«

Er kramte in dem Beutel und zog schließlich die Kette heraus. »Ein Geschenk.«

An einem Lederband baumelte eine bronzene Scheibe mit eingravierten Ornamenten. Fanella nahm die Kette fast andächtig in die Hand und betrachtete das Schmuckstück im Mondlicht. »Danke, Magnus. Es ist wunderschön.«

»Genau wie du«, machte er ihr ein Kompliment. Das Mädchen kicherte verlegen. »Soll ich sie dir umbinden?«, bot er an. Fanella nickte, drehte sich um und hob ihr langes Haar aus dem Nacken. Magnus' Hände zitterten, als er ihr die Kette umlegte. Ungeschickt band er einen Knoten, weil er ihre warme Haut an den Fingern spürte. Dann trat er wieder vor sie, um zu sehen, wie sein Geschenk ihr stand.

Fanella schaute auf den Anhänger an ihrer Brust. »Wirklich schön. Womit verdiene ich solch ein Geschenk?«

Er lächelte. »Weil du mir gefällst.« Schon mutiger nahm er ihre Hand. »Gehen wir ein Stück?« Dabei kribbelte es wie hunderte Ameisen in seinem Bauch.

Fanella ließ sich von ihm führen, bis sie bei der Hütte seiner Eltern ankamen. Sie nahm wieder den Anhänger in die Hand und betrachtete ihn. Magnus sah in der Zeit schweigsam in den Nachthimmel, weil er nicht wusste, was er reden sollte. Da seine Angebetete fröstelte, öffnete Magnus die Haustür und bat sie herein. Um ein Gespräch zu beginnen, zeigte er Fanella sein neues Schwert, das er zum Fest von seinem Vater geschenkt bekommen hatte. Ein Zeichen, dass er jetzt zu den Männern des Clans gehörte. Bewundernd berührte sie es zaghaft. Nun saßen sie beide auf den Fellen seiner Liegestatt und betrachteten die Waffe. Es war aufregend, sie so nah bei sich zu haben, und Magnus spürte, dass er irgendetwas tun musste. Mochte sie ihn vielleicht auch? Zaghaft legte er den Arm um Fanella und überraschenderweise lehnte sie sich an seine Schulter. Der Jugendliche konnte sein Glück kaum fassen und es dauerte nicht lange, bis sie sich das erste Mal küssten. Sein allererster Kuss im Leben und es fühlte sich richtig gut an. Ihre Lippen waren so zart und weich. Zuerst hielt er den Mund geschlossen, aber dann spielte er mit der Zungenspitze an ihrem. Fanella ließ ihn ein, und so sanken sie in die Felle. Die Leidenschaft erwachte. Unter den Küssen fuhr er gierig mit den Händen über ihren zarten Körper und sie betastete ebenfalls seinen Leib.

»Du bist die Schönste im Dorf, Fanella. Ich möchte, dass du zu mir gehörst.«

»Wie meinst du das, zu dir gehören?«

Er streichelte über ihre Brüste. »Dass du immer mit mir zusammen sein sollst.«

Magnus spürte abermals ein Ziehen in den Lenden, als ihre zarten Lippen sich auf seine legten. Schmusend wälzten sie sich auf dem Schlafplatz, bis er zwischen ihren Beinen lag. Irgendwie passierte es einfach. Sein Glied fand ihre Öffnung wie von selbst und das fühlte sich unbeschreiblich an. Magnus küsste ihren Hals und ihre Brüste, während er sich in ihren feuchten Tiefen bewegte. Dieser Moment sollte niemals enden, aber er war leider gleich so weit. Das mussten sie unbedingt noch öfters machen.

Danach lächelte Fanella ihn glücklich an. »Ach, mein lieber Magnus. Nun gehöre ich dir.«

Er erwiderte ihr Lächeln genauso glücklich. »Ja, mein Liebling.«

Jetzt nahm er die Festgeräusche wieder wahr und schlug vor: »Gehen wir zu den anderen.« So ordneten sie ihre Kleidung und kehrten getrennt zum Festplatz zurück.

Danach hielten sie ihre Liebe noch wochenlang geheim, verabredeten sich öfter im Wald. Bis zu dem Tag, an dem Fanellas Vater zu seinem Vater kam.

Magnus sah ihn die Hütte betreten und dachte sich schon, dass es vermutlich um ihre Liebeleien gehen würde. Als Fanellas Vater das Haus dann wieder verließ, warf er Magnus einen ärgerlichen Blick zu und gleich danach rief ihn sein Vater. Das klang ziemlich energisch und der junge Mann machte sich auf eine Standpauke gefasst, was er sich mit diesem Mädchen herumtrieb.

Doch die Lage war ernster. Sein Vater sah ihn jedoch nicht zornig, sondern eher besorgt an. »Mein Junge, wieso hast du mir nichts von deiner Verlobung gesagt?«

Magnus traf es wie ein Schlag. »Verlobung?«

»Ja, mit Fanella. Du hättest dich am Julfest mit ihr verlobt. Das erzählte ihr Vater.«

Magnus war verwirrt. »Aber ich hab ihr doch nur was geschenkt?«

Jetzt lachte sein Vater. »Allerdings, das hast du. Sie bekommt ein Kind von dir.« Der Ältere erhob sich vom Hocker und klopfte Magnus auf die Schulter. »Mein Sohn wird heiraten. Das wird ein Fest.«

Total überrumpelt stand er jetzt in der Hütte und konnte nichts mehr sagen. Kurze Zeit später wusste es das ganze Dorf und alle freuten sich für die beiden. Nur Magnus lief noch perplex durch die Siedlung, bis er an Fanellas Hütte vorbeikam. Sie sah von ihrem Huhn auf, das sie gerade rupfte, und strahlte ihn an. »Magnus, Liebster!«

Er blieb stehen und fragte vorwurfsvoll: »Warum hast du gesagt, wir wären verlobt?«

Sie runzelte die Stirn. »Aber das sind wir doch. Du hast es in jener Nacht selbst gesagt. Dass wir immer zusammen sein sollen und ich habe dir in diesem Glauben meine Unschuld geschenkt. Willst du mich etwa nicht? Und das Kind?« Tränen stiegen ihr in die Augen und sie strich über ihren Bauch.

»Seit wann weißt du es?«

Fanella begann zu weinen. »Seit einigen Tagen. Ich sehe dir an, dass du uns nicht willst.«

Ihr Weinen weckte ihn aus seiner Lethargie. Er kniete zu ihr hinunter und nahm ihre Hand. »Natürlich will ich dich. Und auch das Kind. Wenn es so sein soll. Ich dachte nur nicht, dass es so schnell passiert. Mein Vater hat mich mit der Heirat und deinen anderen Umständen total überrascht. Verzeih, Liebste!« Es tat ihm weh, sie unglücklich zu sehen, und er küsste ihre Wange.

Fanella wischte ihre Tränen beiseite und lächelte wieder. »Es wird bestimmt alles gut.«

Da trat ihre Mutter vor die Tür und als sie Magnus bei ihrer Tochter sah, bat sie ihn herein. Fanella sollte jedoch draußen bleiben. Er stand nun vor seiner zukünftigen Schwiegermutter und wurde einfach dieses beklemmende Gefühl nicht los, das ihn seit dem Gespräch mit seinem Vater befallen hatte. Er war kaum erwachsen und musste jetzt für eine kleine Familie sorgen. Vorbei mit dem sorglosen Leben. Sein Clan würde ihm natürlich helfen, aber nun war er für Fanella und das zukünftige Kind verantwortlich. Die Mutter wollte praktische Dinge wissen. Wie er sich die Zukunft mit Fanella vorstellte, wie sie leben würden.

Magnus wusste es noch nicht. »Verzeih, aber das kam alles sehr überraschend für mich. Ich werde mit Großvater sprechen.«

Sie nickte. »Ja, tu das. Unsere Tochter soll es schließlich gut bei dir haben. Du und deine Familie seid angesehene Leute.«

Später zog sich Magnus an den See zurück. Am liebsten würde er davonlaufen. Er sah Fanella schon vor sich mit dem dicken Bauch. Warum musste eine so schöne Sache solche Folgen haben? Das war doch ungerecht.

Auf einmal tauchte sein alter Herr bei ihm auf.

»Ach, hier bist du. Ich dachte schon, du bist weggelaufen«, scherzte er.

Aber der Junge sah ihn ernst an. »Ich bin noch nicht bereit zum Heiraten, Vater.«

»Mein Sohn, du hast ihr ein Versprechen gegeben und da jetzt ein Kind unterwegs ist, musst du es einlösen.« Er legte Magnus die Hand auf die Schulter. »Keine Sorge! Wir wurden alle mal Vater. Als du zur Welt kamst, dankte ich den Göttern viele Male für dieses Geschenk. Fanella wird dir vielleicht den ersten Sohn schenken. Spätestens dann wirst du stolz sein und dich freuen.«

Der junge Mann starrte vor sich hin. »Hm, vielleicht.«

Der Ältere entgegnete: »Du musst dich um nichts kümmern. Ich gestalte alles für eure Vermählung. Ist es dir so ein Graus, sie zur Frau zu nehmen?«

Magnus schüttelte betrübt den Kopf. »Ich weiß es nicht, Vater. Ich weiß gar nichts mehr.«

Der gestandene Mann entfernte sich nickend. »Denke darüber nach. Aber mach der Familie keine Schande.«

Der Junge sah ihm nach, bis er verschwunden war. Liebte er Fanella noch? Vermutlich. So schnell verschwand dieses Gefühl sicher nicht. Im Moment war Magnus einfach zu verwirrt. Die Zeit würde zeigen, was er noch für sie empfand.

Nach einer Weile erhob er sich schwerfällig und trottete zur Siedlung zurück. Das Gespräch mit seinem Großvater, dem Clanchef, stand noch aus und erpicht war er nicht darauf. Wahrscheinlich musste er sich zuerst Vorhaltungen machen lassen, bevor es an das eigentliche Problem ging.

Trotz Magnus' anfänglicher Bedenken wurde das Hochzeitsfest sehr ausgelassen und er war glücklich, Fanella an seiner Seite zu haben. Sie lebten jetzt in einem neu angebauten Raum am Elternhaus.

An einem Morgen im nächsten Frühling schreckte Magnus wegen Geschrei und Gebrüll aus dem Schlaf. Was war geschehen?

Neben ihm regte sich Fanella in den Fellen und plötzlich schrie sein Vater aus Leibeskräften: »Wikinger! Die Wikinger greifen an! Zu den Waffen!«

Sofort sprang Magnus aus den Fellen, da stand das Familienoberhaupt schon an der Tür und wies ihn an: »Hol dein Schwert und den Schild. Schnell!«

Den Frauen und Kindern trug der Clanchef auf, in den angrenzenden Wald zu flüchten. Magnus warf sich in seine Kleidung, packte sofort seine Ausrüstung und folgte seinem Vater kampfbereit vor die Hütte. Bisher hatte er das Kämpfen nur geübt, nie war es ernst gewesen und jetzt ging es auf einmal um Leben und Tod. Vor sich sah er bereits einige Männer mit den Angreifern die Klingen kreuzen und weitere Fremde vorstürmen. Die Wikingeräxte mähten alles nieder, was ihnen in die Quere kam. Sogar das Vieh wurde abgeschlachtet. Er umfasste den Griff seiner Waffe fester, hielt seinen Schild vor sich und erwartete die Gegner entschlossen. Für Furcht war jetzt kein Platz. Er musste stark sein, unterdrückte dieses Gefühl von Schwäche.

Die Wikinger gebärdeten sich wie von Sinnen, schlugen alles kurz und klein und als der Erste auf ihn losging, wehrte sich Magnus verbissen. Durch die Übungskämpfe mit den anderen Kriegern reagierte der Jugendliche, ohne darüber nachzudenken, und verletzte seinen Gegner sogar. Sein Vater streckte den Wikinger vollends nieder und schickte Magnus dann Richtung Wald.

»Sieh nach, ob alle in Sicherheit sind, und beschütze sie. Geh, schnell!«

Magnus rannte über die Wiese hinter dem Dorf auf den Wald zu, wo bereits einige regungslose Körper im Gras lagen. Zwischen den grünen Halmen stach ihm rotes Haar ins Auge und es durchfuhr ihn siedendheiß. Bitte nicht!

Wie von Sinnen eilte er zu der Gestalt hin und meinte, bei dem Anblick den Boden unter den Füßen zu verlieren. Da lag sie auf der Seite und bewegte sich nicht. Fassungslos fiel er neben Fanella auf die Knie und drehte sie hastig auf den Rücken. Ihr Kleid war blutgetränkt und ein stechender Schmerz fuhr durch seine Brust. Eisige Klauen umklammerten sein Herz. Sie war abgestochen worden wie Vieh. Eine Wunde klaffte in ihrer Brust und die andere in ihrem hochschwangeren Bauch. Verzweifelt drückte er seine Liebste an sich und schrie den Schmerz hinaus, der ihn innerlich aufzufressen schien. Tränen schossen in seine Augen und unter die schreckliche Trauer mischte sich unbändige Wut. Am liebsten würde er alle Wikinger niedermetzeln, verfluchte diese Berserker und schwor ihnen blutige Rache.

Der Schmerz breitete sich wie ein Lauffeuer über seinen ganzen Körper aus. Magnus meinte, bei lebendigem Leib zu brennen, wollte schreien, aber nur ein klägliches Krächzen kam über die verdorrten Lippen. Flammen nagten an seiner Haut, im Mund und in den Augen. Er konnte die Lider nicht öffnen, so wie sie brannten. Er war wie geblendet und warf sich vor Pein auf den Rücken. Sofort durchfuhr ihn noch heftigerer Schmerz, als würde die Haut aufreißen, und Tränen schossen ihm in die versengten Augen. Das vorhin war alles nur ein Traum seiner Vergangenheit gewesen. Der Verlust seiner ersten großen Liebe. Es hatte ihn lange gequält wie jetzt die wirklichen Schmerzen. Er konnte ihnen einfach nicht entkommen. Seine Haut fühlte sich viel zu eng an, spannte, und so blieb er regungslos liegen. Doch trotz dass er sich nicht rührte, hörten die unsäglichen Qualen nicht auf. Immer wieder musste er heftig stöhnen und stoßweise atmen. Der kalte Beton, auf dem er lag, kühlte wenigstens die malträtierte Haut, aber das war wie ein winziger Tropfen auf einen siedendheißen Stein.

Was war bloß geschehen? Er konnte sich nicht erinnern. In seinem Kopf herrschte vollkommene Leere. Das Letzte, an was er sich erinnerte, war das Bild einer rothaarigen Frau. Er sah sie jetzt deutlich vor sich. Doch das war nicht Fanella. Wer war sie dann?

Ein unbändiger Durst quälte ihn. Er träumte von einem warmen, pulsierenden Körper, in den er die Zähne schlagen konnte, bis das lebendige Blut seinen Schlund hinunterfloss. Eine junge Frau lag nackt vor ihm, räkelte sich verlangend, damit er sie endlich bestieg. Doch die

Gier war zu groß. Er packte sie sofort an der Kehle, umklammerte ihren Leib und trank. Aber es floss kein Blut. Das Einzige, was er schluckte, war Feuer. Er war in der Hölle gelandet. So musste sich das anfühlen. Obwohl er nicht an den Christengott glaubte, gab es den Teufel vielleicht doch. Musste er jetzt für alle seine Taten büßen? Für die unzähligen Opfer?

Als Isabel erwachte, war Magnus noch nicht da oder schon wieder fort. Doch bis jetzt hatte er immer auf sie gewartet. Das war echt untypisch für ihn. Sie kroch aus dem Bett, auf dem seine Klamotten zum Schlafen noch genau so lagen, wie er sie gestern Abend hingeworfen hatte. Er war also tatsächlich nicht hier gewesen. Wo trieb er sich nur herum? Da kam ihr wieder diese merkwürdige Vision vor Sonnenaufgang in den Sinn. Isabel erinnerte sich an die schrecklichen Gefühle, die derjenige ausgestrahlt hatte. Absolut verzweifelt. So etwas hatte sie noch nie erlebt. War die von Magnus ausgegangen?

Schnell zog sie sich an und huschte zu Jacks Zimmer. Sie musste ihm sofort davon erzählen. Auf ihr leises Klopfen hin öffnete er sogleich und grinste süffisant, als er sie erblickte. »Guten Abend, Isabel! Was führt dich so früh schon her?« Ihr war nicht nach Scherzen zumute und als er ihr Gesicht sah, gefror ihm augenblicklich sein Grinsen.

»Was ist los?«, fragte er besorgt.

Isabel wollte ihm nicht auf dem Flur antworten, wo es Artgenossen eventuell hören konnten. »Kann ich reinkommen?«

Jack wich einen Schritt zurück und machte ihr Platz. »Natürlich!«

Alex lag noch schlummernd im Bett unter der Decke, als sie ins Zimmer trat. So gingen sie zur Sitzgruppe rüber und dort platzte sie gleich heraus: »Magnus ist verschwunden!«

Jack setzte sich in den Sessel ihr gegenüber. »Wie verschwunden?«

»Er ist nicht heimgekommen. Seine Sachen liegen unberührt auf dem Bett und er hat mir auch nicht Bescheid gesagt.« Jack trommelte nachdenklich mit den Fingern auf der Armlehne herum.

»Nimm es mir nicht übel, aber dein Gefährte ist ja nicht gerade für seine Treue bekannt. Meinst du nicht, er hat den Tag einfach bei einer anderen verbracht?«

Isabel schüttelte energisch den Kopf. »Nein, das glaube ich nicht. Dass er über Tag wegbleibt, hat er, seit wir zuammen sind, nie getan. Das sieht ihm wirklich nicht ähnlich. Das grelle Licht in meiner Vision und dieses Gefühl der Ohnmacht. Das bedeutet nichts Gutes. Irgendwas muss passiert sein, das spüre ich. Was ist, wenn ihn Sterbliche der Sonne ausgesetzt haben?«

Jack beschwichtigte: »Jetzt mal nicht gleich den Teufel an die Wand.«

Sie wagte nicht, an dieses Szenario zu denken, denn sonst würde sie verzweifeln. Leider gab es heutzutage immer noch vereinzelte Jäger, die ihnen nachstellten, aber die Mehrheit der Menschheit glaubte nicht an Vampire.

»Jack, ich weiß, dass du ihn nicht magst, aber bitte hilf mir, nach ihm zu suchen«, appellierte sie an ihren Freund.

Er stützte sein Kinn auf die Finger und blickte vor sich hin. Ihn weiter zu drängen, würde nichts bringen. So wartete Isabel ungeduldig ab, bis er schließlich antwortete: »Natürlich werde ich dir helfen. Aber wo willst du anfangen? Er könnte überall sein.«

Isabel atmete auf, dass Jack ihr beistand. Leider empfing sie gar nichts mehr von Magnus. Das machte ihr Sorgen. Normalerweise müsste er doch schon längst wach sein. War er überhaupt noch am Leben? O Gott, hoffentlich! Sie könnte es nicht noch einmal verkraften, einen Gefährten für immer zu verlieren. Der Verlust von Cornelius vor einigen Jahren hatte sie in ein tiefes Loch gestürzt, aus dem Magnus sie schließlich rausgeholt hatte. Durch sein Auftauchen in San Francisco war die Zuneigung zu ihm erneut erwacht und hatte sich letztendlich zu mehr entwickelt. Isabel war ihm dann nach Florenz gefolgt, bis sie aus der Toskana zu Jack nach London geflohen war.

Auf einmal überkam sie abermals diese Hilflosigkeit und Verzweiflung, die sie schon in ihrer Vision gespürt hatte.

»Jack, ich glaube, er sendet mir wieder was. Gerade eben. Und es ist immer noch so verzweifelt wie heute Morgen.« Sie war den Tränen nahe, weil sie nicht wusste, wie sie ihren Prinzen finden sollte. »Was ist ihm nur passiert?«, schniefte sie.

Jack legte beruhigend die Hand auf ihre Schulter. »Wir werden ihn finden. Vielleicht kann er dir einen Hinweis geben. Versuch, ihm deine Gedanken mitzuteilen. Er ist alt. Er kann sie bestimmt hören, wenn er dir seine vermitteln kann.«

Stimmt, an diese Möglichkeit hatte sie in ihrer Panik gar nicht gedacht. Damals auf dem Flug von San Francisco nach Florenz hatte Magnus ihr Bilder gesandt, dass er sie erwarten würde.

»Ja, du hast recht. Ich versuch's!«

Endlich wachte Alex auf und solange Jack ihm die Situation erklärte, richtete Isabel ihre volle Konzentration auf ihren Prinzen: *»Liebster, ich spüre, dass du Hilfe brauchst. Wo bist du? Geb mir irgendeinen Hinweis. Bitte! Ich will dich nicht verlieren.«* Sie erwartete keine sofortige Antwort, aber sie war sich sicher, dass Magnus zu ihr durchdringen konnte.

Da Alex leider noch zu jung war, um fliegen zu können, startete Isabel mit Jack allein von der Hotelplattform aus, um über der Stadt umher zu kreuzen. Vielleicht fingen sie Magnus' Schwingungen irgendwo auf. Die Unsterbliche konnte den Ausblick auf die Leuchtreklamen, fantasievollen Hotels und Wasserspiele überhaupt nicht genießen, weil ihre Gedanken fieberhaft um ihren Geliebten kreisten, der sonst was durchmachen musste.

»Jack, nimmst du irgendwas wahr?«

Doch der Brite schüttelte den Kopf.

Sie hatten im Umkreis des Luxors begonnen und zogen immer weitere Kreise um den Strip herum. Als sie sich mehr dem Stadtrand annäherten, spürte Isabel plötzlich ein Brennen am ganzen Körper, das sie völlig aus dem Konzept brachte und sie absacken ließ. O Gott! Diese Schmerzen hielt sie kaum aus.

Sofort war Jack zur Stelle und packte ihren Arm. »Isabel, was ist los? Du stürzt ab!«

Der Gedankenblitz verschwand und sie konnte sich wieder aufs Fliegen konzentrieren, um ohne Jacks Hilfe an Höhe zu gewinnen.

Sie stand noch regelrecht unter Schock. »Ich habe brennende Schmerzen am ganzen Körper gefühlt. So furchtbar! Kurz war ich völlig orientierungslos.«

Ihr Begleiter erwiderte: »Das habe ich gemerkt. Shit, das klingt gar nicht gut.«

»Meinst du, er ist von der Sonne verbrannt worden? Befindet er sich in der Gewalt von Jägern?«

Isabel war nah dran loszuheulen. Wie sollte sie ihren Geliebten da nur rausholen? Zuerst musste sie allerdings wissen, wo er sich überhaupt befand. Vermutlich eher am Rand der Stadt, wenn sie die Gedanken da trafen.

Doch so genau sie auch auf seine Aura achtete und mit Jack die restliche Nacht das ganze Stadtgebiet absuchte, schien ihr Prinz wie vom Erdboden verschluckt zu sein.

Isabel malte sich die wildesten Szenarien aus, wie ihr Gefährte in diese missliche Lage geraten sein könnte. Aber wie hatten Sterbliche ihn überwältigen können, wenn er doch mit der vierköpfigen Vampirbande spielend fertig geworden war? Sie hoffte, dass er ihr bald nähere Infos übertragen konnte.

KAPITEL 8

Das Blut rauschte durch seine Adern, erfüllte ihn mit Leben, ließ seine Kräfte wachsen und war die höchste Befriedigung. Magnus fühlte sich wie im Paradies. Doch plötzlich verwandelte sich der Lebenssaft in glühende Lava, die seine Glieder durchzog, und er schrie vor Qual. Bald würde er völlig den Verstand verlieren, wenn er nicht dringend ein Opfer bekam. Nirgends witterte er eine Menschenseele. Sein Geist wurde beherrscht von Blutträumen, von Wahnvorstellungen und bald würde der Dämon in ihm die völlige Kontrolle übernehmen und sich auf alles stürzen, was sich bewegte.

Magnus lag auf dem Rücken und stand immer noch in Flammen. Etwas war hier im Raum. Er fühlte eine Anwesenheit, aber konnte sie nicht benennen. Sie war voller Groll und Häme. *Nicht menschlich,* geisterte durch sein Hirn. Magnus wagte, die Augenlider zu bewegen, was zwar schmerzte, aber sie öffneten sich tatsächlich einen Spalt weit. Wie durch Nebel erkannte er eine unverputzte Decke über sich. Es war völlig duster und auf einmal sprach eine dunkle Stimme abfällig zu ihm: »Jetzt liegst du winselnd zu meinen Füßen, so wie es sich für dich gehört. Du bist ganz schön zäh, das muss ich zugeben. Ich dachte nicht, dass du das Ganze überstehst, aber da habe ich mich wohl ziemlich getäuscht. Ein harter Kerl!« Eine Gestalt beugte sich über ihn, die er nur schemenhaft erkennen konnte. Nah an seinem Ohr knurrte sie: »Ich werde schon dafür sorgen, dass du nicht so schnell auf die Beine kommst. In dem Zustand gefällst du mir nämlich viel besser.«

Magnus kannte diese Stimme irgendwoher, aber es fiel ihm nicht ein. Von was redete der Fremde? Sie schienen verfeindet zu sein, aber Magnus konnte sich nicht erinnern, warum sie sich bekämpften. *»Wer bist du?«*

Der andere lachte. »Im Ernst jetzt? Du erinnerst dich nicht? Hat es dir so das Hirn verbrutzelt? Na ja, vielleicht kommst du noch drauf.«

Dann quietschte eine Metalltür in der Nähe und derjenige fügte spöttisch hinzu: »Eine angenehme Nacht!« Danach wurde die Tür verriegelt und Magnus war wieder allein.

Isabel fühlte beim Aufwachen abermals Verzweiflung. Wie bei ihrer Art üblich war ihr Geist kurz vor dem Erwachen am empfänglichsten. Unsterbliche träumten nur in dieser kurzen Phase oder empfingen die Gefühle, Gedanken von anderen.

»Magnus, wo bist du nur? Was ist mit dir passiert? Bitte, antworte mir!«

Schniefend fuhr sie durch ihr rotes Haar. Sie hielt diese Ungewissheit einfach nicht mehr aus. Vielleicht sollten sie und Jack es heute mal im Unsterblichen-Club der Stadt versuchen, ob sie da eventuell an Infos über Jäger kamen. Auf dem Stadtplan hatte ihnen die Rezeptionistin den Treffpunkt eingezeichnet. Isabel prägte sich kurz den Standort auf dem Plan ein und ging dann zu Jack und

Alex rüber. Der Brite war sofort dabei und Alex konnte diesmal ebenfalls mitkommen. So machten sie sich zu Fuß in die Stadt auf.

Der Club präsentierte sich offen als Vampir-Bar, allerdings gab es hier einen offiziellen Bereich für die Sterblichen und einem versteckten für ihre Art. Genau wie im Unsterblichen-Club in London, den Isabel, damals noch als Mensch, mit Jack besucht hatte. Er hatte ihr ja tiefere Einblicke in seine Welt versprochen mit der Bedingung, dass sie nichts davon in seine Akte bei den Protectoris aufzeichnete. Daran hatte sie sich gehalten.

Hier war alles einem Spukschloss nachempfunden. Künstliche Spinnweben, alte Kronleuchter, Säulen und Wände, die scheinbar aus Stein bestanden. Zielstrebig drängte sich Isabel mit ihren Begleitern durch die Menschenmenge in die Richtung, von wo sie die Schwingungen der anderen empfing. Schnell hatten sie den getarnten Eingang zu ihrem Bereich gefunden, in dessen Nähe sich ein Artgenosse aufhielt, der sterbliche Besucher abhielt, falls die den vermeintlichen Notausgang öffnen wollten. Dort erinnerte sie die Einrichtung ein bisschen an die Disco für die jungen Vampire in den Gewölben der Neujahrsburg in Irland.

Jack steuerte auf die Tanzfläche zu, was Isabel wunderte, denn normalerweise tanzte er nicht. Doch er lehnte sich nur am Rand an eine Säule und Alex legte grinsend die Arme um ihn. »Jetzt hab ich mich schon gewundert, dass du tanzen gehen willst.«

Jack grinste zurück. »Du kennst mich halt.«

Isabel musste schmunzeln. »Ich dachte gerade dasselbe wie Alex.«

Wenn sie die beiden so Arm in Arm dastehen sah, hätte sie Magnus jetzt so gern hier und würde sich auch an ihn schmiegen wollen. Sie musste an diesem Ort einfach rausfinden, ob jemand Vampirjäger in der Stadt gesehen hatte. Eine andere Erklärung blieb ihr im Moment nicht.

Alex löste sich schließlich von seinem Gefährten, um zu tanzen.

»*Wie sollen wir es angehen?*«, sandte sie Jack.

Er sah seinem Geliebten zu. »*Erst mal umhören, ob wir was aufschnappen.*«

Niemand strahlte Beunruhigung aus. Alle wirkten vergnügt und entspannt. Also gab es zur Zeit anscheinend keine Bedrohung. Zumindest war nichts von Jägern bekannt. Wie aufs Stichwort blitzte schemenhaft das Bild eines dusteren Raums mit nackten Wänden auf, begleitet von einem Gefühl der Ratlosigkeit. Könnte es der Raum sein, in dem er festgehalten wurde? Aber von wem nur?

Geduld war noch nie ihre Stärke gewesen, aber vielleicht musste sie einfach abwarten, bis er ihr mehr Bilder senden konnte. Doch wie lange würde das dauern? Die Heilung von Verbrennungen durch Sonnenlicht ging viel langsamer als bei sonstigen Verletzungen.

Jack bemerkte: »*Viele hier sind Touristen wie wir.*«

»*Leider. Von Jägern scheint nichts bekannt zu sein. Immerhin! Aber wer hält ihn dann gefangen?*«

»*Eine offene Rechnung? Magnus traf vielleicht einen früheren Widersacher.*«

So wie ihr Prinz manche mit seinem selbstgefälligen Verhalten vor den Kopf stieß, würde es sie nicht wundern, wenn er sich Feinde gemacht hatte.

»Wie sollen wir ihn nur finden«, sandte sie und Tränen stiegen in ihre Augen. *»Wenn derjenige ihn festhalten kann, dann muss er auch sehr mächtig sein. Dagegen kommen wir doch nie an.«*

Sie lehnte den Kopf an Jacks Schulter, während er tröstend den Arm um sie legte. *»Hey, wir geben nicht auf. Mach dich nicht verrückt!«*

Bei ihm fühlte sie sich einfach geborgen. *»Das sagt sich so leicht. Wer weiß, was mein Prinz inzwischen durchmachen muss?«*

Jack konnte nicht leugnen, dass er Magnus nicht mochte. Der Kerl war überheblich und hielt sich für den Schönsten. Wie sich der damals in Florenz aufgespielt hatte, regte ihn immer noch auf. »Lass uns allein oder willst du zusehen!«, hatte der großkotzig zu ihm gesagt und Isabel in seine Arme gezogen. Jack war dagestanden wie ein Trottel und das hatte ihn so in Rage gebracht, dass er fast auf den Älteren losgegangen wäre. Aber er hatte es vorgezogen, aus der Hotelsuite zu verschwinden, denn gegen Magnus wäre er eh chancenlos gewesen. Der hätte ihn zerfetzt. Mit Cornelius zusammen hatte er auf den Dächern über Florenz abgewartet, was Isabel tun würde, und gehofft, dass sie nicht mit Magnus mitging. Zum Glück hatte sie sich da für Cornelius entschieden. Doch Isabel jetzt so leiden zu sehen, ging ihm sehr nahe. Er wollte immer, dass sie glücklich war, und würde ihr beistehen, so gut er konnte. Sie liebte diesen arroganten

Kerl eben und da musste er jetzt über seinen Schatten springen und dem Arsch helfen, wie Alex sagen würde. Jack musste schmunzeln, wenn er an Alex' Jugendsprache dachte. Doch durch die Tunerszene, in der der Unsterbliche verkehrte, war ihm vieles inzwischen geläufig.

Auf einmal fühlte Isabel sich beobachtet und suchte unauffällig den Raum ab, aber konnte die Quelle nicht ausmachen.

»Fühlst du es auch?«, sandte sie Jack, an dem sie immer noch lehnte.

»Jetzt, wo du es sagst.«

»Ich seh mich mal um. Dann wissen wir, an wem derjenige interessiert ist.«

Sie löste sich von Jack und schlenderte durch den Club, aber das Gefühl saß ihr weiterhin im Nacken. Jemand hatte sie also immer noch im Blickfeld, daher ging Isabel in einen Bereich, der von der Tanzfläche aus nicht zu sehen war. Wollte einer sie anmachen oder wurde sie aus einem anderen Grund beobachtet?

In einem breiten Gang lehnte sie sich an die Wand und wartete ab. Immer wieder kamen zwar Unsterbliche an ihr vorbei, aber niemand erschien ihr verdächtig. Nun verflog das Gefühl, beobachtet zu werden, aber sie blieb, ob sich derjenige noch blicken ließ. Nach einer Weile trat sie dann wieder in den Hauptraum und nahm nichts mehr wahr. Zum Glück!

Kurz darauf kam ihr Jack Händchen haltend mit Alex entgegen und berichtete ihr: *»Jetzt ist es verschwunden! Vorhin hab ich mal in den Köpfen von so ein paar Jungen gelesen,* *die hier leben. Wer so das Sagen hat. Dabei sah ich das Bild des Russen, den du in diesem Club getroffen hast. Er scheint einer der Herrscher hier zu sein. So wie ich mitgekriegt habe, gibt es mehrere davon.«*

Isabel hatte bereits geahnt, dass Alexeij einer der Oberbosse war. Jetzt hatte sie ausgerechnet mit so einem eine Affäre angefangen! Kein Wunder, dass er ein imposantes Anwesen und unzählige Wachen besaß.

»Ich wusste zwar, dass Alexeij einflussreich ist und einige Clubs besitzt, aber dass er sogar einer der Obersten ist, hab ich nur vermutet.«

Jack zog ein missmutiges Gesicht. *»Und du musst wieder mit so einem anbandeln.«*

Auf diese vorwurfsvolle Bemerkung reagierte sie gereizt: *»Woher sollte ich das wissen? Wir hatten ein bisschen Spaß, mehr nicht.«*

Er gab zu bedenken: *»Ja, das ist generell dein Problem. Dass du es bloß für Spaß hältst. Die Kerle sehen das oft anders.«*

»Ach, jetzt bin ich schuld, wenn einer mehr von mir will. So wie du damals, als ich noch sterblich war. Vielleicht hättest du dich nicht so unnahbar geben sollen. Dass du mir das immer noch vorwirfst. Du bekamst doch deine zweite Chance.«

Jack zog die Stirn kraus. *»Ich war doch nur zweite Wahl, weil dein heiß geliebter Prinz bei dir in Ungnade gefallen war.«*

Isabel würde ihm am liebsten an die Gurgel springen und ihr rutschte ein Knurren heraus. Sofort zuckte Alex zusammen und wechselte hastig den Blick von ihr zu Jack. Der Junge spürte die aufgeladene Stimmung und versteifte sich alarmbereit.

Isabel musste hier raus, bevor sie einen Streit mit dem Älteren vor allen anderen vom Zaun brach. Das brauchte niemand mitzukriegen.

Sie huschte ins Freie und schoss in die Luft, während ihr Tränen in die Augen stiegen. Jacks Worte verletzten sie, weil er in gewisser Weise recht hatte. Sie hatte es damals nicht so gesehen, aber im Prinzip war er immer zweite Wahl gewesen. Nachdem sie Magnus in der Toskana verlassen hatte, hatte sie bei Jack Zuflucht in London gefunden. Sie hatte einfach nicht gewusst, wo sie hinsollte. Damals war sie zum ersten Mal als Neugeborene auf sich allein gestellt gewesen. Unter Unsterblichen konnte das überaus gefährlich werden und sogar tödlich enden. Sie und Jack hatten sich wieder angenähert und waren schließlich ein Paar geworden. Immerhin einige Jahre, bevor Magnus wieder aufgetaucht war, sich das Missverständnis von damals aufgeklärt hatte und ihre Liebe abermals aufgeflammt war. Aber kurz davor hatte Jack bereits Alex gefunden und Isabel hatte eh nur noch die zweite Geige gespielt. So hatte es sich für alle perfekt gelöst. Niemand war benachteiligt worden.

Das bunte Lichtermeer unter ihr nahm sie durch den Tränenschleier nur vernebelt wahr, doch der Wind trug die Tränen im Nu hinfort. Dieser überwältigende Ausblick auf die Stadt hatte etwas Beruhigendes. Isabel liebte es, über den Lichtern einer Stadt zu schweben. Es war einfach immer beeindruckend und wunderschön.

Sie kreuzte noch eine Zeit lang über dem Stadtzentrum herum, beobachtete die Wasserspiele diesmal aus der Luft, was noch viel besser war als direkt davor.

Schließlich steuerte sie auf die schwarze Pyramide des Luxors zu, landete auf der Außenplattform unter der Spitze und betrat von dort das Gebäude.

Das Herumfliegen hatte gutgetan und sie überlegte, ob sie sich gleich bei Jack für ihren Abgang entschuldigen sollte. Aber vor seiner Tür konnte sie weder Jack noch Alex spüren. Waren die beiden noch in der Stadt unterwegs?

So kehrte sie in ihr Zimmer zurück, wo der Anblick von Magnus' Habseligkeiten wieder Verzweiflung in ihr auslösten. Wo sollte sie mit der Suche weitermachen? Wenn ihn wirklich ein mächtiger Unsterblicher in seiner Gewalt hatte, wie sollte sie ihn da rausholen können? Das war unmöglich! Verdammt, warum war sie nur so jung und schwach? Um sich abzulenken, schaltete sie den Fernseher an und zappte herum. Irgendwann als sie die Dämmerung fühlte, fuhr die Abdeckung über das Fenster und verriegelte alles lichtdicht. Ihre Glieder wurden immer schwerer, bis ihr schließlich die Augen zufielen und sie einschlief.

KAPITEL 9

Isabel sah Alexeijs Gesicht über sich. Dann war es vorbei. Nur der Name »Alexeij« hallte nach. Langsam erwachte sie und plötzlich wurde ihr klar, dass es abermals ein Bild von ihrem Prinzen gewesen sein musste. Hatte der Russe etwas mit Magnus' Verschwinden zu tun? Aber warum? Ihr Gefährte hatte ihn nicht gemocht, das war klar. Würde Alexeij zu solchen Mitteln greifen, um Magnus aus dem Weg zu räumen?

Sie sprang aus dem Bett, warf sich in ihre Klamotten und eilte zu Jacks Zimmer. »Jack, bitte mach auf! Sorry wegen gestern. Es tut mir leid, dass ich abgedampft bin.« Nun war ihr Gewissen leichter, weil sie die Entschuldigung über die Lippen gebracht hatte.

Der Blonde öffnete überrascht. »Was ist los? Du bist so aufgebracht.«

Isabel drückte sich an ihm vorbei ins Zimmer und berichtete hastig: »Ich habe von Magnus einen Hinweis bekommen. Ich sah Alexeij über mir. Wir müssen sofort zum Anwesen, ob wir ihn dort spüren.«

Jack nickte. »Ich seh mal nach Alex. Übrigens Schwamm drüber wegen gestern.«

Der kam gerade zu sich und murrte unter der Bettdecke, in die er sich komplett vergraben hatte. Jack setzte sich zu ihm an den Rand und streichelte über den zugedeckten Körper. »Alex, tut mir leid, aber ich muss noch mal mit Isabel los. Sie hat einen Hinweis, wo Magnus sein könnte. Ich komme so bald wie möglich zurück.«

Der Jüngere schlug die Decke zurück und richtete sich mit zerzausten Haaren auf. »Ist schon okay! Ich kann mich ja solange amüsieren.«

Jack küsste seinen Gefährten. »Okay, mach das! Bis später!«

Isabel wollte keine Zeit verlieren und huschte mit dem Älteren zur Plattform, von wo sie in den Himmel starteten. Zielstrebig steuerte sie auf Alexeijs Anwesen zu. Wer weiß? Vielleicht war ihr Gefährte tatsächlich dort. Sie zeigte nach unten. »Das ist die Villa von meiner neuen Bekanntschaft.«

»Imposant!«, war Jacks kurzer Kommentar.

Sie konnten leider nicht so weit runtergehen, weil Isabel ihre Schwingungen noch nicht abschirmen konnte und sie verraten würden. Dafür konzentrierte sie sich intensiv auf Magnus' Anwesenheit, rief nach ihm, aber sie empfing einfach nichts.

Nach mehreren Versuchen gab sie enttäuscht auf. »Er ist nicht dort. Es kommt überhaupt nichts.«

Jack wandte ein: »Wahrscheinlich hat er ihn irgendwo anders hingebracht, damit du ihn nicht findest.«

Sie sah ihn bestürzt an. »Du glaubst, dass es wirklich Alexeij ist, der ihn gefangen hält?«

»Warum sollte er dir sonst solche Bilder schicken? Bestimmt ist er sehr schwach. Da vergeudet er seine Kräfte nicht sinnlos.«

Isabel schaute nachdenklich auf den Komplex des Herrschers hinab. Um herauszufinden, ob Alexeij dahintersteckte, musste sie wohl oder übel zu ihm. Das wollte sie eigentlich vermeiden. Und falls es so war, was würde der Russe für Magnus' Freilassung von ihr verlangen?

Sie seufzte schwer. Es war wohl die einzige Möglichkeit, ihrem Prinzen zu helfen. »Ich geh zu ihm.«

Jack schüttelte den Kopf. »Mach das nicht! Nachher tut er dir auch noch was an.«

Sie erwiderte bitter: »Was hab ich denn für eine Wahl? Ich muss wissen, ob er da unten ist und ob Alexeij ihn gefangen hält. Das lässt mir sonst keine Ruhe. Versteh das bitte!«

Jack betrachtete ebenfalls das Grundstück. »Mir ist nicht wohl dabei, wenn du da runter gehst, aber ich kann es nachvollziehen. Der Kerl hat ganz schön viele Wachen. Falls Magnus hier ist, können wir ihn eh nicht befreien. Nicht allein!« Er gab ihr einen Kuss. »Bitte sei vorsichtig! Tu nichts Unüberlegtes.«

Isabel nickte, aber ihr war nicht wohl dabei, falls es Alexeij war.

Während Jack allein zurück zum Hotel flog, überlegte sie sich, wie der Russe es geschafft haben könnte, Magnus zu überwältigen. Nun, er hatte sicher genug Helfer gehabt, so wie es hier vor Bodyguards wimmelte. Ach, was hatte sie wieder angerichtet! Sie wollte doch nur ein bisschen Spaß haben. Wieso musste das immer so ausarten? Und wie sollte sie überhaupt etwas aus Alexeij herausbekommen? Er war viel älter und sie konnte nicht so einfach in seine Gedanken eindringen. Auf jeden Fall musste sie ihre gut verschlossen halten. Isabel wollte die Ahnungslose spielen.

Kurz darauf landete sie im Innenhof vor der Haustür und sandte dabei aus, wer sie war und dass sie zum Hausherrn wollte. Die Wachen schienen durch ihre letzten Besuche bereits zu wissen, dass sie hier Zutritt hatte, und ließen sie unbehelligt an der Tür läuten.

Der Typ, der sie neulich her chauffiert hatte, öffnete und lächelte, als er sie erblickte. »Du willst zum Boss?«

Isabel nickte nur und trat in die Vorhalle.

Der unsterbliche Angestellte wies sie freundlich an: »Warte hier! Er ist noch in einer Besprechung.«

Dann verschwand er aus der Halle, aber Isabel fühlte weiterhin seine Schwingungen. Bestimmt blieb er in der Nähe, damit sie nicht einfach im Haus herumspazierte.

Als Alexeij schließlich im dunklen Anzug auftauchte, begrüßte er sie freudig wie immer: »Isabel! Wie schön, dich zu sehen.« Er zog sie an der Hand zu sich und küsste sie verlangend. Mit so einer stürmischen Begrüßung hatte die Unsterbliche nicht gerechnet und auch nicht mit seiner deutlichen Beule, die er an ihr Becken presste.

»Komm, meine Schöne!«, raunte er erregt an ihr Ohr.

»Wohin?«, fragte sie unschuldig.

Er grinste und schabte mit den Zähnen über ihre Kehle, was bei ihr sofort ein erregendes Kribbeln auslöste. »Ins Schlafzimmer. Ich bin so heiß auf dich!«

Sein Gerede machte Isabel zwar an, doch die Zweifel, ob er Magnus in seiner Gewalt hatte, ließen sie noch einen Funken kühlen Kopf bewahren.

Der Russe zog sie an der Hand hinter sich her. »Komm, hier entlang!«

Seine Ungeduld war unübersehbar und ließ Isabel innerlich schmunzeln. Beim Sex würde er vielleicht unaufmerksam genug sein, dass sie einen mentalen Angriff starten könnte. Alexeij führte sie die Treppe hoch in den ersten Stock, wo flauschiger roter Teppich ihre Schritte dämpfte, und öffnete eine der vielen Türen des langen Flures.

Kaum im Zimmer presste er Isabel mit seinem stämmigen Körper an die Wand, küsste sie hungrig und fuhr mit den Händen unter ihr Top. Seine Zunge drängte sich in ihren Mund und sie erwiderte wie automatisch. Während ihrer leidenschaftlichen Knutscherei knetete er ihre Brüste, was ihr eine wohlige Gänsehaut bescherte, wanderte dann mit seinen Lippen tiefer und ritzte ihre Haut am Hals an. Das ließ ihr Verlangen noch mehr hochwallen. Im Nu hatte der Hausherr ihr noch die Jeans abgestreift und drängte sie jetzt zum Bett, schubste sie auf die seidenen Decken und begann, sich vor ihr zu entkleiden. Zuerst das Jackett, dann enthüllte das Hemd den muskulösen Oberkörper. Dabei fixierte Alexeij sie lüstern, grollte dabei, was einen angenehmen Schauer durch sie hindurch jagte. Isabel hielt den intensiven Blickkontakt aufrecht, spreizte herausfordernd ihre Schenkel, was die Lust ihres Liebhabers noch stärker reizte. Sein Grollen ging in ein Knurren über und sie wusste, dass er gleich über sie herfallen würde. Allein die Vorstellung ließ ihre Mitte pulsieren und sie hoffte auf einen schwachen Moment bei ihm, um in seinen Kopf eindringen zu können, ohne dass er es merkte. Wenn er seinen Orgasmus hatte, war sicher der beste Zeitpunkt. Da kam sie sogar bei Magnus für Bruchteile durch.

Dann warf er sich auf sie, packte mit den Kiefern ihre Kehle und versenkte sich mit einem Stoß bis zum Anschlag in ihr. Das jagte einen regelrechten Blitz durch ihren Leib und sie schrie vor Lust auf.

Es bereitete ihr eine unsägliche Ekstase, von seinen harten, schnellen Stößen durchgenommen zu werden. Kurz danach erlebte sie bereits ihren ersten Höhepunkt und ihre Zuckungen schienen Alexeij dem Gipfel ebenfalls näher zu bringen. Die Muskelanspannung in seinem Körper wurde immer stärker und Isabel machte sich bereit für ihren mentalen Angriff, nachdem ihr Verstand wieder klarer wurde.

Als er dann fauchend die Zähne in ihrer Kehle schlug und sein Leib erzitterte, wagte sie den Blick in seinen Kopf.

Sie sah tatsächlich einen hellblonden Mann mit vollkommen schwarzer Haut vor sich in einem kargen Raum liegen. Derjenige stöhnte gequält, aber rührte sich sonst nicht. Das konnte nur Magnus sein. Dann war es also wahr. Alexeij hatte ihn in seiner Gewalt. Am liebsten hätte sie den ächzenden Kerl von sich runtergestoßen und wäre davongerannt. Aber nun musste sie stark sein. Ihrem Gefährten zuliebe. Dieser Mistkerl hatte ihn der Sonne ausgesetzt. Dachte Alexeij, er könnte ihn so vernichten? Magnus war jedoch, wie Antonio, schon alt genug, um das zu überstehen.

Alexeijs Worte rissen sie aus den Gedanken. »Isabel, ich wollte dich etwas fragen.«

Sie versuchte, ihn so gut es ging, anzulächeln. »Ja, frag ruhig.«

Er räusperte sich und wirkte auf einmal ungewohnt unsicher. »Nun, du bist eine starke, selbstbewusste Unsterbliche und du gefällst mir. Ich denke, das passt perfekt zu mir. Möchtest du nicht bei mir bleiben?«

Oha, daher wehte der Wind. Langsam begriff sie Magnus' Bedenken. Er hatte es geahnt. Sie wollte Alexeij nicht verärgern und antwortete erst mal vorsichtig: »Ich weiß nicht. Für dich empfinde ich nicht dasselbe wie für Magnus.«

Er zog sie an sich. »Ach, vergiss deinen Gefährten und bleib bei mir. Ich erfülle dir all deine Wünsche und du könntest mit mir herrschen. Ist das nichts?«

Sie sah ihm in die hellen Augen und lächelte. »Doch, natürlich. Aber ich kann ihn nicht einfach so verlassen. Das möchte ich auch nicht.«

Der Russe gab noch nicht auf. »Du weißt nicht, was dir entgeht. Ich gehöre der Herrscherriege von Vegas an und kann dir alles besorgen, was du willst. Für uns gibt es absolut keine Grenzen.« Er strich über ihre Wange. »Du bist so wunderschön. Sei meine Königin!«

Seine Worte schmeichelten ihr, aber sie liebte ihren Prinzen und wusste ja, dass Alexeij ihn gefangen hielt.

Dann fragte er plötzlich: »Wo ist er überhaupt? Du vermisst ihn, hab ich recht?«

Isabel wollte nicht lügen, deshalb antwortete sie: »Ja, es stimmt. Er ist nicht mehr aufgetaucht. Weißt du etwas?«

Natürlich spielte er den Ahnungslosen. »Wer weiß! Vielleicht hat er dich verlassen, um dir nicht im Weg zu stehen.«

Sie schüttelte den Kopf. »Magnus würde niemals so schnell aufgeben und einfach zu verschwinden, ist nicht seine Art.«

»Was kann ich tun, um dich zu erweichen?«, bettelte er.

Das brachte sie zum Schmunzeln. »Nichts, Alexeij. Es würde meine Gefühle eh nicht ändern. Du hast doch genügend Frauen hier.« Hatte er sie gestern im Vampir-Club beobachtet?

Er streichelte versonnen über ihre nackte Haut. »Ich will aber dich! Schon als ich dich das erste Mal sah, wusste ich es.« Seine Stimme änderte sich. Das süße Gesäusel wurde fordernder. »Und ich bekomme immer, was ich will.«

Isabel beschloss jetzt, lieber zu verschwinden, solange sie noch konnte. »Willst du mich etwa zwingen?«

Er lächelte immer noch. »Wenn es sein muss.«

Shit! Was sollte sie jetzt tun? Sie saß in der Falle. Flucht war keine Option. Bei dem ganzen Personal würde sie nicht weit kommen.

»Lass mich gehen! Bitte!«

»Nun, vielleicht brauchst du einfach eine kleine Motivation«, sagte er und wies zur Schlafzimmertür, die sich auf einmal öffnete. Der Chauffeur brachte eine DVD herein. Alexeij sprach Russisch mit seinem Angestellten, der die Disc jetzt in den Videorekorder gegenüber des Bettes schob. Daraufhin fuhr eine Leinwand von der Decke herunter und ein Video begann zu laufen. Isabel schaute auf den Bildschirm, wo ein blutüberströmter, nackter Magnus von zwei Unsterblichen zu einer Art Solarium gezerrt wurde. Er wehrte sich, aber war bereits zu geschwächt, um was auszurichten. Dann drückten sie ihn auf die untere Hälfte des Geräts und schnallten ihn mit Zurrgurten fest. Kurz darauf gingen die Lampen an und ihr Geliebter wand sich unter furchtbaren Schmerzen in dem UV-Licht. Voller Grauen starrte sie auf die Leinwand. Scheinbar eine Ewigkeit zerrte Magnus an den Fesseln, während seine Haut sich schwarz färbte. Die Strahlung versengte den gesamten Körper. Diese Bilder trieben ihr sofort Tränen in die Augen. Wie konnte man nur so grausam sein?

Der Hausherr meinte nur trocken: »Ich dachte, den Ton stelle ich lieber ab. Aber ich denke, das reicht fürs Erste.«

Isabel konnte nicht anders und schluchzte los: »Was bist du für ein Scheusal! Wie kannst du nur so etwas tun?«

Er blieb ungerührt. »Nun, es liegt an dir, wie schnell dein Magnus wieder genesen wird.« Dabei strich er mit den Fingern an der Innenseite ihres Oberschenkels entlang. »Solange du mich zufrieden stellst, geschieht ihm nichts.«

Diese Worte brachten Isabel innerlich zum Kochen, aber sie musste sich zusammennehmen. Das waren ja rosige Aussichten. Jetzt sollte sie die Sexsklavin dieses Russen werden. Sofort dachte sie an Jack, aber der konnte bei der Übermacht auch nicht helfen. Wie sollten

Magnus und sie jemals wieder da raus kommen? Musste sie es hinnehmen und hoffen, dass Alexeij sie irgendwann satthatte? Und ihr Prinz. Wollte er ihn jahrelang gefangen halten?

»Und, was ist, Isabel?«, fragte er ungeduldig.

Am liebsten würde sie ihm ins Gesicht springen, aber sie senkte resigniert den Blick. »Was bleibt mir anderes übrig. Du bist der Boss! Das muss ein tolles Gefühl sein, wenn man die Geliebte zwingen muss.«

Er lachte: »Ach, komm. Dir hat es bis jetzt auch gefallen.«

Für sich dachte sie: *»Ja, bis jetzt.«*

Zu ihrem Unglück wollte er sofort einen Beweis für ihr Einverständnis. »Dann zeig mir, ob du mich auch verstanden hast.«

Alles sträubte sich an ihr, als er sie von hinten bestieg, und sie versuchte, einfach auszublenden, dass es Alexeij war. In der Stellung fiel das nicht schwer und Isabel war froh, als er endlich genug hatte. Ihr Hinhalten zahlte sich wenigstens für Magnus aus. Alexeij verkündete ihr gönnerhaft, dass ihr Gefährte ein Opfer bekommen würde, weil sie so brav gewesen war. Ja, der einzige Lichtblick. Ließ er ihn etwa auch noch hungern? Ihre Hoffnung lag auf Magnus' schneller Heilung. Dann wäre er stark genug, sich selbst zu befreien. Aber das würde noch Wochen dauern. Isabel wusste ja von Antonios Sonnenexperiment, dass die vollständige Genesung zirka vier Wochen in Anspruch nahm. Aber der war von Martin auch regelrecht umhegt worden, hatte jede Nacht ein Opfer bekommen. Dieses Glück hatte Magnus nicht.

Er litt schreckliche Schmerzen und dazu kam noch der Hunger. Sie musste sich einfach anstrengen, so gut es ging, und die Geliebte für Alexeij mimen.

Magnus hörte in weiter Ferne ein Herz schlagen. Dieser verlockende Rhythmus versetzte seine Sinne sofort in Aufruhr. Gebannt horchte er auf das aufgeregte Pochen der Angst. Jede Faser in seinem verdorrten Leib schrie nach Blut. Kaum hatte er den Duft des Menschen gewittert, stieß er ein kehliges Knurren aus und die Adern krampften sich auffordernd zusammen. Die Herzschläge kamen immer näher und der Unsterbliche hob, trotz der unerträglich brennenden Haut, den Kopf und starrte zur Stahltür. Die Schritte von mehreren Personen hallten auf dem Gang. Magnus stützte sich auf die Arme, fixierte die Tür und spannte sich am ganzen Leib an. Nun vernahm er die verängstigte Stimme eines Mannes, die jedoch von dem Pulsieren übertönt wurde. Dieser Klang nahm Magnus komplett gefangen, blendete alles andere um ihn herum aus. Der Dämon in ihm stieg jetzt nach oben, sein Knurren wurde lauter und als die Tür aufgestoßen wurde, schlug ihm dieser verführerische Geruch mit solcher Wucht entgegen, dass er die Besinnung verlor.

Es war wie der Himmel auf Erden. Endlich war er erlöst. Magnus lag auf dem Rücken, fühlte keinen Schmerz mehr, nur unsägliche Befriedigung. Es erschien ihm wie ein Wunder. Doch als er sich aufsetzte, zerrte es abermals an seiner Haut. Neben ihm auf dem Boden lag ein Toter mit zerfleischtem Hals und gebrochenen Knochen. Ihm hatte er also die augenblickliche Glückseligkeit zu verdanken und die geringe Pein.

Auf einmal flammten Bilder auf. Jemand war bei Alexeij und diese Person stellte sich dabei Sex mit ihm vor. Magnus dachte fieberhaft nach, wer das sein könnte. Er musste es ausnutzen, solange er Herr über seinen Verstand war. Die rothaarige Frau, die nicht Fanella war. Plötzlich fiel ihm ihr Name wieder ein. Isabel! Ja, genau. Mit ihr musste er zusammen sein und jetzt benutzte dieser Abschaum auch noch sie, zwang sie anscheinend dazu. Magnus brodelte innerlich. Oh, wenn er könnte, würde er Alexeij in Stücke reißen. Das würde dem noch leidtun.

Er konzentrierte sich jetzt auf Isabel und sandte ihr das Bild des Opfers und des Raums.

Daraufhin sah sie kurz Magnus' Gefängnis und einen ausgetrunkenen Mann am Boden liegen. Alexeij hatte Wort gehalten und ihm ein Opfer bringen lassen.

Der Russe führte sie nun zu seiner Schlafkammer. Töricht von ihm, dass er ihr alles zeigte. Er musste sich seiner Sache schon echt sicher sein.

In der Vorhalle öffnete er eine versteckte Tür, hinter der ein stockfinsterer Gang zu einem Fahrstuhl führte. Damit fuhren sie in die Tiefe, wo sich ein weiterer Gang erstreckte, und nach einer Panzertür, die mit Code gesichert war, öffnete sich das goldüberladene Gemach. Ein großes, rundes Bett bildete die Schlafstätte.

Alexeij entkleidete sich und schlüpfte unter die Decke. Isabel zog nur ihre Schuhe aus und legte sich mit ihren

Klamotten hinein. Als er sich an ihre Rückseite schmiegte, ignorierte sie es. Zum Glück wollte er nicht mehr von ihr.

Während des Einschlafens dachte sie an Magnus und sprach zu ihm: *»Liebster, ich bin in deiner Nähe. Ich tu alles für Alexeij, damit es dir gut geht. Werde schnell gesund!«*

Im Halbschlaf vernahm Isabel Russisch neben sich und dann drückten sich Lippen auf ihre Schulter. Es dauerte einen Augenblick, bis ihr bewusst wurde, wer da neben ihr lag. Kräftige Hände fuhren über ihren nackten Körper. Gestern hatte sie doch noch Jeans und Shirt angehabt. Alexeij hatte sie einfach ausgezogen. Wollte er sie etwa im Schlaf benutzen? Das wäre die bodenloseste Frechheit, die sie je erlebt hatte.

Wie aufs Stichwort säuselte er: »Endlich bist du wach, mein Kätzchen, meine Kiska.« Er liebkoste ihren Nacken, während seine Härte an ihrem Hintern rieb. Mit einer Hand hob er ihr Bein an und schob sich genüsslich knurrend langsam in ihre Tiefen.

»Hm, du bist ja schon richtig feucht. Wie eine läufige Hündin. Jetzt ficke ich dich, bis du vor Lust schreist. Du stehst drauf, wenn man dich so richtig durchnimmt. Das habe ich schon gemerkt. Wir passen ideal zusammen.«

Alexeij legte los und Isabel hielt einfach still, aber ihrem Körper gefiel sein Tun außerordentlich. Obwohl ihr Verstand sich sträuben wollte, wurde sie völlig mitgerissen. Der Sex war unbestreitbar gigantisch mit ihm. Zum Glück, sonst könnte sie die ganze Sache vermutlich nicht durchhalten. Er war ja nicht unattraktiv. Es war einfach der Zwang, der ihr die Lust gekillt hatte.

Alexeij wurde nach dem wilden Ritt ganz anschmiegsam und schnurrte: »Ich wusste doch, dass du es brauchst, meine Wildkatze. Du machst mich schon wieder geil.« Er führte ihre Hand an die erneute Erektion. »Am liebsten würde ich es die ganze Nacht mit dir treiben, aber ich muss aufstehen. Die Geschäfte rufen.«

Darüber war Isabel gewiss nicht böse. Mit einem Satz sprang er vom Bett, öffnete seinen begehbaren Schrank und holte einen frischen Anzug heraus.

»Auf meinem Grundstück kannst du tun, was du willst. Wenn du Blut brauchst, dann sag einem der Männer Bescheid. Am besten Dimitrij. Das ist der, der dich neulich abgeholt hat. Er ist meine rechte Hand.«

Sie stand ebenfalls auf und zog sich an. »Okay. Dann darf ich in deinem Haus und im Garten überall hin?«

Alexeij küsste ihre Halsbeuge. »Natürlich. Ich hab genügend Leute, die dich zurückhalten, falls du fliehen willst. Du brauchst es also gar nicht erst zu versuchen. Aber du weißt ja, von deinem Verhalten hängt das Wohl deines Gefährten ab.«

Dann nahm er sie an die Hand, nachdem er sich in Schale geworfen hatte. »Komm, gehen wir hoch!«

Beim Verlassen der Schlafkammer gab Alexeij keinen Code ein, sondern öffnete einfach die Panzertür. Isabel schielte zu dem Kästchen draußen an der Wand. Gestern Nacht hatte sie nicht mitbekommen, was er für eine Kombination eingetippt hatte. Der Russe hielt auch im

Fahrstuhl noch ihre Hand, wie wenn sie ein verliebtes Pärchen wären. Die Jüngere wagte nicht, sich zu entziehen, und als sich die Fahrstuhltüren öffneten, stand dieser Dimitrij schon in der Halle und begrüßte Alexeij in seiner Muttersprache. Er nannte den Hausherrn »Ivanowitsch« und die Sätze, die die beiden wechselten, verstand sie nicht, aber da ihr Name fiel, gab Alexeij sicherlich Anweisungen an den Assistenten weiter, was sie betraf.

Daraufhin nickte Dimitrij ihr zu. »Ich stehe jederzeit zur Verfügung, Gosposcha.«

»Danke«, entgegnete sie.

Alexeij verabschiedete sich mit einem Kuss von ihr. »Ich muss was erledigen. Amüsier dich. Die anderen Mädchen sind im Garten.«

Dann verließ er mit Dimitrij das Haus. Bestimmt klapperte er seine Clubs ab. Der war lustig. Wie sollte sie sich in dieser Situation amüsieren?

Isabel blieb unschlüssig in der Eingangshalle zurück. Irgendwie hatte sie keine Lust auf die Gesellschaft der Püppchen. Lieber wollte sie herausfinden, wo ihr Liebster gefangen gehalten wurde. Sicherlich irgendwo in den unteren Stockwerken.

»Magnus, wo bist du? Alexeij hat gerade das Haus verlassen.« Sie wartete kurz ab. Nichts kam zurück. *»Antworte mir!«*

Die Geheimtür fiel in der Wandnische fast nicht auf. Wenn sie mit Alexeij nicht dort rein und raus gekommen wäre, würde sie sie glatt übersehen. Nur wie öffnete man sie, denn sie besaß keinen Türgriff? Auf Anhieb entdeckte Isabel auch keinen Schalter. Doch es musste irgendetwas geben, um die Tür zu öffnen. Ihre scharfen Augen suchten gerade den Bereich drum herum ab, da sprach sie einer der Leibwächter an.

»Die anderen sind beim Pool. Komm, ich führe dich hin!«

Notgedrungen folgte Isabel dem Kerl, der den Arm Richtung Poollandschaft ausstreckte. »Bitte!« Damit zog er sich wieder zurück, aber behielt sie bestimmt im Auge. So gesellte sie sich zu diesen Tussis, die in knappen Bikinis auf den Liegestühlen lagen und sich angeregt unterhielten.

»Hi, ich bin Isabel«, stellte sie sich vor.

Die mit den braunen langen Haaren entgegnete: »Ich weiß. Du bist seine Neue.«

Isabel reagierte selbstbewusst. »Und wie heißt du?«

»Irina.« Danach stellte diese noch die anderen drei Vampirinnen vor, die alle nicht lange verwandelt waren. Von der Aura her reichten Irinas Kräfte nicht ganz an Isabels heran. Das war schon mal ein Vorteil und brachte ihr vor den anderen Respekt ein. Auch der Umstand, dass Isabel als Einzige in Alexeijs Schlafkammer ruhen durfte. Das schien diese Tussis jedoch nicht im Geringsten zu stören. Die genossen hauptsächlich den Luxus eines Daseins an der Seite eines einflussreichen Unsterblichen, wie sie in manchen lesen konnte.

Sogleich nutzte Isabel die Gelegenheit, mehr über Alexeij zu erfahren. »Wisst ihr, wo er hinmusste?«

»Ach, irgendwas Geschäftliches, aber das interessiert uns eh nicht.«

Leider erfuhr Isabel nichts wirklich Neues von den Mädchen. Sie streckte sich auf ihrem Liegestuhl aus und schaute in den Nachthimmel empor. War Jack vielleicht dort oben? Was er wohl über ihr Verschwinden dachte? Er ahnte sicher, was vorgefallen war, und Isabel glaubte, dass er Las Vegas noch nicht verlassen würde, bevor er sie in Sicherheit wusste.

KAPITEL 10

Catherine erwachte mit einer Ahnung, die sie innerlich aufwühlte. Irgendetwas Furchtbares war geschehen und es hatte mit Magnus zu tun. Schwebte er in so großer Gefahr, dass sie es spürte? Entschlossen schob sie den schweren Deckel ihres steinernen Sarkophages beiseite, stieg heraus und strebte zu den ersten intakten Treppenstufen der Burg, bevor sich der Abgrund auftat. Die restlichen Stufen hatte Magnus damals im 11. Jahrhundert, als er die Feste bezog, weggeschlagen, damit Sterbliche niemals seine Ruhestätte finden konnten. Ihr Weg führte sie zuerst in die beiden einzigen bewohnbaren Räume, in denen einige uralte Möbelstücke standen. Hier hielt sich die Unsterbliche am ehesten auf. Catherine trat an eines der zerbrochenen Fenster, in denen sich nur noch Reste von altem Glas befanden. Ihr Blick schweifte über die grünen Hügel, die verstreuten Ortschaften und sie öffnete jetzt ihren Geist, ob sie irgendwelche Rufe von Magnus empfing. Konzentriert lauschte sie immer wieder in die Ferne, doch es kam nichts Greifbares bei ihr an. Nur ein Gefühl von absoluter Hilflosigkeit und Pein. Das passte überhaupt nicht zu ihm. Normalerweise war er überlegen und kühn. Was war nur geschehen? Aus Erfahrung wusste sie, dass diese Ahnungen nicht unbegründet waren.

Sie erinnerte sich an das letzte Mal, als sie vor fast dreißig Jahren in die Wüste von Arizona aufgebrochen war, weil sie Magnus in ihren Träumen oder Visionen auf einem Motorrad vor einem armseligen Haus gesehen hatte.

Fassungslos hatte sie ihn betrachtet, als er dann endlich in der Stube dieses Hauses vor ihr gestanden hatte. Er hatte genauso ausgesehen wie vor siebenhundert Jahren. Zuerst hatte sie gedacht, er wäre nur ein Doppelgänger, aber als er gesagt hatte, dass das Blut noch genauso schmecke wie damals, und dabei gelacht hatte, hatte sie gewusst, dass es ihr Magnus war. So lachte nur er. Sie hatte es kaum fassen können. Sieben Jahrhunderte über hatte sie geglaubt, er wäre von diesem Herausforderer damals vernichtet worden. Zumindest hatte es der uralte Unsterbliche behauptet, während er kurz auf der Burg verweilt hatte. Doch dann war er weitergezogen und sie hatte mit ihrem Schöpfer Jonathan das Gemäuer übernommen. In Arizona hatte Magnus in dieser Einöde gelebt und war mit einer Gang aus jungen Unsterblichen durch die Gegend gekurvt. Am nächsten Abend hatte er Catherine zuerst in aufreizende Lederklamotten gesteckt und war mit ihr auf seiner Maschine in die nächste Stadt gebraust, um moderne Kleidung für sie zu kaufen. Sie hatte nie viel Wert auf die Zivilisation gelegt und war in Schottland immer noch in ihren altmodischen Kleidern herumgelaufen. Die meiste Zeit hatte sie hier auf der Burg verbracht, war in die Siedlungen der Menschen nur gegangen, um zu jagen. Dort hatte sie dann in den Straßen der Orte nach Opfern gesucht und sich normalerweise nur ihnen gezeigt. Magnus hatte sie in ein öffentlicheres Leben geführt. Catherine war sich in diesem Damengeschäft, in das er sie geschleppt hatte, vorgekommen wie der erste Mensch. Sie hatte keine Ahnung gehabt, was eine Frau heutzutage so trug. Ihr Gefährte hatte zielstrebig einige Dinge ausgesucht und sie hatte es anprobiert. Anfangs hatte sie sich sehr unwohl gefühlt in diesen engen Jeans, die ihren Hintern zur Schau stellten, und in den Tops, in denen sich ihre Brüste abzeichneten. Dabei lachte sie auf, als ihr der BH-Kauf in den Sinn kam. Die Verkäuferin hatte ihr zeigen müssen, wie man solch ein Teil anlegte. Magnus hatte ihr neuer Aufzug gefallen, aber das hatte sie nicht sonderlich verwundert. Danach hatten sie eine Bar besucht und Catherine hatte sich schnell an die Gegenwart von vielen Menschen gewöhnt. Magnus hatte sich so selbstsicher in der modernen Welt bewegt, als wäre er nicht Jahrhunderte lang im Schlaf gelegen. Dann waren sie eine Zeit lang in San Francisco bei ihrem Zögling Antonio geblieben und danach nach Südamerika weitergereist. Es war eine sehr schöne Zeit gewesen, aber irgendwann hatte sie zurück in ihre Heimat gewollt. Magnus hatte noch nicht genug von der Welt gehabt, und so hatten sie sich getrennt. Aber sie trafen immer wieder aufeinander und jedes Mal flammte die alte Leidenschaft auf. Vermutlich waren sie füreinander bestimmt, aber zu verschieden, um es lange zusammen auszuhalten.

Seufzend wandte sie sich um und schritt durch die Ruine. Manchmal drangen junge Sterbliche als Mutprobe in das Gemäuer ein, denn in der Gegend glaubte man, dass es hier spukte. Ab und zu zündete die Vampirin

Kerzen an, obwohl ihre Augen diesen Lichtschein nicht brauchten. Wenn vereinzelte Dorfbewohner dann dieses Licht bemerkten oder eine wandelnde Frauengestalt in altertümlichen Kleidern wahrnahmen, hielten sie es für einen Spuk, weil ihre Augen ihren schnellen Bewegungen nicht folgen konnten. Manchmal machte sich Catherine einen Spaß daraus, diese wagemutigen Kerle bei ihrer Mutprobe in die Flucht zu schlagen, indem sie sich ihnen zeigte und im nächsten Augenblick an einer ganz anderen Stelle stand. Oder sie schwebte vor ihnen herum. Dann war sie ganz sicher ein Geist und ließ die Jungen fluchtartig das Gelände verlassen. Dieser Ruf sicherte ihr ein ungestörtes Dasein.

Plötzlich blitzte ein Bild auf. Geschwärzte Arme und Beine in einem Keller. Ein vollkommen verbrannter Leib. War Magnus etwa der Sonne ausgesetzt worden? Nur von wem? Etwa Vampirjäger? Das durfte nicht sein. Wer auch immer ihm das angetan hatte, durfte ihn nicht vernichten. Auf keinen Fall. Sie musste ihn retten und beschloss, sofort nach San Francisco aufzubrechen.

An diesem Abend hatte Isabel Hunger, aber auf Jagd ließ Alexeij sie ja nicht. Nach ihrem Erwachen sollte sie zuerst die Beine breitmachen, doch sie lehnte ab, da ihr Körper mit Nachdruck Blut forderte und die leichten Krämpfe in ihren Gliedern ihre Begierde hemmten. Alexeij murrte enttäuscht. Ihm passte ihre Unlust überhaupt nicht und er verlangte mehr Leidenschaft von ihr. Aber wie sollte sie in ihrer Situation Leidenschaft entwickeln?

Da meinte er: »Ich glaube, du brauchst einen kleinen Ansporn. Komm, zieh dir was über. Ich zeig dir was.« Dabei reichte er ihr einen seidenen Morgenmantel und Isabel schlüpfte mit einem ungutem Gefühl hinein. Was verstand er unter »Ansporn«? Würde er sie jetzt bestrafen?

Mit Schaudern dachte sie an das Solarium, als er mit ihr den langen dunklen Flur entlangging und dann einen kleinen Raum betrat. Doch zu ihrer Erleichterung befanden sich nur einige Bildschirme von Überwachungskameras darin.

Alexeij schaltete einen davon an. »Ich dachte, es interessiert dich vielleicht, wie es deinem Gefährten geht.«

Sofort sah Isabel auf die Mattscheibe. Endlich konnte sie Magnus sehen. Die Nachtsichtkameras zeigten ihn in einer Ecke der Zelle kauern und apathisch ins Leere starren. Seine Haut war immer noch vollkommen schwarz, schien aber inzwischen glatter zu sein als auf dem Video seiner Verbrennung.

Was ging in ihm vor? Verlor er am Ende noch den Verstand vor Schmerzen? Ihr Prinz sah gut genährt aus. Offensichtlich musste er nicht mehr hungern.

»Dann streng dich an, dass es auch so bleibt«, hörte sie Alexeij hinter sich sagen. Dabei schaltete er den Bildschirm wieder ab. Sie war zu deprimiert, um irgendetwas zu erwidern, und ließ sich von ihm hoch ins Bad führen, wo schon Sterbliche auf ihren nahen Tod warteten. Sie hielten sich mit Alkohol bei Laune. Der Hausherr gönnte sich zwei Mädchen und überließ Isabel die beiden Männer. Sie konnte ihr Mahl diesmal nicht genießen und bescherte den beiden einen schnellen Tod. Nun war abermals ihre Leidenschaft gefragt. Durch das frische Blut in ihren Adern fiel es ihr um einiges leichter und sie schloss die Augen, um sich ihren Gefährten in den Armen vorzustellen. Das klappte sogar und Alexeij war zufrieden.

Nun schmiegte er sich befriedigt an sie und säuselte: »Ach, meine kleine Kiska.«

Das war wohl jetzt ihr Kosename bei ihm. Klang ja ganz nett.

Alexeij behielt sie im Arm, auch als zwei Unsterbliche zur Wanne traten und die vier Leichen aus dem Becken fischten. Bestimmt hatte er sie per Gedanken gerufen. Bequem war so ein Leben schon. Opfer wurden vom Personal hergebracht und wieder entsorgt. Man selbst musste sich nur auf das Angenehme konzentrieren.

»Alexeij, verrätst du mir, wie du Magnus in deine Gewalt gebracht hast? Das habe ich mich schon von Anfang an gefragt.«

Er grinste überlegen. »Nun, dein Gefährte war so dumm herzukommen. Er wollte eine Unterredung mit mir und meinte schließlich, er müsste mich angreifen. Da mischten sich natürlich meine Leibwächter ein und es waren genug, um ihn schwer zu verwunden. Den Rest kennst du ja vom Video. Ich konnte ihm das nicht einfach durchgehen lassen und er hat es nur dir zu verdanken, dass er nicht einen Kopf kürzer ist. Mir ist schon klar, dass du wegen ihm bei mir bist. Deshalb mache ich ihn auch nicht unschädlich.«

Isabel lächelte bitter. »Du hast Angst vor ihm. Dir wäre es lieber, er wäre tot. Du weißt nicht, wie stark er in Wirklichkeit ist, und diese Unwissenheit macht dir Angst. Ich weiß selbst nicht, zu was er fähig sein kann. So lange sind wir noch nicht zusammen und es war seither nicht erforderlich, dass Magnus seine Kräfte voll nutzt.«

Alexeij wiegelte ab: »Im Moment ist er schwach und das wird sich nicht so schnell ändern. Da mache ich mir wirklich keine Sorgen. Aber lass uns doch mehr von uns beiden reden.«

Sie lachte auf. »Was gibt es da zu reden? Unser Verhältnis ist doch geregelt. Du bumst mich, wie es dir gefällt, und versorgst mich mit Opfern.«

Er schüttelte den Kopf und strich über ihre Wange. »Isabel, du bist nicht wie die anderen Frauen. Du bedeutest mir etwas und ich hoffe immer noch, dass du deinen Hass vergisst.«

Sie schob seine Hand weg und blickte auf das Wasser. »Ich kann nicht so tun, als ob alles in Ordnung wäre. Ich liebe Magnus und ich möchte ihn auf keinen Fall verlieren. Daran kannst du mit deinem Psycho-Terror auch nichts ändern.«

Alexeij schwieg und blickte abwesend in den Raum. Über was dachte er nach? Er wirkte für einige Zeit richtig nachdenklich. Das kannte Isabel bei ihm eigentlich nicht. Da war sie mehr sein Grinsen gewohnt. Dann schaute er sie fast traurig an und seufzte nur. Sie verstand nicht, was in ihm vorging, aber ein Gefühl sagte ihr, dass es nichts Gutes bedeutete.

Während sie aus der Wanne stiegen, schwiegen sie beide. Isabel wollte den Rest der Nacht noch allein verbringen und Alexeij zog sich in sein Arbeitszimmer zurück.

Sie überlegte, wo Magnus eingesperrt sein könnte. Vielleicht sogar auf der gleichen Etage wie die Schlafkammer. Isabel hatte keine Ahnung, ob es noch mehr unterirdische Geschosse gab. So hüllte sie sich wieder in den Morgenmantel, huschte über die Flure in die Eingangshalle hinunter, um noch mal den Schalter für die versteckte Tür zu suchen. Diesmal blieb sie in Deckung hinter einer großen Grünpflanze, die vor einer Nische stand, und suchte mit den Augen die Wände der Vorhalle ab. Immer wieder kreuzten einige von Alexeijs Männern ihr Blickfeld. Bis jetzt konnte sie nichts Verdächtiges erkennen. Doch dann hatte sie Glück. Zwei Bodyguards schleppten die heutigen Opfer in schwarzen Plastiksäcken über den Schultern zu der fast unsichtbaren Tür und endlich sah sie, wo einer der Typen drückte. Seine Finger griffen neben eine der goldenen Bordüren, die in regelmäßigen Abständen vom Boden zur Decke verliefen. Jetzt musste sie nur noch warten, bis die Luft rein war. Vermutlich war es zu riskant, sofort runterzufahren, solange die Typen nicht zurückkamen. Also wartete Isabel mehr oder weniger geduldig ab.

Scheinbar nach einer Ewigkeit kehrten die Kerle zurück, unterhielten sich angeregt und verschwanden in Richtung Garten. Jetzt war die Luft rein.

Isabel wagte sich aus ihrem Versteck, drückte den verborgenen Knopf und die Tür öffnete sich einen Spalt. Glücklicherweise machte es keine Geräusche, und so huschte die Unsterbliche blitzschnell durch den Gang in die Kabine des Aufzugs und betätigte die Taste zur Schlafkammer. Darunter befand sich noch mal ein Knopf. Es existierte also ein zweites Untergeschoss. Dort musste Magnus sein. Sie probierte es einfach mal aus. Der Aufzug hielt zuerst im ersten Untergeschoss und die Türen öffneten sich. Isabel hoffte, dass gerade niemand von den Leibwächtern in der Nähe war. Sie atmete auf, als sich die Kabine wieder schloss und es noch mal einen Stock tiefer ging. Unten angekommen gaben die zurückweichenden Türen den Blick auf einen langen Gang frei. Sie wollte gerade aussteigen, da tauchten plötzlich zwei Unsterbliche vor ihr auf, die sie verärgert musterten.

»Oh, wo bin ich jetzt gelandet?«, tat Isabel ahnungslos.

Einer verengte die Augen und schnauzte sie an: »Du hast hier nichts verloren. Fahr wieder hoch!«

»Sorry, ich wollte zu den Schlafkammern.«
»Die sind einen Stock höher.« Er schob sie in die Kabine zurück und drückte den richtigen Knopf. »Hier musst du hin! Klar?«

Sie nickte. »Okay. Ich merk es mir.«

Bevor sich der Aufzug schloss, hörte sie noch: »Dumme Schlampe!« Na, wenn der Kerl wüsste, dass sie jetzt zum Boss gehörte, dann würde er nicht so respektlos daherreden. Hoffentlich petzte er nicht bei Alexeij, dass sie hier war. Jedenfalls passten Magnus' Wachen auf wie Schießhunde. Da gab es kein Durchkommen.

Sie fuhr jetzt wieder zu den Wohnräumen hoch und machte es sich auf der Wohnlandschaft vor dem großen Fernseher bequem. Die anderen plantschten zum Glück im Pool, denn auf Gesellschaft hatte Isabel eh keine Lust. Übermorgen, wenn sie wieder hungrig sein würde, musste sie Alexeij dazu bringen, mit ihr ins »Velvet« zu fahren. Vielleicht traf sie dort auf Jack und Alex. Dann könnte sie ihnen endlich mitteilen, in was für einer verzwickten Lage sie und Magnus steckten.

Alexeij kehrte erst in der Früh zurück. Isabel wollte gerade den Fernseher ausschalten, als er lächelnd hereinkam, sich zu ihr hinunterbeugte und sie küsste. »Meine Kiska. Hattest du eine schöne Nacht?«

»Ja, entspannend. Ich hab ferngesehen«, erwiderte sie und lächelte zurück.

Er nahm ihre Hand. »Komm, gehen wir schlafen.«

Isabel hoffte, dass er nicht noch Sex wollte. Dazu fühlte sie sich bereits zu müde und hatte auch keine Lust.

In der Kammer legte sie zügig den Mantel ab und schlüpfte unter die seidige Decke. Alexeij nahm etwas in die Hand und setzte sich an den Rand des Bettes. »Ich habe eine Überraschung für dich!«

»Überraschung? In deiner Hand?«

Er küsste ihre Finger und hielt ihr eine Schatulle hin. »Sieh nach.«

Isabel nahm das schwarze Kästchen entgegen, das sicherlich Schmuck enthielt. Doch sie war neugierig, was er ausgesucht hatte, und lüftete den Deckel. Ein beeindruckendes Collier mit Smaragden kam zum Vorschein.

»Wow, Alexeij!« Sie fuhr mit den Fingern andächtig darüber. »Das ist wunderschön. Womit habe ich das verdient?«

Er lächelte erfreut und berührte sacht ihre Wange. »Du verdienst nur das Beste, Liebste. Komm, ich lege es dir um.«

Als er die Kette geschlossen hatte, strich er über ihre nackten Schultern und küsste ihren Nacken. Wenn er wollte, konnte Alexeij wirklich zärtlich sein und hätte er nicht sie und Magnus in der Gewalt, könnte Isabel vermutlich für einen Augenblick vergessen, warum sie hier war. Aber so machte sie gute Miene zum bösen Spiel und hielt ihre Gedanken in seiner Gegenwart unter Verschluss. Jedoch hatte sie keine Ahnung, ob er trotzdem in ihr lesen konnte. Immerhin war er fünfhundert Jahre alt.

Die Smaragde fühlten sich angenehm kühl auf ihrer Haut an und Alexeij betrachtete den Schmuck zufrieden. »Chudesno, wundervoll! Genau wie du.« Abermals folgte ein zärtlicher Kuss. Diesmal an ihrer Halsseite.

»Danke. Wie sagt man das auf Russisch?«

Alexeijs Miene hellte sich sofort auf. »Spasibo! Du wirst sehen, wir lernen fremde Sprachen sehr schnell.«

Isabel bestätigte: »Ja, Italienisch konnte ich recht zügig.«

Er ging also davon aus, dass sie Russisch lernte. Das sollte sie wirklich tun, aber nicht ihm zuliebe, sondern damit sie seine Gespräche belauschen konnte. Was er so mit seiner rechten Hand Dimitrij bequatschte.

Allmählich übermannte sie die Schwäche des Tages. »Angenehme Ruhe!«, sagte sie noch und kuschelte sich in die Kissen.

KAPITEL 11

Alexeij saß am Bettrand und streichelte über Isabels nackten Rücken, als sie erwachte. »Guten Abend, meine Kiska! Ich habe heute die ganze Nacht Zeit für dich. Was möchtest du unternehmen?«

Sie war erst mal perplex, dass er sie nach ihren Wünschen fragte. »Äh, ich weiß nicht. Aber mir fällt bestimmt nachher was ein.«

Er schmunzelte. »Shopping, in einen Club oder ich zeige dir mehr von Vegas?«

Da musste sie nicht lange überlegen. »Ja, zeig mir mehr von der Stadt!«

Alexeij stand auf und holte einige Tragetaschen aus seinem begehbaren Schrank, die er jetzt auf dem Bett abstellte. »Hier, ich hab dir Klamotten besorgt.«

Neugierig schüttete Isabel den Inhalt der Tüten neben sich auf die große Matratze. Kleider, Hosen, Shirts und Schuhe kamen zum Vorschein. Sie sortierte die Sachen auseinander und suchte sich dann das kleine Schwarze aus den Kleiderhaufen heraus. Damit war sie für jede Gelegenheit gerüstet, denn sie wusste nicht, wo Alexeij mit ihr hingehen würde. Woher kam plötzlich sein Sinneswandel? Heute verlangte er keinen Beischlaf von ihr, dann das kostbare Geschenk gestern. Versuchte er, so ihre Zuneigung zu gewinnen? Jedenfalls war es angenehm, hofiert zu werden, das musste sie zugeben.

Solange sie ihre langen, gewellten Haare mit einem Haarband bändigte, schlüpfte Alexeij wie meistens in einen Anzug. Sie konnte sich nicht erinnern, ihn schon mal in was anderem gesehen zu haben. Ins Bett ging er splitternackt so wie sie normalerweise auch.

Fertig gestylt traten sie aus der Geheimtür in die Vorhalle, wo Dimitrij sie bereits erwartete. Mit einem respektvollen Nicken begrüßte er seinen Boss und auch Isabel. Dabei sah er sie ein wenig länger an als nötig, bevor er in den Hof vorausging, wo bereits die Stretchlimousine wartete. Während Dimitrij ihnen die Hintertür aufhielt, wollte Isabel schon fragen, warum sie nicht flogen, aber dann ahnte sie wieso und schwenkte schnell um. »W…wo fahren wir zuerst hin?«

Alexeij lehnte sich neben ihr in den Ledersitzen zurück. »Zuerst mal Richtung Strip. Dann sehen wir weiter.«

Er ging wohl davon aus, dass sie in ihrem jungen Alter noch nicht fliegen konnte, und sie würde den Teufel tun, ihm das auf die Nase zu binden. Dann funktionierte ihre mentale Barriere bei ihm doch. Sehr gut! Das freute Isabel ungemein. Mit seinen fünf Jahrhunderten war Alexeij doch nicht so mächtig. Sonst bräuchte er auch keine ganze Armee von Wachen. Bei ihrer Art fiel das Erlangen der Fähigkeiten ganz unterschiedlich aus. Es hing vom Alter des Schöpfers, vom eigenen Alter und von erlittenen Verletzungen oder Strapazen ab. Die machten den Körper nämlich stärker. Da Antonio ungefähr gleich alt wie der Russe war, verglich Isabel alle

Fünfhundertjährigen mit ihm und da war er vielen voraus. Jetzt musste sie nur irgendwie Jack erreichen. Um ihm einen Ruf über weite Entfernungen zu schicken, reichten ihre telepathischen Kräfte nicht aus. Dazu war sie noch zu jung. Doch falls sie am Luxor vorbeifahren würden, konnte sie es versuchen.

Alexeij umschloss ihre Hand und behielt sie in seiner während der Fahrt.

»Vegas ist einfach beeindruckend«, begann er. »Ich liebe dieses bunte Treiben und das pulsierende Leben überall. Es ist wirklich ein Paradies. Perfekt für unsere Art, diese Welt des Scheins.« Er tippte mit den Fingern gegen die Scheibe. »Sieh dir die Sterblichen an! Wie ahnungslos sie sich den ganzen Vergnügungen hingeben. Sie haben ihren Spaß und merken nicht, dass sie von Raubtieren umgeben sind. Wir blenden sie mit Glücksspiel, Shows und dem ganzen Zirkus, und so sind sie blind für die Gefahr.«

Isabel stimmte zu: »Ja, es ist raffiniert. Deswegen wollte ich her. Um zu erfahren, wie es sich hier so lebt.«

Er entblößte lächelnd seine Eckzähne. »Und jetzt bist du an der Seite eines der mächtigsten Unsterblichen der Stadt.«

Isabel nickte nur, während sie die bunten Glitzerfassaden der Hotels, die den Strip säumten, betrachtete. Bald kam ihres in Sichtweite und sie begann, sich auf Jack zu konzentrieren. Als die Limousine endlich das Luxor passierte, sandte sie ihren Ruf aus: *»Jack, hilf mir! Alexeij hat mich!«*

Das wiederholte sie einige Male, bis der Wagen zu weit entfernt war. Nun hoffte sie, dass ihr Brite etwas empfangen hatte. Falls er überhaupt gerade im Hotel war.

Verdammt, ihre Lage schien echt aussichtslos und das deprimierte sie. Isabel überlegte, welche Strategie sie bei Alexeij fahren musste. Allein kam sie niemals gegen ihn an, ohne selbst vernichtet zu werden. Fliehen war kein Ausweg, denn dann würde er es Magnus büßen lassen. Das Einzige, was ihr blieb, war, sich mit dem Russen zu arrangieren, sein Vertrauen zu gewinnen und ihn dadurch gnädig zu stimmen. Vielleicht ließ er sie dann bald gehen. Oder Magnus war irgendwann stark genug, um sich zu befreien. Das schien ihre einzige Chance zu sein.

»Du bist so still«, bemerkte er, legte den Arm auf die Rückenlehne und kraulte ihren Nacken.

Isabel bemühte sich zu lächeln und wandte sich ihm zu. »Ach, ich war einfach in Gedanken.«

Er rückte näher und küsste ihren Hals, kratzte mit den Zähnen über die Haut, was ihr einen wohligen Schauer durch den Leib jagte. Ihr Körper reagierte unweigerlich auf ihn.

»Du machst mich richtig geil«, hauchte er und ritzte ihre Halsbeuge an, leckte das austretende Blut auf. Wenn Isabel ehrlich war, gefiel ihr das Kribbeln, das sein Tun auslöste. Ein tiefes Grollen entfuhr ihm und die Begierde stand in seinen Augen. Auch bei ihr regte sich das vampirische Verlangen. Dieser Kerl schien genau zu wissen, welche Knöpfe er bei ihr drücken musste, damit sie sich in ein sabberndes geiles Stück Fleisch verwandelte. In gewisser Weise ersehnte sie Alexeij, schloss die Augen, als seine Finger ihre Schenkel entlangfuhren. Sie fühlte das leichte Zittern seines Körpers dicht an ihrem. Wie lange würde er sich beherrschen, bevor er über sie herfiel? Merkwürdigerweise wollte sie, dass er sie hemmungslos durchnahm, und dafür hasste sie ihren Trieb im Moment. Seine zärtlichen Bisse und sein Fingern brachten ihre leidenschaftliche Seite zum Vorschein. Heiße Wellen ließen sie stöhnen und ihre Scham begann zu pulsieren. Alexeij drang mit dem Finger in sie ein, entlockte ihr einen Aufschrei und grinste sie dann triumphierend an. »Das gefällt dir, was? Soll ich weitermachen?«

Ohne lange zu überlegen, keuchte sie: »Ja.« Ihr Unterleib lechzte nach Befriedigung. Doch er schaute sie nur an. Isabel bettelte ungeduldig. »Bitte, mach weiter!« Sie war schon zu erregt. Daraufhin lächelte er gönnerhaft und setzte sein Tun fort, bis Isabel schreiend kam. Solange sie noch von ihren Zuckungen geschüttelt wurde, stieß er sich in sie, packte mit den Zähnen ihre Kehle und fickte sie hart, was ihr einen weiteren ultimativen Höhepunkt bescherte. Völlig selig lag sie auf der Rückbank und genoss die Orgasmuswellen, die sich langsam glätteten. Er war ein Mistkerl, aber er konnte göttlich vögeln. Das war aber auch das einzig Positive an ihm.

»Mit dir ist es einfach der Hammer«, ächzte er zufrieden und schloss seine Hose. »Besorgt's dir dein Stecher auch so?«

Isabel log: »Nein, nicht so wie du.« Das stimmte zwar, aber Magnus konnte sehr wohl mit Alexeijs Bettkünsten mithalten. Allerdings hatte er keine Vorliebe für anal wie der Russe.

Während Alexeij lachend ihren Schenkel tätschelte, ordnete sie ihr Kleid. »Und das kannst du jetzt jede Nacht haben.«

Darauf verzichtete Isabel lieber. »Nicht nötig. Die anderen möchten sicher auch mal.«

Er winkte ab. »Ach, mit denen macht es nicht so viel Spaß wie mit dir. Dein Gefährte hat sich übrigens in ihrer Mitte pudelwohl gefühlt. Er war wirklich dreist. Bis ich vom Club zu Hause war, schäkerte er mit ihnen rum, als gehörte alles ihm, und dann greift er mich auch noch an.«

Isabel wusste, dass Magnus nicht viel auf Konventionen gab und einfach machte, was er wollte. Leider war das bei einem aus der Herrscherriege nicht die feine englische Art.

»So ist er eben!«, meinte sie schulterzuckend.

Alexeij zog missmutig die Brauen zusammen. »Das hat er jetzt davon.« Dann wurde er wieder freundlicher. »Lass uns von etwas anderem sprechen. Ich möchte dir noch meine restlichen Clubs zeigen.«

Isabel war einverstanden und so fuhren sie zum ersten der Läden.

Dimitrij parkte am Straßenrand und öffnete ihnen die Hintertür. Einige Passanten schauten herüber, weil sie neugierig darauf waren, wer da aus der Stretch-Limo aussteigen würde. Isabel hörte die Gedanken dieser Leute, während Alexeij den Arm um ihre Taille legte und sie zu einer Nebentür führte, wo sonst niemand Zutritt hatte.

»Ich bin gleich wieder da«, flüsterte er ihr zu und verschwand in einem Hinterzimmer. Solange schlenderte Isabel ein bisschen herum. Hier gab es keine Separees, um zu trinken. Es war einfach ein normaler Club, aber ansonsten im gleichen Stil wie das »Velvet« eingerichtet. Die VIP-Lounge thronte hier über der Tanzfläche. Sicherlich unterhielt sich der Russe mit dem Betreiber über die Geschäfte.

Plötzlich tauchte Dimitrij neben ihr auf.

»Darf ich dir ein wenig Gesellschaft leisten, Gosposcha?«

Sie brauchte keinen Aufpasser und erwiderte missmutig: »Schickt dich Alexeij?«

Er schlug die Augen nieder und schüttelte den Kopf. »Nein, tut mir leid, Gosposcha. Ich wollte mich nicht aufdrängen.«

»Warum nennst du mich immer so? Ich heiße Isabel.«

Dimitrij sah sie nicht direkt an. »Du bist nun an Ivanowitschs Seite und deswegen meine Herrin. Natürlich spreche ich dich gern mit ›Isabel‹ an, wenn du das wünschst.«

Sie lächelte. »Ja, das wäre mir lieber.«

Nun sah er sie direkt an und lächelte zurück. Diese Geste stand ihm richtig gut und ließ ihn irgendwie süß aussehen mit den langen Strähnen, die ihm jetzt in die Stirn fielen. Die Nummer vorher im Auto hatte er sicherlich voll mitbekommen, aber zum Glück war die Abtrennung hochgefahren gewesen. Vermutlich erlebte er das als Alexeijs Fahrer öfter.

»Arbeitest du schon lange für Alexeij?«, fragte Isabel. Sie wurde neugierig auf ihr Gegenüber und wollte die Gelegenheit nutzen, um sich mit der rechten Hand ihres Erpressers zu unterhalten.

Dimitrij nickte. »Ja. Ich folge ihm bald drei Jahrhunderte.«

Das verblüffte Isabel jetzt. »Was? Schon so lange? Ist er dein Schöpfer?«

Der andere schüttelte den Kopf. »Nein, wir zogen einfach zusammen umher.«

Vielleicht hatten sie ja früher was miteinander gehabt oder immer noch. Alexeij hatte ihr ja von dem Verhältnis mit seinem Schöpfer erzählt und daher war er Männern sicher nicht abgeneigt. Unbewusst legte Isabel ihre Hand auf Dimitrijs Arm. »Weißt du, wie es Magnus geht? Bekommt er Blut?«

Dimitrij zuckte kurz, als sie ihn berührte, und blickte verwundert auf ihre Hand. Dann antwortete er: »Es geht ihm besser. Aber er hat sich das alles selbst eingebrockt mit dem Angriff auf Ivanowitsch. Das führt normalerweise zur Hinrichtung. Aber Magnus ist stark und hat es überlebt.«

»Du meinst, Alexeij wollte ihn auf dem Solarium vernichten?«

»Ich denke zuerst schon. Aber als Magnus nach mehreren Stunden immer noch nicht verkohlt war, entschied sich der Boss anders.«

Sie konnte es kaum fassen. Wie viele Stunden hatte ihr Prinz diese Tortur ertragen müssen? Das war absolut grausam und zeigte ihr abermals, dass mit Alexeij nicht zu spaßen war. Sie durfte ihn auf keinen Fall reizen, denn sie war gewiss nicht scharf, auf dem Teil gebraten zu werden.

Dimitrij wandte den Blick in eine bestimmte Richtung und meinte: »Ivanowitsch ist hier fertig. Komm!«

Isabel folgte dem hochgewachsenen Chauffeur zu einem Seiteneingang, wo die Limousine parkte. Alexeij stieß dort ebenfalls zu ihnen, und so fuhren sie weiter.

Bei den anderen beiden Etablissements, die sie danach abklapperten, machte er es genauso, dass er eine Weile verschwand.

Nach dem dritten und letzten Club stellte Isabel fest: »Da hast du dir wirklich ein beeindruckendes Imperium aufgebaut. So eine Stadt wie Vegas mit zu beherrschen, ist sicher nicht einfach.«

Der Russe lächelte geschmeichelt und entblößte seine Zähne mehr als nötig. »Vollkommen richtig. Du bist nicht nur wunderschön, sondern auch schlau.« Er lehnte sich zurück und sah aus dem Fenster. »Es gibt immer wieder Typen, die mich herausfordern wollen. Mit denen mache ich kurzen Prozess. Bisher hat es noch keiner geschafft.«

Sicherlich kämpfte Alexeij nicht mit fairen Mitteln, sondern schickte seine Bodyguards vor, so wie bei ihrem Prinzen. Sie durfte nicht an die schrecklichen Bilder auf dem Video denken, sonst kochte die Wut auf Alexeij wieder hoch. Isabel schüttelte diese Gedanken ab und konzentrierte sich lieber auf die Gegend, die vorbeizog.

»Morgen würde ich zum Trinken gern ins Velvet. Geht das?«

Zu ihrem Erstaunen stimmte er sofort zu: »Ja, kein Problem. Dann komme ich mit.«

Alexeij und sein Harem waren mit von der Partie, als sie den Stamm-Club besuchten. Alle saßen sie in der VIP-Lounge und die Mädels umschmeichelten ihren Gönner mit ihren Reizen. Isabel war erleichtert, dass Alexeij auf diese Weise von ihr abgelenkt war und sie ihren Gedanken nachhängen und entspannen konnte. In seiner Gegenwart musste sie immer auf der Hut sein, ihre Barriere aufrechterhalten und aufpassen, was sie sagte und tat. Sie überblickte die Tische des Gastraums unter sich und ihr Herz machte einen regelrechten Freudensprung, als sie an einem auf einmal Jack und Alex entdeckte. Die zwei saßen in der Nähe der Bühne und unterhielten sich angeregt. Sie musste ihm unbedingt ihre Gedanken übermitteln. Alexeij war zum Glück gerade beschäftigt. Also nutzte Isabel die günstige Gelegenheit, fixierte Jack mit ihren Augen und sandte aus: *»Jack, kannst du mich hören? Sieh bloß nicht her. Alexeij ist bei mir. Er hält Magnus gefangen und erpresst mich damit. Ich muss für ihn die Beine breitmachen, aber ich weiß nicht, was er wirklich vorhat. Kannst du uns irgendwie helfen?«*

Der Brite unterbrach sein Gespräch mit Alex. *»Wie soll ich das anstellen? Er ist zu stark. Ich ahnte schon, dass ihr beide in Schwierigkeiten seid. Deswegen sind Alex und ich auch hier. Ich hoffte, dich irgendwann zu treffen.«*

»*Das hoffte ich auch. Vielleicht kannst du Hilfe holen. Antonio zum Beispiel. Er ist mit Magnus befreundet und würde ihm bestimmt helfen.*«

Jack blickte sich unauffällig im Club um und ihre Augen trafen sich kurz.

»*Ich kann es versuchen. Aber mach dir keine zu großen Hoffnungen. Dann brechen wir morgen Abend auf und fliegen nach San Francisco. Von hier aus ist es ja nicht weit.*«

Isabel fiel ein Riesenstein vom Herzen. »*Danke, Jack. Das vergesse ich dir nie. Jetzt verschwindet besser, bevor euch Alexeij bemerkt.*«

Sie ging mal lieber davon aus, dass Alexeij die beiden in Augenschein genommen hatte, als sie mit ihnen im Velvet gewesen war.

Jack lächelte nur vor sich hin, dann standen Alex und er auf und verließen den Club. Isabel betete, dass Antonio herkommen würde.

Magnus saß an die Betonwand gelehnt und versuchte, sich nicht zu bewegen, denn jede Regung bedeutete neuen Schmerz. Das ständige Brennen, das seinen Körper überzog, wurde allmählich schlimmer, denn die letzte Blutmahlzeit lag zu lange zurück. Der Hunger begann, an den Adern zu zerren. Normalerweise überstand er lässig zwei Wochen, aber durch die starken Verbrennungen verlangte sein Körper permanent nach Blut. Da bedeuteten bereits vierundzwanzig Stunden eine Durststrecke. Er könnte vermutlich eine ganze Armee von Opfern leersaugen. Sein Blick wanderte über die inzwischen glatte schwarze Haut an Armen und Beinen.

Sie sah aus wie poliertes Ebenholz. Außer der dunklen Farbe völlig unversehrt. Er konnte kaum glauben, dass sie trotzdem so höllisch wehtat. Magnus begutachtete die Fingernägel, die genau wie die Haare völlig unversehrt waren. Weich fielen die langen Strähnen über seine Schultern. Vor der schweren Stahltür der Zelle spürte er die Präsenz der vier Wachen und hörte sie reden. Er schätzte sie auf ungefähr ein Jahrhundert rum. Um ihn zu bewachen, nahm dieser Mistkerl sicherlich seine besten Männer, denn er wusste, dass Magnus irgendwann stark genug wäre, um die Tür aufzubrechen. Wenn diese Nacht endlich kommen würde, dann würde er ihm alles heimzahlen. Die ganzen Qualen und was er mit Isabel anstellte. Auf den Moment freute er sich jetzt schon und das hielt ihn davon ab, völlig in Verzweiflung zu versinken. Das und die Befreiung seiner Liebsten. Der Angelsachse war fest davon überzeugt, dass er irgendwann hier rauskommen würde, und dann gab es keine Gnade.

Da Alexeij zum Glück in den kommenden Nächten öfter unterwegs war, verbrachte Isabel mehr Zeit allein. Von den übrigen Mädchen kapselte sie sich ab, weil sie eh mit niemandem über ihren Kummer reden konnte. In dieser ganzen Situation fühlte sie sich, trotz der vielen Leute um sich herum, schrecklich einsam. Lieber versuchte sie, mit Magnus in Kontakt zu treten. Hoffentlich wurde er nicht wahnsinnig. Aber sie glaubte, dass ihr Gefährte einen starken Willen besaß.

Sie saß gerade bei der Poollandschaft, betrachtete den Wasserfall, der glitzernd über die künstlichen Felsen plätscherte. Wasser war so schön beruhigend und sie könnte ewig hier sitzen.

»Isabel, Liebste!«, erklang es auf einmal in ihrem Kopf. Zuerst hielt sie es für den Ruf von Alexeij, aber kurz darauf realisierte sie, dass es die Stimme ihres Prinzen war. Endlich sandte er ihr nicht mehr nur irgendwelche Bilder.

Überglücklich antwortete sie: *»Magnus, wie geht es dir?«*

Die Antwort kam stockend. *»Ein wenig ... besser.«*

Sie erwiderte: *»Streng dich nicht zu sehr an. Weißt du, in welcher Situation ich bin?«*

»Ja. Ich konnte es hören.«

»Ach, es tut mir leid, dass ich nicht auf deine Warnungen gehört habe. Ich bin an allem schuld und weiß nicht, wie wir hier rauskommen sollen. Er hat überall seine Leute. Weißt du, wo du festgehalten wirst?«

Nach einer Pause antwortete er: *»Nicht genau. Aber es ist hier irgendwo im Keller.«*

»Aber ich spüre dich gar nicht.«

Magnus entgegnete: *»Vielleicht weil ich schwach bin und es tief unten ist.«*

Isabel war erleichtert, dass er in der Nähe war. Dann kam sie sich nicht mehr so allein vor.

»Wir reden morgen weiter. Alexeij kommt!«, übermittelte sie ihm noch.

»Ach, meine Kiska!«, rief der Hausherr, beugte sich zu ihr herunter und gab ihr einen Kuss. »Sollen wir schwimmen?«

Isabel schüttelte den Kopf und stand auf. »Nein, ich geh wieder rein.«

Doch er hielt sie am Arm fest. »Spazieren wir ein bisschen durch den Garten.«

Sie fügte sich, denn es klang nicht so, als hätte sie eine Wahl, und sie wollte ihn nicht verärgern. »Okay.«

Alexeij nahm sie bei der Hand und sie bogen in einen der Wege ein, der zu der hohen Außenmauer führte. Die Stimmung hätte romantisch sein können, wenn sie wirklich ein Paar gewesen wären. Schwerer süßlicher Blütenduft hing in der Luft und die Grillen zirpten.

»Hast du dich inzwischen besser eingelebt?«, unterbrach er ihr Schweigen.

Isabel blickte vor ihre Füße und antwortete: »Ja, schon. Es bleibt mir eh nichts anderes übrig.«

Sie wollte klarstellen, dass sie nicht freiwillig hier war und dass er das nie vergessen sollte. Vermutlich bildete er sich eine Beziehung ein, wo keine war, so wie es manche Entführer taten. Aber sie spielte mit, weil sie keine andere Wahl hatte. Er überging ihre Anspielung und redete weiter. Isabel achtete kaum auf seine Worte, denn die Mauern, an denen sie jetzt entlangspazierten, erregten ihre Aufmerksamkeit.

Alexeij folgte ihrem Blick und sagte: »Das Gelände ist sehr gut abgesichert. Das sind UV-Scheinwerfer.« Dabei meinte er die Lampen, die in regelmäßigen Abständen oben an der Mauer angebracht waren. Daneben gab es noch genügend Kameras. Seine Vorkehrungen machten ihr eindeutig klar, welche Angreifer er fürchtete, und so, wie sie ihn einschätzte, war das noch nicht alles. Wollte er ihr damit klarmachen, dass eine Flucht zwecklos war?

»Hast du viele Feinde?«, fragte sie absichtlich naiv.

Er tätschelte ihren Arm und lächelte milde. »Ach, Isabel! Ein Mann in meiner Position hat immer Feinde. Deswegen muss ich mich entsprechend absichern. Bei einem Angriff verschanzen wir uns im Haus, dann fahren an allen Fenstern dicke Jalousien herunter und die Scheinwerfer leuchten das komplette Gelände aus. Da haben Unsterbliche keine Chance. Entweder verschmoren sie oder ergreifen die Flucht.«

»Raffiniert!«, kommentierte sie beeindruckt. Das war wirklich ein ausgeklügeltes Verteidigungssystem für Vampire. »Und bei Sterblichen funktioniert es sowieso«, ergänzte sie.

Alexeij lachte. »Richtig. Zwei Fliegen mit einer Klappe.« Dann wurde er wieder ernster. »In ein paar Nächten bin ich bei einem sterblichen Geschäftspartner eingeladen und du sollst mich begleiten. Er gibt eine große Party, aber wir werden nicht zu lange dort sein. Denn er weiß nicht, was ich bin, daher müssen wir den Schein wahren.«

Isabel nickte. »Kein Problem! Aber warum nimmst du nicht zum Beispiel Irina mit?«

Er führte ihre Hand, die er immer noch hielt, an die Lippen und drückte einen Kuss auf ihren Handrücken. »Weil ich *dich* dabeihaben will. Ich schätze, du weißt, wie man sich ihnen gegenüber angemessen verhält. Damit haben meine Mädchen wenig Erfahrung. Meistens geben sie sich nur wegen dem Blut mit Menschen ab.« Dabei lachte er kurz.

Ach, du Schreck! Dann kannte sein Harem die Gesellschaft von Menschen bloß als Nahrung. Die Tussis konnten ja nicht mal selbstständig jagen, bekamen ihre Opfer immer vorgesetzt. Mit Wehmut dachte Isabel an ihre vergangenen Jagdzüge, die sie in der Zwischenzeit vermisste. Es war einfach etwas völlig anderes, einen Bösewicht zu verfolgen, mit ihm zu spielen und ihn dann auszusaugen, als irgendwelche unschuldigen Menschen geliefert zu bekommen, die man nicht mal selbst ausgesucht hatte. Isabel ließ sich bei der Jagd sonst von ihrem Instinkt leiten und dabei entschied auch der Geruch eines Opfers.

Sie entgegnete lächelnd: »Ich werde dich gern begleiten.«

Alexeij küsste ihre Wange. »Sehr gut! Ich stelle dich dann als meine Verlobte vor. Bei meinen Landsleuten kommt es besser an, wenn man offiziell in festen Händen ist.« Er grinste. »Aber wie viele Affären man nebenher hat, steht auf einem anderen Blatt.«

»Da unterscheiden sich deine Landsleute ja nicht arg von uns«, bemerkte Isabel schmunzelnd.

Er hob ihr Kinn an und hauchte mit tiefer Stimme: »Moya krasavitsa, meine Schöne.« Dann küsste er sie mit geschlossenen Augen, ungewohnt gefühlvoll und innig. Es hatte etwas sehr Intimes an sich und drückte wohl Alexeijs Empfindungen aus, die er für sie hegte. Zumindest erschien es ihr so. Dann könnte ihr Plan, sein

Vertrauen zu gewinnen, vielleicht doch klappen. Isabel hoffte es. Er hatte wirklich zwei Wesen in sich. Auf der einen Seite grausam und skrupellos und auf der anderen zärtlich und liebevoll.

KAPITEL 12

Diesmal reisten sie mit Gefolge. Im Wagen hinter ihnen fuhren Alexeijs Leibwächter.

»Warum nimmst du deine Männer mit?«, fragte Isabel. Unter Sterblichen waren sie ja normalerweise nicht in Gefahr.

Alexeij erwiderte. »In den Kreisen, in denen unser Gastgeber verkehrt, gehört das zum guten Ton. Nötig hätte ich es bei Sterblichen natürlich nicht, aber ich muss vorgeben, einer zu sein.«

Das waren eindeutig keine legalen Geschäfte, wenn er bei einem Menschen solch einen Aufwand betrieb. So viel war sicher. Alexeij hielt sie und die anderen Vampirinnen sowieso aus allem Geschäftlichen raus. Okay, die Tussis würde es eh nicht interessieren und bei ihr hatte er nicht genug Vertrauen. Klar, streng genommen war sie seine Gefangene. Manchmal hatte sie schon nachgebohrt, aber dann machte er immer dicht oder wich aus. Dabei würde Isabel brennend interessieren, wie manches hinter den Kulissen der Scheinwelt ablief. Vermutlich gehörten die Geschäfte mit den Sterblichen zum Täuschungsmanöver der Öffentlichkeit dazu. Ganz ohne die Menschen ging es eben nicht, wenn Unsterbliche tagsüber wehrlos im Todesschlaf lagen und von der Sonne verschmort wurden. Das war die größte Schwäche ihrer Art und verhinderte vermutlich, dass die Vampire die Menschheit unterwarfen.

Isabel würde gern überall so leben können wie in Vegas, obwohl sie auch hier nicht ihr Wesen öffentlich zur Schau stellen konnte, wie zum Beispiel ihre längeren Eckzähne, die schnellen Bewegungen und ihre blasse Haut. Auch heute hatte sie auf ihr Gesicht ein bisschen Make-up aufgetragen, damit sie nicht zu bleich wirkte. Im Moment hatte sie weniger Blut in den Adern, weil sie morgen schon wieder trinken musste. Daher war es ihr in diesem Zustand gerade recht, dass sie sich nicht zu lange unter den Sterblichen aufhalten würden. Für eine so junge Vampirin wie sie konnte sie sich allerdings gut beherrschen. Das war der Nachteil am Velvet, dass man dort die Opfer nicht töten durfte. Ein halber Liter war ja ein netter Snack, aber bei ihr hielt das nicht lange. Wenn sie sich vollkommen satt trinken konnte, dann kam sie bis zu drei Nächte ohne Beute aus. Weil sie wie die meisten Artgenossen ihr Dasein nicht dauernd mit der Nahrungsaufnahme verbringen wollte, blieb ihr nichts anderes übrig, als die Opfer auszusaugen. Die Alten kamen mit so einem Snack schon eher über die Runden. Magnus könnte sich theoretisch auf Dauer so ernähren, aber er würde niemals auf die Jagd verzichten. Alexeij sicher auch nicht. Jetzt nahm er ihre Hand.

»Gleich sind wir da! Du siehst bezaubernd aus heute. Die Kette steht dir ausgezeichnet zu dem Kleid. Igorjewitsch wird hoffentlich die Finger von dir lassen, wenn ich dich als meine Verlobte vorstelle. Schönen Frauen kann er einfach nicht widerstehen.«

Isabel hob die Augenbraue. »Keine Sorge! Ich steh nicht auf Sex mit Sterblichen.«

Alexeij schmunzelte. »Das würde ihn nicht unbedingt abhalten, aber zum Glück kannst du dich ganz gut wehren, wenn es sein müsste.«

Na, das hatte ihr gerade noch gefehlt, dass ein Sterblicher sie begrabschen würde. Dann konnte sie für nichts mehr garantieren. Fassade hin oder her.

»Dann wäre er allerdings dumm, wenn er eure Geschäftsbeziehung für einen Quickie aufs Spiel setzen würde.«

Alexeij brummte: »Absolut dumm!« Er strich über ihren nackten Schenkel. »Aber ich könnte es ihm nicht verdenken, so scharf, wie du mich immer machst. Da verliert ein Mann schon mal den Verstand.«

Isabel sah aus dem Fenster. »Was sind das überhaupt für Geschäfte?«

Er erwiderte: »Sagen wir mal so. Er ist mein Nahrungslieferant! Nachschub für meinen Club.«

Oha, das roch nach Mafia. Die Party würde sicher interessant werden, denn in den Köpfen von Menschen konnte sie ungehindert lesen. Dann erfuhr sie bestimmt mehr über Alexeij und das hob ihre Laune sofort ungemein. Lasziv lächelnd wandte sie sich ihm zu, legte den Finger unter sein Kinn und dann ihre Lippen auf seine. Diese Geste überraschte ihn, weil er kurz zögerte, aber dann ließ er sich darauf ein, genoss den Kuss und zog sie enger an sich.

»Am liebsten würde ich dir jetzt das Kleid vom Leib reißen und dich nehmen, aber wir sind fast da. Verschieben wir es auf später!«

»Das hoffe ich doch«, entgegnete sie sehnsüchtig. Sie sah das gierige Aufblitzen in seinen Augen. Er war ja leichter um den Finger zu wickeln, als sie gedacht hatte. Da waren Vampire genauso manipulierbar wie Sterbliche.

Sie lösten ihre Lippen wieder voneinander, als die Limousine stoppte. Die Einfahrt des Anwesens war erreicht. Hier entdeckte Isabel ebenfalls Überwachungskameras an der Grundstücksmauer und Herzschläge in der Nähe verrieten die Security auf ihren Posten. Dimitrij ließ sie an der Eingangstreppe aussteigen und fuhr dann weiter, um abseits zu parken. Das Auto mit den Leibwächtern folgte der Limousine und nachdem die Männer ausgestiegen waren, hakte sich Alexeij bei Isabel unter und ging mit ihr hinein.

Igorjewitsch war ein attraktiver Mann mit kantigem Kinn und den typisch osteuropäischen Zügen. Isabel musste zugeben, dass russische Männer genau ihrem Typ entsprachen. Der Gastgeber nahm ihre Hand, machte ihr Komplimente und wie Alexeij prophezeit hatte, schlugen der Unsterblichen bald unsittliche Gedanken entgegen. Tja, der Kerl würde sie eh nie bekommen. Dass sie mit Alexeij angeblich verlobt war, hielt diesen Macho in Schach. Das schien der wirklich zu respektieren. Besser so, denn sie würde ihn wahrscheinlich reflexartig anknurren und zu heftig wegstoßen, wenn er sie bedrängen würde. Dann wäre ihre Tarnung gefährdet.

Eine Weile blieb sie an Alexeijs Seite, wie er mit einigen Herren Smalltalk betrieb, bis er sich irgendwann entschuldigte und mit dem Gastgeber nach drinnen ging. Sicherlich hatten sie was zu besprechen. Da bot ihr ein

Kellner von den Champagnergläsern auf seinem Tablett an und obwohl sie den säuerlichen Geruch nicht mochte, nahm sie eines davon in die Hand. Hier im Garten war es ja kein Problem, den Inhalt unauffällig loszuwerden. Heute konnte sie nicht mal einen winzigen Schluck nehmen, weil sie zu wenig Blut in sich hatte, um diesen zu verdünnen und somit keine Magenkrämpfe zu provozieren. Wie aufs Stichwort wehte ein fischiger Geruch zu ihr herüber, bei dem sie die Nase rümpfte. Die Quelle hatte sie schnell ausgemacht. Es war ein Kellner, der ein Tablet mit Kaviarhäppchen herumtrug.

Sie verzog sich an den Rand der Gesellschaft, um ungestört beobachten zu können. Bestimmt erfuhr sie am ehesten etwas über Alexeij, wenn sie in den Köpfen der männlichen Gäste herumstöberte. Im Gegensatz zu der sterblichen Security mit ihren Stöpseln im Ohr hatten Alexeijs Männer ihr Kommunikationssystem schon eingebaut.

Isabel erfuhr Dinge, die sie lieber nicht wissen wollte. Unter dem Mantel des Luxus lauerten hier die finstersten Abgründe, Gräueltaten und null Moral. Hier schienen alle zwei Gesichter zu haben. Neben der schwärzesten Fratze existierte noch das des fürsorglichen Familienvaters und des liebenden Ehemanns. Böse Menschen waren leichte Beute und Isabels bevorzugte Blutquelle. Oh, so einen Kerl würde sie morgen gern jagen, aber Alexeij ließ sie ja nicht allein raus. Mal wieder keine Rücksicht nehmen müssen. Bei den Opfern, die er ihr vorsetzte, bewahrte sie die Kontrolle, so gut es ging, bis sie nichts mehr spürten. Aber bei denen hier hätte sie keine Skrupel, sie zu zerfleischen. Viele dachten ja, dass diese Seite in ihnen etwas Dämonisches war, aber Isabel glaubte nicht an finstere Mächte. Für Magnus zum Beispiel gab es keinen Himmel und keine Hölle. Er war noch mit keltischen Göttern aufgewachsen. Vermutlich wollte einfach die tierische Seite ab und zu gefüttert werden. Als junge Unsterbliche kannte sie diese unbändige Gier in sich sehr gut und beim Zubeißen hatte sie als Neugeborene öfter Aussetzer gehabt und kam dann erst während des Trinkens wieder zur Besinnung. In bestimmten Situationen übernahm ihr Vampirkörper die Kontrolle und das bezeichneten die Alten dann als das Durchbrechen des Dämons. Dass er an die Oberfläche kam, wenn man ihn nicht unterdrückte.

Nach einer Weile tauchte Alexeij ziemlich missmutig wieder auf. War sein Gespräch mit Igorjewitsch nicht erfolgreich verlaufen? Seine verhärteten Züge und der stechende Blick verhießen nichts Gutes. Er sprach mit zwei der Bodyguards, die ihn hinein begleitet hatten und jetzt abzogen. Anscheinend hatte Alexeij ihnen Anweisungen gegeben und zwang sich nun zu einem Lächeln, als er auf Isabel zusteuerte. »Meine Schöne! Entschuldige, dass ich dich so lange allein gelassen habe.«

»Was ist los? Du bist wütend«, bemerkte sie.

Er beschwichtigte: »Ach, nichts Besonderes. Mit Sterblichen gibt es eben immer Probleme. Sie sind zu fehlbar. Aber für das Tagesgeschäft brauche ich sie leider.« Dann legte er den Arm um sie und küsste ihre Wange. »Dein Anblick muntert mich wieder auf.«

Er konnte wirklich charmant sein, und so fiel es Isabel leichter, in ihren Schauspielmodus umzuschalten.

»Danke. Bleiben wir noch lange?«, erkundigte sie sich und hauchte an sein Ohr: »Wir wollten doch weitermachen, wo wir im Auto aufgehört haben.« Dabei spielte sie an seinem Revers.

Sein Blick wurde dunkel und lüstern. »Es ist alles gesagt. Wir können gehen.«

Isabel machte es Spaß, ihn anzumachen, auch wenn sie wusste, dass sie das nachher ausbaden musste. Dann schaltete sie einfach ihren Verstand aus und konzentrierte sich auf die Lust, die er ihrem Körper bereitete, denn darin war er wirklich perfekt. Eine weitere Motivation war auch das Opfer, das Magnus dann bekommen würde.

Kaum im Auto sank Alexeij küssend mit ihr auf die Rückbank. Seine Hände schienen überall zu sein und Isabel schloss die Augen, um die Empfindungen vollkommen auszukosten. Seine Berührungen ließen ihren Körper nicht kalt. Ihre Atmung beschleunigte sich und ein wohliges Kribbeln zog sich über ihre Haut bis in ihren Schoß. Alexeij schob das Rockteil des Kleides über ihren Bauch und leckte über die freigelegte Haut. Arbeitete sich dann weiter zu ihrer Mitte vor, wo sich unweigerlich die Feuchte zwischen ihren Schenkeln ausbreitete. Seufzend öffnete sie ihre Beine, erwartete den Cunnilingus, der sie immer schnell zum Gipfel katapultierte. Doch seine Zunge stoppte am Rand des Dreiecks. Isabel hörte, wie er an seiner Hose nestelte und den Reißverschluss herunterzog. Schade, dann war das

Vorspiel schon beendet und er würde sich gleich zwischen ihre Schenkel legen.

Bei ihrer Rückkehr im Anwesen blieben ihr noch einige Stunden bis zur Dämmerung. Isabel war unschlüssig, was sie tun sollte. Außer Irina waren die anderen Mädels ausgeflogen. Die hing vor dem Fernseher herum und kicherte über eine Sitcom. Alexeij hatte sich verzogen und Isabel würde brennend interessieren, was er jetzt tat. Das Pochen zwischen ihren Beinen wurde langsam schwächer. Der Sex war wieder intensiv und lustvoll mit ihm gewesen. Da konnte sie nicht meckern und kam auf ihre Kosten. Dabei blendete sie einfach aus, dass dieser Körper ihrem Erpresser gehörte. In dem Moment war er bloß ein männliches Wesen mit einem ansehnlichen Schwanz. Sonst würde sie das Ganze auch nicht mehrere Wochen ertragen können, bis Magnus geheilt wäre, und auch nicht Alexeijs Vertrauen gewinnen, wenn sie nicht mitspielte. Stimmt, sie musste endlich mal intensiver Russisch lernen, wie sie es geplant hatte. Sie setzte sich jetzt doch zu Irina. »Was schaust du an?«

Die Braunhaarige lachte gerade auf. »Ach, Scrubs!«

Isabels Fall waren solche Sendungen nicht, aber sie blieb sitzen. Die künstlichen Lacher des imaginären Publikums nervten sie mit der Zeit.

»Irina, seit wann wohnst du schon hier?«

Die Jüngere antwortete: »Drei Jahre oder so.«

»Und wie hast du Alexeij kennengelernt?«

Irina warf ihr einen skeptischen Blick zu. »Wieso interessiert dich das? Bist du eifersüchtig? Hast ihn ja eh schon für dich. Seit du da bist, sind wir zweite Wahl. Er bumst bloß noch dich!« Dann fügte sie schnippisch hinzu: »Na ja, bis er die Nächste aufgabelt.«

Oha! Da war wohl jemand neidisch. Auf Alexeijs Aufmerksamkeit konnte Isabel getrost verzichten. Dann ahnten die Frauen überhaupt nichts von dem Arrangement, dass sie mit Alexeij hatte. So was hatte sie bereits geahnt. Die Mädels wurden komplett ahnungslos gehalten, waren für ihn nur Zierde und gut fürs Bett.

»Ich beklag mich ja auch nicht«, entgegnete Isabel. Die andere murrte nur.

Magnus überkam wieder das Gefühl, beobachtet zu werden. Bestimmt war es der Dreckskerl über seine Kameras. Am liebsten würde er die Dinger unschädlich machen, aber dann hätte es sicher Konsequenzen für Isabel oder für ihn. Ihm fiel es schwer, sich in Geduld zu üben, aber es blieb ihm nichts anderes übrig. Das heutige Opfer fing schon an zu stinken. Wo trieben sich seine Wachen die ganze Nacht rum, dass sie den Kadaver nicht rausholten? Ja, das war das einzig Erfreuliche, das er hier unten hatte. Alle paar Nächte einen Sterblichen auszusaugen. Der junge Mann war regelrecht von ihm zerfleischt worden. Zurzeit kümmerte er sich nicht um Beherrschung oder Manieren. Die Gier war jedes Mal zu groß und wenn das frische Blut durch die Adern floss, verschwand das höllische Brennen seiner Haut für kurze Zeit. Jede Regung schmerzte ihn und die Haut spannte überall. Deshalb lag oder saß er meistens nur herum und versuchte, sich nicht zu bewegen. Wenn allerdings ein Opfer hereingestoßen wurde, vergaß er die Schmerzen völlig und stürzte sich gierig auf denjenigen. Alexeij beobachtete ihn dabei über die Kameras. Er fühlte es und wusste, dass den Russen diese Vorführungen antörnten. Wie gern würde er seinem Peiniger die Kehle zerfetzen und ihn bis zur Schwäche aussaugen. Er sollte genauso leiden, wie er gelitten hatte. Magnus erinnerte sich mit Grauen an die Folter auf diesem Solarium. Wenn Alexeij ihn der wirklichen Sonne ausgesetzt hätte, wäre er bald in den Todesschlaf gefallen. Aber da unten musste er die Qualen stundenlang erdulden, bis endlich der Morgen anbrach. Er kam nicht in den Genuss einer Ohnmacht vor Schmerz wie ein Sterblicher. Bis heute war ihm schleierhaft, wie er das einigermaßen überstanden hatte.

»Wie ich sehe, hat es gemundet«, ertönte plötzlich die Stimme seines Widersachers.

Magnus konterte gereizt: »Was willst du?«

Die andere lachte. »Oh, so böse! Ach, weißt du, der Typ hat mich hintergangen und da dachte ich, es wäre doch die passende Strafe, ihn dir zum Fraß vorzuwerfen. Du bist ja immer nicht zimperlich mit deinen Opfern.«

»Das macht dich geil, hab ich recht?! Mir zuzusehen«, knurrte Magnus. »Rubbelst du dir dabei einen ab in deinem Kabuff?«

Alexeij überging die Provokation und erwähnte beiläufig: »Ich glaube, so langsam knacke ich deine süße Gefährtin.«

»Jaja, und morgen streckst du deinen Arsch in die Sonne.«

»Du glaubst mir nicht? Nun, dein Pech! Heute ergriff sogar *sie* die Initiative und gab sich mir vollkommen hin. Sie ist ein kluges Mädchen! Sie weiß eben, auf welche Seite sie gehört.«

Magnus schnaubte nur. Dem Russen traute er keinen Millimeter. Der trieb ihn jedes Mal zur Weißglut. Er musste sich absolut beherrschen, nicht auszurasten, krallte die Finger so heftig in den Boden, dass seine harten Nägel tiefe Schrammen hinterließen. Und sogleich bekam er die Quittung, als der Schmerz in die Hände stach, aber das war ihm egal.

»Du bist wirklich ein harter Knochen. Das imponiert mir, muss ich gestehen. Aber nun entschuldige mich. Ich muss wieder zu meiner Kiska und sie weiter verwöhnen.« Dabei lachte er und der Lautsprecher verstummte.

Mieser Hund! So schätzte er Isabel nicht ein, dass sie zu dem Russen überlief. Sie redete zumindest ab und zu mit ihm, wenn Alexeij nicht in der Nähe war. Das war sein einziger Lichtblick hier unten in diesem Loch. Er war überzeugt, ohne Isabels Gegenwart hätte er schon den Verstand verloren. Anfangs war er seelisch jedenfalls halbtot gewesen. Ihre Stimme hatte ihn zurückgebracht, war in sein umwölktes Gehirn gedrungen und es war sein einziger Lichtblick in der Verzweiflung. Er klammerte sich an den Gedanken, sie unbedingt wiederzusehen und für sie wieder gesund zu werden.

Plötzlich wurde die Tür geöffnet und ein schwacher Lichtstrahl drang in den Raum. Einer der Wächter kam herein, packte die Leiche am Arm und begann, sie hinauszuziehen. »Hat's geschmeckt? Hast ja wieder ne schöne Sauerei veranstaltet.«

Magnus knurrte bedrohlich und seine Augen funkelten. Der Wächter machte schleunigst die Tür zu und sagte draußen vorwurfsvoll zu seinem Kumpan: »Das nächste Mal gehst du! Bevor der mir noch an die Gurgel springt.«

Magnus grinste in sich hinein, weil die Kerle langsam eine Heidenangst vor ihm bekamen. Sie spürten, dass seine Stärke wuchs. Am liebsten würde er über sie herfallen, aber dann tat Alexeij vielleicht Isabel etwas an. Der Russe hatte sie beide gegenseitig in der Hand. Das hatte er geschickt eingefädelt, das musste Magnus ihm lassen. Wäre er allein hier, hätte er schon längst versucht, sich zu befreien. Auch Isabel hätte versucht zu entkommen, aber so waren sie füreinander verantwortlich. *»Elender Mistkerl!«* Manchmal erhaschte er Gedankenfetzen von Isabel, wenn sie sich mal wieder ihn als Liebhaber vorstellte, während Alexeij auf ihr lag. Das war ebenfalls eine Qual für Magnus. Er bekam meistens mit, wenn der Mistkerl es mit ihr trieb, und dann wurde er noch wütender. *»Dafür beiß ich dir deinen Schwanz und die Eier ab, bevor ich dich grille.«*

Mühsam wälzte er sich auf die Seite und wartete auf den Morgen. Der erlöste ihn wenigstens für eine Weile von seinen Schmerzen.

KAPITEL 13

Jack erreichte mit Alexander, den er mit sich durch die Luft trug, San Francisco. Nun musste er in Antonios Revier eindringen und bekam deswegen weiche Knie. Daher verbarg er die Gedanken nicht wie sonst hinter seiner Barriere, sondern legte offen, warum er gekommen war. Das sollte Antonio seine friedlichen Absichten signalisieren und dass er in Isabels Auftrag hergekommen war.

Inmitten des großen Gartens tauchte die prächtige Villa mit der von Löwen flankierten Treppe unter ihnen auf. Trotz der früheren Besuche bei seinem verschiedenen Freund Cornelius hatte er noch nie einen Fuß auf das Grundstück des Herrschers gesetzt.

Unbehelligt erreichten die beiden das Haus und landeten schließlich vor der Terrasse, wo sich die Glastüren wie von Geisterhand öffneten. Ihn verwunderte das im Gegensatz zu Alex nicht. Der Jüngere wich ängstlich zurück, aber Jack besänftigte seinen Gefährten: »Keine Sorge. Wir dürfen rein. Sonst hätte er uns schon längst angegriffen.«

Alex war wohl nicht so überzeugt, denn er betrat unsicher das Haus.

Jack registrierte drei Unsterbliche, von denen zwei viel stärker waren. Einer musste Antonio sein, aber wem gehörte die noch mächtigere Aura? Er traf die anderen bei der Sofalandschaft des Wohnzimmers an, wo Antonio und sein Liebhaber Martin bei einer zierlichen blonden Frau standen. Was für eine Überraschung!

Er erkannte sie sofort. Catherine, Antonios Schöpferin!

Es war total ungewohnt, sie in modernen Klamotten zu sehen. Jack kannte sie nur in ihren mittelalterlichen Roben, die sie am Neujahrsfest immer trug. Jetzt saß sie in Jeans und einem Top auf der Couch.

»Kommt ruhig näher«, sagte der Hausherr. »Ihr seid genau im richtigen Moment eingetroffen. Catherine macht sich große Sorgen um Magnus und da wir euer Anliegen bereits gesehen haben, wissen wir nun auch, warum sie diese Ahnung hatte.«

Jack senkte kurz respektvoll das Haupt, als die Ältere ihn anblickte. Immerhin gehörte sie dem Rat an und war über siebenhundert Jahre alt. Alex machte es ihm glücklicherweise nach, so musste er ihn nicht ermahnen.

Da begann sie zu erzählen: »Ihr müsst wissen, dass ich diese Visionen wegen ihm schon einmal hatte. Das war, als er nach dem Komaschlaf auferstanden war. Ich sah, wo er ist, und spürte, dass er lebt. Und so fühle ich jetzt, dass er in großer Gefahr schwebt und dass es ihm sehr schlecht geht. Deshalb bin ich zu Antonio gereist, ob er etwas Genaueres weiß. Doch nun seid zum Glück ihr gekommen. Wir müssen so schnell wie möglich in dieses Las Vegas.«

Jack bremste die Eile: »Mylady, Alex kann heute nicht mehr zurück. Er ist noch zu jung. Können wir nicht morgen aufbrechen?«

Antonio kam seiner Schöpferin zuvor: »Natürlich. Auf eine weitere Nacht kommt es nun auch nicht mehr an.«

Catherine wäre lieber sofort aufgebrochen, aber sie sah ein, dass es für die jungen Vampire zu spät war, denn in einigen Stunden würde die Sonne aufgehen. Dank Jacks Gedanken wusste sie, warum Magnus das alles zugestoßen war. In ihren Visionen sah sie ihn geschwärzt auf dem Boden liegen und konnte sich ausmalen, was er durchmachte. Doch sie fühlte auch, dass seine Kräfte wuchsen. Die Heilung schritt voran, aber nicht schnell genug. Sie musste ihn um jeden Preis aus den Fängen dieses Unsterblichen befreien. Dann öffnete sie die Terrassentür und ging in den Garten hinaus, wo sie ungeduldig den Himmel musterte. Sollte sie allein gehen und die anderen würden morgen nachkommen? So könnte sie sich schon mal ein Bild von der Situation machen. Plötzlich stand Antonio hinter ihr.

»Bitte warte bis morgen! So lange hält er noch durch und Isabel ist in seiner Nähe. Er ist ja nicht ganz allein.«

Sie hatte sein Näherkommen gar nicht bemerkt. Er wurde immer besser. Jetzt drehte sie sich zu ihm um. »Du weißt doch selbst, wie furchtbar es ist, verbrannt zu werden.«

Er strich durch ihr fast hüftlanges Haar. »Ja, aber ich weiß auch, dass die Schmerzen wegen einer Nacht nicht besser werden. Ich beneide ihn wirklich nicht darum, aber er ist viel älter, als ich es zu dem Zeitpunkt war. Bei ihm heilt alles schneller, vorausgesetzt, er bekommt genügend Blut.«

Catherine erinnerte sich, wie sie ihren Zögling vor ungefähr zwanzig Jahren mit völlig schwarzer Haut in seinem Sarkophag vorgefunden hatte. Antonio hatte sich mit Martins Hilfe in die Sonne begeben. Damals war sie zu ihrem Blutsohn gereist, weil sie ihn in Gefahr gewähnt hatte. Sie hatte Antonio für diese kühne Tat bewundert, nachdem er von seinem selbstmörderischen Erlebnis erzählt hatte. Denn er hatte nicht hundertprozentig wissen können, ob er es überlebte. Die beiden Männer waren dazu auf ein Felsplateau in der Wüste Nevadas geflogen. Dort hatte Martin dann Antonios Hände abgehackt, damit sich dieser nicht eingraben konnte, um vor der Sonne zu flüchten. Er hatte ihr von dem faszierenden Farbenspiel am Himmel vorgeschwärmt. Von diesen Tönen von Orange und Violett bis Blau mit dünnen Wolkenstreifen darin. Und erst als die Sonne dicht hinter dem Horizont angekommen war, hätte ihn die Panik gepackt. Doch es hatte kein Entrinnen mehr gegeben. Die Feuerscheibe war höher gestiegen und hatte ihn mit ihrem Feuer bedeckt. Doch mit dem Erwachen in der nächsten Nacht hatten sich die Qualen fortgesetzt. Es war nicht einfach gewesen, ihn so leiden zu sehen, aber Catherine hatte ja gewusst, dass Antonio wieder vollkommen genesen würde.

Sie küsste seine Wange. »Du hast recht. Ich komme mit euch. Aber nun möchte ich ein wenig allein sein.«

Ihr Spross nickte nur und verschwand im Haus. Er respektierte, dass sie noch Zeit für sich brauchte, bevor sie sich vor der Sonne verkriechen musste. In ihren Schlaf fiel sie allerdings erst einige Stunden nach

Sonnenaufgang. Die Kraft des Tageslichts schwächte sie immer langsamer mit den Jahren. Vielleicht schliefen die Ältesten überhaupt nicht mehr. Sie kannte nur Gerüchte über diese uralten Unsterblichen. Der Herrscher von Rom sollte aus den Zeiten des römischen Imperiums stammen. Doch er hielt sich im Verborgenen und niemand wusste Genaueres. Er trat nur in Erscheinung, wenn es Schwierigkeiten in seiner Stadt gab. Catherine würde es vielleicht irgendwann am eigenen Leib erfahren, was für Kräfte sie in diesem Alter bekommen würde, aber erst einmal musste sie ihr erstes Jahrtausend erreichen. Dann wäre sie über die Schwelle zur wahren Unsterblichkeit hinaus. Segen und Fluch zugleich. Denn nichts könnte sie mehr vernichten und somit bliebe die Seele im Körper gefangen. Die ewige Verdammnis!

Die Älteren wie sie glaubten, dass ihre Seele den Körper nur verlassen konnte, wenn er vernichtet wurde. Wenn es keine Regeneration mehr gab. Dann galten Wesen wie sie als tot. Aber irgendwann erreichten sie eine Schwelle, an der es nichts mehr gab, was den Körper so schädigen konnte, dass er sich nicht regenerierte. Auch wenn es Jahre dauern würde. Dann blieb ihre Seele auf ewig an das Fleisch gebunden.

Gleich nach Isabels Aufwachen kündigte Alexeij an: »Heute habe ich einen ganz besonderen Leckerbissen für dich. Einen Perversling, der sich an jungen Mädchen vergeht.« Er küsste ihre Schulter und raunte: »Du kannst mit ihm tun, was du willst.«

Isabel erschrak innerlich. Hatte er neulich etwa doch ihre Gedanken gelesen? Als sie daran gedacht hatte, dass sie mal wieder Lust auf Verbrecher hätte. Sie musste vorsichtiger sein. Seine Küsse auf ihren Schultern ließen sie im Moment kalt. Sie war hungrig und wollte diesen Hunger so bald wie möglich stillen.

»Woher wusstest du, dass ich Verbrecher bevorzuge?«

»Du hast es mal gesagt.«

Stimmt, jetzt fiel es ihr wieder ein. Anfangs hatte sie es ihm gegenüber erwähnt.

»Eine besondere Frau verdient auch eine besondere Beute«, säuselte er weiter.

»Das weiß ich zu schätzen, Alexeij!«

»Sag Aljoscha zu mir!« Dabei blickte er sehnsüchtig in ihre Augen und streichelte über ihre Wange.

»Warum Aljoscha?«

Er schmunzelte. »So dürfen mich nur die engsten Vertrauten nennen. Und du bist meine Liebste.«

Isabel lächelte geschmeichelt. »Danke für dein Vertrauen. Aljoscha! Das klingt viel weicher.«

Er zog sie in eine feste Umarmung und küsste sie innig. Irgendwie war er bemitleidenswert, weil er vergeblich um ihre Liebe buhlte. Aber sie freute sich, dass er ihr die Heuchelei abkaufte.

Als Isabel mit Alexeij im untersten Geschoss aus dem Aufzug stieg, hörte sie aus der Ferne zwei Herzen in Aufruhr. Sie würde sich bei dem Vergewaltiger heute nicht zurückhalten, ihren Trieb gewähren lassen. In dem langen Gang, wo eine Neonröhre an der Decke summte, sah sie diesmal keine Wachen. Wurde ihr Prinz doch nicht hier festgehalten?

Je näher sie der Tür am Ende des Ganges kam, desto stärker witterte sie Blut und als diese geöffnet wurde, schlug ihr der Geruch betörend entgegen.

In dem Raum hingen zwei Sterbliche kopfüber von der Decke. Ihre Hände waren auf den Rücken gefesselt und ihre nackten Oberkörper mit blutigen Striemen übersät. Sogar über das Gesicht zogen sich einige. Die Wache, die noch die Peitsche in der Hand hielt, nickte dem Boss zu und verließ den Raum.

Alexeij streifte sich das Shirt über den Kopf. »Du kannst dein Kleidchen ja ausziehen.«

Isabel fragte sich, was er vorhatte. »Ich lass es an.«

»Na gut. Wie du magst. Aber ich kann verstehen, dass du diesen Schweinen deinen nackten Körper nicht zeigen willst. Das würde sie bestimmt aufgeilen.«

Knurrend krallte er sich in die Weichteile des einen, was den aufschreien ließ.

»Hab ich recht, du Abschaum?« Dann wandte er sich an den anderen: »Ich finde es ja außerordentlich passend, dass dir eine Frau den Garaus macht. Sie wird dir dein Blut bis auf den letzten Tropfen aussaugen. Und das meine ich nicht metaphorisch, sondern ganz genau so, wie ich es sage.«

Dabei beugte er sich dicht vor das Gesicht des Mannes und entblößte lachend sein Raubtiergebiss, was dessen Züge, oder was noch davon übrig war, entgleisen ließ.

176

Isabel liebte diesen Moment, wenn die Typen erkannten, dass sie eine Bestie vor sich hatten und keine schwache Frau. Dabei durchströmte sie ein Gefühl der Macht und sie genoss es, wenn sie ehrlich war. Die Luft hier war erfüllt von dem Duft des Blutes, der ihren Verstand benebelte und die Gier erweckte. Dann trat Alexeij zur Seite.

»Bedien dich, Liebste!«

Das Tier in ihr begann zu knurren, schürzte die Lippen und entblößte spitze, lange Eckzähne. Dann stürzte Isabel mit einem Satz vor, packte den Sterblichen am Hals und grub ihre Zähne in die Schlagader. Sofort sprudelte das erhitzte Blut in ihren Rachen und Bilder seiner Schandtaten flammten auf. Sie gab sich völlig dem Blut hin, umklammerte unbarmherzig den Leib, bis Rippen brachen. Die Hitze schoss in jede Faser ihres kalten Körpers und ließ ihr Herz schneller schlagen. Sein Blutkreislauf wurde eins mit ihrem und ließ sie in die Tiefen seiner verdorbenen Seele blicken. Er war Igorjewitschs Sohn. Der Apfel fiel also nicht weit vom Stamm. Hastig saugte sie ihn bis auf den letzten Tropfen aus und sank dann in ihrem Rausch zu Boden.

Alexeij klatschte Beifall. »Bravo! Grandios, meine grausame Schönheit! Ich wusste, dass du ihn auseinandernehmen wirst. Genau wie er es verdient hat. Der besaß die Frechheit, sich an meiner Ware zu vergreifen. Seinen anderen Komplizen habe ich an deinen Gefährten verfüttert. Der ist gerade so voller Gier, dass er alles fast in Stücke reißt.«

Oje, das konnte sich Isabel bildlich vorstellen. Magnus war schon im normalen Zustand nicht zimperlich. »Ware?«

»Mädchen für das Velvet. Jung, bildschön und unschuldig. Und dann beschmutzt dieser Abschaum sie mit seinem stinkenden Samen. Sterbliche sind einfach schwach und unzuverlässig. Und nun zu dir!«, sagte Alexeij zu dem anderen, riss blitzschnell dessen Kehle heraus und legte sich dann unter den Blutstrom, der jetzt auf seinen nackten Oberkörper hinab sprudelte. »So eine Blutdusche ist doch was Geiles.«

Er verrieb das Blut mit den Händen auf der Haut, ließ es auf sein Gesicht und in den Mund tropfen.

Isabel kauerte noch am Boden und beobachtete Alexeij bei seinem Tun. An der deutlichen Beule in seiner Hose sah sie, wie er das alles genoss. Er hatte eindeutig sadistische Züge und vielleicht war es nur eine Frage der Zeit, bis er seine Neigungen auch an ihr auslebte. Sie hatte keine Ahnung, ob er dieselben Taten wie ihr heutiges Opfer beging. Zuzutrauen wäre es ihm.

»Isabel? Bist du hier?«

Diese Worte elektrisierten sie. Das kam von Magnus!

Sogleich antwortete sie: *»Darling, ich bin da! Aber nicht allein. Hält er dich auf dieser Ebene gefangen?«* Sie brauchte einfach mehr Infos. Am liebsten würde sie aufspringen und ihn suchen, aber vor Alexeij musste sie die Fassade wahren und sich nichts anmerken lassen.

»Ich spüre dich in der Nähe«, antwortete er.

Sie schloss die Augen und konzentrierte sich auf ihn. Gesättigt hatte sie jetzt ihr volles Kraftpotenzial und tatsächlich!

Nach kurzer Zeit konnte sie die Aura ihres Prinzen ausmachen. Schwach, aber sie war da. Nicht weit von ihr weg. Vielleicht nur einige Räume entfernt. Jetzt wurde sie ganz aufgeregt. Verdammt! Alexeij durfte das nicht bemerken. Doch der war glücklicherweise noch mit dem Blutbad beschäftigt. Inzwischen tropfte kaum noch Blut auf ihn herunter und er richtete sich auf.

»Komm, meine Kiska! Gehen wir uns waschen.«

Isabel nickte und erhob sich. An Magnus sandte sie: *»Ich muss jetzt wieder mit ihm hoch. Aber immerhin weiß ich, wo du bist.«*

»Ich verspreche dir, eines Nachts wird er für alles büßen, was er uns angetan hat.«

Beim Hinausgehen wies Alexeij auf den Körper von Isabels Opfer und befahl den Männern im Flur: »Schickt die Leiche an seinen Vater!«

»Jawohl, Boss!«

Zu Isabel meinte er: »Das wird ihm hoffentlich eine Lehre sein, dass ich mich nicht aufs Kreuz legen lasse.«

Sie wandte ein: »Aber dann erfährt er doch, dass ihn keine Menschen umgebracht haben.«

Alexeij lächelte triumphierend. »Keine Sorge! Es wird aussehen, als hätte man ihm die Kehle durchgeschnitten. Die Syndikate in Vegas wissen, dass es Hintermänner gibt, aber sie kommen ihnen nicht auf die Spur. Und das sind wir!«

»Wie viele Oberbosse gibt es?«

Er fasste im Aufzug an ihre Wange und schnalzte mit der Zunge. »Tz, tz, das kann ich dir nicht verraten.« Dann umfasste er ihren Nacken und zog sie in einen leidenschaftlichen Kuss.

KAPITEL 14

Nachdem Magnus verschwunden war, kehrten Jack und Am nächsten Abend in San Francisco wartete Jack ungeduldig auf Alexanders Erwachen. Sein Geliebter lag noch auf der Matratze in dem Raum, in dem sie den Tag verbracht hatten. Antonio hatte ihnen in einem seiner Kellerräume Unterschlupf gewährt. Jack spürte, dass Alex' Geist immer mehr an die Oberfläche des Todesschlafes kam und er schließlich die blaugrünen Augen aufschlug. Er grinste seinen Süßen an. »Na, du Langschläfer! Wurde allmählich Zeit.«

Alex setzte sich auf und struwelte durch die braunen Haare. »Halte mir nicht immer meine Schwächen vor.«

Der Ältere schmunzelte. »Jetzt sei nicht gleich eingeschnappt! Ich zieh dich eben gern damit auf. Ich schätze, sie erwarten uns schon. Komm!«

Alex strich seine Klamotten glatt, bevor er mit ihm hoch in die Wohnräume ging.

Jack begrüßte die anderen, die bereits im Wohnzimmer saßen, beim Eintreten mit einem »Wir sind so weit!«

Antonio nickte. »Gut. Dann lasst uns aufbrechen!«

Jack folgte ihnen auf die Terrasse, schlang die Arme um Alex und schoss mit ihm in den Himmel empor. Da war Catherine bei ihrem atemberaubenden Tempo bereits nicht mehr zu sehen. Antonio passte sich da eher seiner und Martins Geschwindigkeit an. Er freute sich schon auf die Nacht, in der Alex endlich selbst fliegen konnte.

Das würde wohl noch eine ganze Weile dauern, denn sein Süßer war mit siebzehn von einem Schwächling verwandelt worden. Somit wuchsen Alex' Kräfte nur langsam. Immerhin war seine Entwicklung durch das Trinken von Menschenblut schon besser geworden. Jack regte sich immer noch über die Verantwortungslosigkeit von diesem Dirk auf, dass er Alex nicht mal das Jagen beigebracht hatte, ihn in absoluter Abhängigkeit gehalten hatte, indem er ihn nur von sich hatte trinken lassen. Jack würde bei dem Gedanken am liebsten laut knurren, aber er schluckte seinen Ärger hinunter. Er wollte Alex nicht beunruhigen.

Schon bald tauchte der Lichtschein der Stadt in der Wüste auf und eine ganze Wucht von vampirischen Schwingungen prasselte auf Jack ein. Hier schien es von ihrer Art nur so zu wimmeln. Alex rief ein begeistertes »Wow« aus und er musste ihm recht geben. Es sah wirklich phänomenal aus mit den unzähligen bunten Lichtern und wirkte wie eine Oase in dieser kargen Landschaft.

Als sie über Vegas angelangt waren, stieß endlich Catherine zu ihnen. Sie hatte bereits das Stadtgebiet überflogen, aber von Magnus nichts gespürt.

Jack zeigte ihnen, wo sich Alexeijs Anwesen befand, und Catherine blickte konzentriert nach unten. »Ich spüre ihn deutlich und es sind noch viele andere Unsterbliche dort.«

Antonio ergänzte: »Isabel ist ebenfalls hier. Nun müssen wir nur noch die Aura unseres Feindes kennenlernen. Ich schätze mal, dass es die stärkste hier ist. Außer Magnus natürlich.«

Catherine lauschte. »Ja, er scheint ungefähr so alt wie du zu sein. Ich muss ihn sehen, um mehr aus seinen Gedanken zu erfahren.«

Da mischte sich Jack ein: »Das ist kein Problem. Ihm gehört hier ein spezieller Club. Dort lässt er sich regelmäßig blicken. Wir gehen einfach jeden Abend dorthin. Irgendwann wird er kommen. Isabel begleitet ihn meistens.«

Antonio fixierte grimmig das Haus unter ihm. »Ja, gut. Wo wohnt ihr?«

Jack antwortete: »In einem Hotel. Kommt mit!«

Catherine stutzte. »Hotel? Ich schlafe nicht unter Sterblichen.«

Jack hatte großen Respekt vor ihr und erwiderte kleinlaut: »Mylady, die oberen Etagen sind exklusiv für Unsterbliche. Wir sind dort absolut sicher.«

Sie hob skeptisch eine Augenbraue. »Nun gut. Wenn du es sagst. Ich kann mir zur Not immer noch einen anderen Unterschlupf suchen.«

Kurze Zeit später saßen sie in seinem Zimmer zusammen, um sich weiter zu beratschlagen. Alex schielte immer wieder verstohlen zu Antonio, der mit Martin am Fenster stand. Jack brauchte nicht seine Gedanken zu lesen, um zu wissen, dass er sich vor dem Fünfhundertjährigen fürchtete, und er konnte es ihm nicht verdenken. Antonio besaß eine Furcht einflößende

Aura und auch äußerlich wirkte er gefährlich. Durch die dunkelbraunen Haare, die ihm bis über den Rücken reichten, den dunklen Augen und seiner mächtigen Präsenz. Er stand gerade mit verschränkten Armen da und drehte ihnen den Rücken zu. Sonst würde sich Alex die Blicke vermutlich nicht getrauen. Catherine saß mit elegant übereinandergeschlagenen Beinen auf der Couch. In Jeans und Shirt war sie für Jack immer noch ein sehr ungewohnter Anblick, aber das tat ihrer strahlenden Schönheit keinen Abbruch. Diese erhabene Lady hegte wohl tiefe Gefühle für Magnus. Was hatte der Kerl nur an sich, dass alle Frauen verrückt nach ihm waren? Sogar eine des Rates. Wahrscheinlich weil er göttlich aussah und keine Rücksicht nahm. Die Weiber standen einfach auf die bösen Jungs.

»Ich kann es mir selbst nicht erklären«, hörte er plötzlich Catherines Stimme im Kopf und erschrak. Sie hatte ihn gehört, obwohl er sich verschlossen hielt. Wie peinlich!

»Verzeiht, ich wollte Euch nicht zu nahe treten.«

»Das muss dir nicht peinlich sein. Magnus ist oder war manchmal ein Teufel und diese Seite hat mich damals abgestoßen. Trotzdem verbindet uns etwas.«

Sie wechselte jetzt zu ihrer akustischen Stimme. »Ach, übrigens. Sagt bitte Catherine zu mir. Wir sind doch ein Team!«

Jack schlug die Augen nieder. »Danke, My ... äh, Catherine.«

Alex bedankte sich ebenfalls und sie lächelte freundlich. Das machte sie nur noch schöner.

Dann sprachen sie über ihr Vorgehen. Catherine war der Meinung, dass sie zuerst mehr über diesen Alexeij erfahren mussten, bevor sie weitere Pläne schmiedeten. Antonio wollte trotzdem heute Nacht das Gelände des Grundstücks auskundschaften.

»Ich geh mit Catherine zusammen und ihr bleibt hier. Eure Schwingungen könnten uns verraten.«

Da hatte er recht, und so blieb Jack mit Martin und Alex im Hotel zurück. Die beiden Ältesten konnten das allein am besten und auch ihre Auren besser verbergen. Nicht einmal Alexeij würde sie bemerken.

Das Grundstück wurde überall von Kameras überwacht, aber das würde ihnen keine Schwierigkeiten bereiten. Eher die vielen unsterblichen Leibwächter im Haus. Die waren zwar jung, aber ihre Anzahl machte eine Befreiung schwierig. Am ehesten mussten sie unbemerkt zu Magnus' Gefängnis gelangen und nur seine Wachen vernichten.

Catherine schwebte einige Meter über dem Dach der Villa und konzentrierte sich ganz auf ihren einstigen Gefährten. Sie spürte endlich seine Präsenz.

»*Magnus, hörst du mich?*«

Kurz darauf antwortete er überrascht: »*Cathy! Du hier?*«

Sie musste über seine Verwunderung lächeln. »*Natürlich bin ich hier. Ich spürte, dass du in Gefahr bist, und musste sofort aufbrechen. Antonio und Martin sind auch hier und Isabels Freunde Jack und Alex. Wir holen euch hier irgendwie raus. Was weißt du über Alexeij?*« Sie war erleichtert, dass es ihm anscheinend besser ging.

»Dass er absolut hinterhältig und boshaft ist. Ja, und dass er sich regelmäßig an Isabel vergreift. Aber das wird er mir büßen.«
Catherine spürte seinen Zorn. *»Ich kann deine Wut verstehen, aber wir dürfen nichts übereilen. Wo befindet sich dein Gefängnis?«*
»Unter dem Haus. Soviel ich weiß, einige Stockwerke tief. Man kommt nur mit einem Aufzug runter. So bin ich zumindest hingebracht worden.«

»Wie viele Wachen hast du?«

»Vier. Sie sind schwach. Mit denen werdet ihr leicht fertig.«

Catherine erwiderte: *»Gut zu hören. Ich bespreche mich mit den anderen, wie wir es am besten angehen. Mach solange keine Dummheiten.«*

»Niemals!«, scherzte er.

Dann war Magnus mit seinen Gedanken abermals allein. Er wusste nicht, was er mehr hasste. Die Schmerzen oder die Einsamkeit. Zum Glück waren nun Catherine und Antonio gekommen. Sie würden ihn endlich befreien und dann würde er Isabel aus den Armen von Alexeij reißen. Magnus malte sich seine Rache aus und musste deswegen lachen. Dabei stach ihm der Schmerz ins Gesicht, was ihn fluchen ließ.

Catherine erzählte Antonio, was sie von Magnus erfahren hatte. Der Vampir überlegte: »Dann müssen wir durch den Aufzugschacht, ohne den Fahrstuhl zu benutzen. Sonst werden die Wachen gewarnt. Dann überwältigt jeder von uns zwei von ihnen und wir verschwinden, wie wir gekommen sind.«

Catherine schmunzelte. »So, wie du das sagst, klingt es wie ein Kinderspiel. Wir sind vielleicht viel stärker als sie, aber wir sollten trotzdem vorsichtig sein.«

Antonio winkte ab. »Pah. Du brauchst sie ja nicht einmal anzufassen, um sie zu zerfetzen, und ich kann es schon so weit, dass es sie immerhin schwächt.«

Seine Schöpferin wusste, was er meinte. Die unsichtbare Faust, die bei ihr inzwischen so stark war, dass auch die Adern in unsterblichen Körpern zerrissen wurden. Das führte dann zu inneren Blutungen, die Artgenossen zwar nicht vernichteten, aber massiv schwächten.

»Das stimmt schon, aber wir dürfen unsere Gegner keinesfalls unterschätzen. Lass uns zu den anderen zurückkehren.«

Alexander fragte Jack am nächsten Abend über das Leben von Catherine und Antonio aus. Er hatte großen Respekt vor den beiden, denn mit so Alten war er noch nie zusammen gewesen. Und er bewunderte Martin, der so unbefangen mit Antonio umging. Na ja, er war immerhin sein Gefährte, aber trotzdem.

Jack kramte in seinen Klamotten herum und Alex zappte sich durch die Fernsehkanäle.

»Bist du schon fertig?«

Alex blickte auf den Bildschirm. »Nö, warum?!«

»Na, dann beeil dich mal! Wir müssen bald los.«

Murrend warf Alex die Fernbedienung aufs Bett und verschwand unter der Dusche. Manchmal war Jacks Befehlston echt nervig. Er hielt sich irgendwie für ne Mischung aus Vater und Liebhaber. Aber Alex liebte ihn und war froh, mit ihm zusammen sein zu können. Jack hatte ihm so gut wie alles beigebracht, was er als Unsterblicher wissen musste. Er kannte sich auch, im Gegensatz zu Dirk, mit allem ganz gut aus. Für ihn war Jack mit seinen über zweihundert Jahren bereits alt und jetzt hatte er eine Frau getroffen, die dreimal so alt war. Das erschien ihm fast unwirklich und er konnte sich nicht vorstellen, so lange zu leben.

Als er aus dem Bad kam, saß Jack fertig angezogen in einem Sessel und betrachtete ihn eingehend. Alex öffnete den Schrank. »Was guckst du so?«

Jack rieb sich das Kinn. »Darf ich dich nicht mehr ansehen?«

Der Jüngere zog ein T-Shirt aus dem Regal. »Doch, klar. Aber ich kenn dich doch. Ich denke, wir haben es so eilig.«

Sein Gefährte stand plötzlich hinter ihm, strich über seinen Rücken und den Hintern. »So viel Zeit muss sein.«

Seine Stimme wurde dunkler und Alexander spürte Jacks Härte am Gesäß. Schon schoss auch in ihm die Erregung hoch. Er lehnte sich erwartungsvoll nach vorn, klammerte sich an eines der Regalböden und ließ ihn eindringen. Die Finger seines Partners umschlossen seinen Schwanz und bewegten sich im Rhythmus der Lenden. Jack knurrte und senkte die Zähne in Alex' Halsseite, als der Jüngere den Kopf zurückbog, solange

Jack immer heftiger zustieß. Alex' Muskeln spannten sich stärker an und sein Stöhnen wurde lauter. Hitzewellen durchfluteten ihn, bis er schließlich erbebte. Der Leib seines Liebhabers, der an seinen Rücken gepresst war, erzitterte kurz darauf ebenfalls. Der Atem ging noch keuchend, als Jack ihn herumdrehte und küsste. Alex erwiderte die Küsse und während sie ihre Lippen kosteten, beruhigten sich ihre Gemüter wieder.

Alex strich über Jacks Wange und meinte atemlos: »Ich glaube, ich sollte mich jetzt anziehen.«

Sein Gefährte grinste und trat zurück. »Ja, das solltest du. Vermutlich warten sie schon.«

Der Club war brechend voll, als sie ankamen. Sie hatten sich aufgeteilt, um weniger aufzufallen. Catherine ging mit Antonio hinein und Martin mit ihm und Alexander. Jack fragte sich, ob heute etwas Besonderes los sei, denn so voll hatte er dieses Etablissement noch nie vorgefunden. Catherine betrachtete interessiert ihre Umgebung und wusste natürlich sofort, um was es hier ging. Da sie Hunger verspürte, beobachtete sie die sterblichen Männer, die hier bedienten. Allerlei Gerüche erreichten ihre Nase und sie wartete, welcher von ihnen ihre Adern erbeben ließ. Bald hatte sie ihr potenzielles Opfer ausgemacht und rief per Gedanken eine der unsterblichen Bedienungen an den Tisch. Die Frau erschien kurze Zeit später, aber als sie Catherine ansah, gefror ihr das aufgesetzte Lächeln im Gesicht. Die Ältere wusste, dass ihre Schwingungen die junge Vampirin ängstigten. Catherine bat höflich um den ausgesuchten jungen Mann und langsam entspannte sich die andere wieder. Diese Reaktion erinnerte die Ältere daran, ihre Aura ab jetzt zu unterdrücken, und sie riet es auch Antonio. Falls Alexeij hier wäre, würde er sofort auf so ungewöhnlich Alte aufmerksam werden.

Ihr Zögling bemerkte, bevor sie den Platz verließ: »Du hast gut gewählt. Wohl bekomm's!« Dabei grinste er teuflisch, was Catherine nur mit mahnend hochgezogenen Augenbrauen quittierte. Sie mochte es nicht, wenn man darüber Scherze machte.

Sie setzte sich in das ihr zugewiesene Separee und erwartete ihr Opfer. Der junge Mann kam herein und sie begrüßte ihn mit einem bezaubernden Lächeln. Sofort war er gefangen von ihrem Charisma und ihrem anmutigen Körper. Sie sah mit ihrem Puppengesicht so unschuldig und reizend aus, dass ihr kein Mann widerstehen konnte. Wie eine Prinzessin. Mit ihren kühlen Fingern strich sie über seine heiße, muskulöse Brust, fühlte seine Begierde nach ihr. Aber sie hatte keine Lust, sich darauf einzulassen. Normalerweise schlief sie nicht mit Sterblichen. Es gab ihr nichts.

»Pack mich ruhig fester an, Süße.«

Catherine erwiderte lasziv: »So? Gefällt es dir härter?«

Seine Hand wanderte über ihren Schenkel. »Doch, schon. Aber ich möchte dir ja nicht wehtun.«

Er spielte auf ihre scheinbar zerbrechliche Statur an. Sie lächelte. »Das täuscht. Ich kann mich ganz gut wehren.« Er lachte nur ungläubig.

Catherine machte es Spaß, seinen nackten Oberkörper mit Lippen und Zunge zu erkunden und die langsam aufsteigende Gier zu fühlen. Er lag auf der Sitzfläche des Samtsofas, hatte die Augen geschlossen und murmelte: »Du machst mich wahnsinnig.« Die Ekstase durch ihre Zärtlichkeiten hatte ihn vollends erfasst und nun biss sie in seine Brust und trank. Doch nicht hastig. Nein. Sie genoss ihr Mahl gemächlich und ihr Saugen machte den Menschen vollends willenlos. Er schwebte in diesen Sphären, wo sich alles nur noch wunderbar anfühlte. Erst jetzt bohrte sie ihre Zähne in den Muskel und trank kräftiger. Leider verlor er nach einigen Sekunden das Bewusstsein und sie musste aufhören, um ihn nicht zu töten. Catherine wischte sich noch mit dem Fingern über die blutigen Lippen und ging.

Kaum hatte sie das Separee verlassen, erspähte sie Isabel. Ihre langen roten Haare leuchteten kurz im Scheinwerferlicht auf. Sie erklomm gerade eine Treppe zu einer Art Empore. Dort oben saßen einige unsterbliche Frauen und ein muskulöser Mann mit kurzen, dunklen Haaren. Das war also dieser Alexeij. Sie erfasste seine Aura, um seine Kräfte einzuschätzen, und stellte fest, dass er nicht an Antonio heranreichte. Ideal für ihren Plan. Daraufhin beobachtete sie ihn weiterhin unauffällig. Er zog Isabel an sich und sie küssten sich kurz. Dann redete er wieder mit den anderen.

Catherine kehrte an ihren Tisch zurück, wo Antonio sie anlächelte, aber sie blieb ernst und er verstand sofort. Auch er sah zur Lounge hinauf.

»Das ist also unser Feind. Scheint nicht ganz ohne zu sein, aber ich bin stärker.«

Sie grinste. *»Überschätze dich nicht, mein Sohn. Ich versuche mal, in seinen Gedanken zu lesen. Gerade ist er mit den Frauen beschäftigt.«*

Diesen Alexeij hatte Catherine vorher noch nie gesehen. Er war ihr gänzlich unbekannt. Vermutlich hatte er so gut wie nie am Neujahrsfest teilgenommen und war die meiste Zeit seines Daseins in Russland geblieben. Gerade schmuste er heftig mit dieser Isabel. Was fand Magnus an ihr? Aber dann schob Catherine es auf ihre roten Haare. Magnus hatte schon immer eine Schwäche für solche Frauen gehabt. Magdalena, seine Blutstochter, hatte auch welche.

Das Erste, was sie in dem Russen sah, schockierte sie. Bilder von Magnus, wie er sich auf einem leuchtenden Gerät wand. Der Clubbesitzer wusste, dass er ihn niemals freilassen konnte, weil sich Magnus sofort rächen würde. Deswegen dachte er, es bliebe ihm keine andere Wahl, als beide irgendwann zu vernichten. Um Isabel tat es ihm leid, aber er sah keine Alternative, falls sie keine Gefühle für ihn entwickelte. Sie liebte immer noch Magnus und würde dann sicher Vergeltung üben, wenn er ihren Gefährten getötet hatte. Außer sie ließ sich noch von ihm auf seine Seite ziehen, was er inständig hoffte.

Ihre erste Begegnung mit Antonio kam ihr in den Sinn. Sie war nach der Jagd umhergestreift, als sie ein leidenschaftliches Stöhnen aus einem Stall gehört hatte. Sie hatte sich neugierig dem Gehöft genähert und schließlich zwei Männer entdeckt, die sich im Heu gewälzt hatten. Sie musste lachen, als sie daran dachte, dass es zuerst Antonios Hinterteil war, das sie erblickt hatte. Interessiert hatte sie die beiden weiter bei ihrem Liebesspiel beobachtet. Zwischen zwei sterblichen Männern hatte sie das vorher noch nie gesehen. Sie hatte das nur aus ihren Kreisen gekannt. Aber dieser Mann mit dem dunklen, langen Haar und den dunklen Augen hatte ihr sofort gefallen. In den nächsten Nächten hatte sie ihn beobachtet, in seinen persönlichen Sachen gestöbert und ihren Entschluss gefestigt, ihn zu ihrem Gefährten zu machen. Als er dann in einer Nacht nach Paris hinein geritten war, um in eine Schenke zu gehen, hatte sie ihre Chance gesehen. Sie war einfach vor dem Gasthaus auf ihn zu gegangen, als er abgestiegen war, und zuerst die hilflose Frau gespielt. Er hatte gedacht, sie hätte sich verirrt und suche jemanden für ihren Schutz. Doch sie war gleich sehr direkt zu ihm gewesen und deswegen hatte er sie für eine Hure gehalten. Da er nicht viel Geld gehabt hatte, hatte er abgelehnt, denn ihre edlen Kleider waren ihm nicht entgangen. Doch sie hatte um ihre Anziehungskraft gewusst. Er war ihr schließlich erwartungsvoll in eine nahegelegene Scheune gefolgt und dort hatte sie sich ihm hingegeben. Sie war seine erste Frau gewesen. Davor hatte er nur Pierre, seinen Knecht, als Liebhaber gehabt. In seiner höchsten Ekstase hatte sie ihn getötet und seine Leiche tief unten in dem Heuhaufen versteckt. Damals war es üblich gewesen, dass sich Neugeborene zuerst allein zurechtfinden mussten. Doch sie war in seiner Nähe geblieben und hatte ihn beobachtet. Wie sie erwartet hatte, hatte er sich in der ersten Zeit hervorragend geschlagen. Er hatte ein sicheres Versteck im Wald gefunden, sich ohne Skrupel auf sein erstes Opfer gestürzt und dabei gleich seine übermenschlichen Kräfte entdeckt. Sie war sehr stolz auf ihn gewesen und war es heute noch. Sie hatte sich immer an die Regel gehalten, nur jemanden zu verwandeln, den sie auch zum Gefährten wollte. Deshalb hatte sie auch geschwiegen, als Antonio den Schöpfer von Alexander beim Neujahrsfest vernichtet hatte, und es auf Streitigkeiten geschoben. Gemeinsam mit den anderen Ratsmitgliedern hatten sie das Fest abgeblasen. Wenn sie jetzt den jungen Bluttrinker so betrachtete, wie glücklich er mit Jack war, dann konnte sie eher verstehen, warum Antonio das getan hatte. Catherine war da in einen starken Gewissenskonflikt geraten, aber sie hatte es nicht über sich gebracht, ihren Blutssohn als vogelfrei zu erklären, ihn mit den anderen zu jagen und zu vernichten. Auch wenn es nach dem Kodex Mord gewesen war. So wie damals bei Pierre, Antonios ersten Spross. Er hatte Pierre in einem reifen Alter von siebzig Jahren zum Vampir gemacht, weil er seinen einstigen Geliebten nicht verlieren wollte. Pierre hatte sich durch die Verwandlung um ungefähr zwanzig Jahre verjüngt und durch sein hohes Alter bei der Umwandlung waren seine Kräfte sehr schnell gewachsen. Bald hatte er Antonio an Macht eingeholt und das hatte ihn größenwahnsinnig gemacht. Er hatte sich aufgeführt wie der Teufel persönlich und seine Bosheit hatte sich auch gegen seinesgleichen gerichtet. Einige Male hatte er unsterbliche Frauen geschändet und hatte im Blutrausch unter den Sterblichen gewütet, dass er zu viel Aufmerksamkeit auf sich gezogen hatte. Irgendwann war das Maß voll gewesen und der Rat hatte seine Vernichtung beschlossen. Catherine hatte Antonio damals die Nachricht von Pierres Tod überbracht. Einige Ratsmitglieder, sie eingeschlossen, hatten Pierre auf freiem Feld gestellt und schließlich überwältigt. Er war zwar stark gewesen, aber gegen so viele war er nicht angekommen. Sein geköpfter Körper war in der Sonne verbrannt. Sie hatte Antonio damals trösten müssen, weil er sich die Schuld für Pierres psychische Wandlung gegeben hatte. Aber Catherine hatte ihn besänftigt, indem sie ihm gesagt hatte, dass sie nie wissen könnten, wie ihre Sprösslinge sich entwickelten.

Antonio versuchte, ihre Gedanken zu lesen, aber er kam nicht weit. Ein wenig schnappte er auf und Catherine lächelte anerkennend. »Du wirst immer besser. Irgendwann durchschaust du mich.«

Er erwiderte ihr Lächeln und ergriff ihre Hand. »Na, na. So schnell wird das sicher nicht sein.«

Da empfing er auf einmal Isabels Stimme: »*Antonio, ich bin so froh, dass du gekommen bist. Ich danke dir dafür. Hoffentlich könnt ihr uns bald befreien. Ich halte das alles nicht mehr länger aus. Ich weiß, wo Magnus gefangen gehalten wird. Im zweiten Untergeschoss. Dort führt ein Aufzug hin.*« Dann übermittelte sie ihm, wo sich eine geheime Tür in der Wand der Empfangshalle befand, und dahinter führte ein Gang zum Fahrstuhl. Sie zeigte ihm, welchen Knopf er drücken musste und wie der Flur in dem Untergeschoss aussah. »*Es muss eine der Türen am Gang sein. Dort habe ich ihn ganz nah gespürt.*«

Er sah kurz zu ihr hoch, aber sie mied den Blickkontakt, wegen Alexeij. *»Wir werden euch so schnell wie möglich da herausholen und ihn vernichten. Ich und Catherine haben bereits das Grundstück ausgekundschaftet. Das packen wir!«*

»Ich bin wirklich so froh, dass ihr da seid. Das kannst du dir gar nicht vorstellen. Und immer diese Angst um Magnus, dass er ihm noch mal was antut. Bis jetzt lässt er ihn in Ruhe, solange ich mitspiele.«

Antonio entgegnete: *»Dann spiele noch einige Nächte seine Gefährtin und dann wirst du erlöst. Nur noch ein klein wenig Geduld.«*

»Ich streng mich an. Seid vorsichtig! Alexeij hat überall seine Wachen postiert und UV-Scheinwerfer an der Mauer und am Haus. Wird das Abwehrsystem aktiviert, verrammelt sich das ganze Haus und die Scheinwerfer leuchten alles aus.«

Er hatte genug erfahren und ließ die anderen wissen, dass Catherine und er gehen wollten. Jack, Alex und Martin blieben noch ein wenig.

Als die beiden aufstanden, trat eine Unsterbliche an sie heran. »He, ihr müsst noch bezahlen.« An Catherine gewandt, meinte sie: »Für den leckeren Kerl, den du fast gekillt hast.«

Seine Schöpferin sah die Bedienung verwirrt an, aber er streckte der anderen seine Kreditkarte hin. »Tut uns leid. Hier.« Sie nahm die Karte und zog sie durch das Gerät, in das sie die Bestellungen eintippte. Da fragte Catherine unverblümt: »Trägt man das jetzt so?«, und wies auf die langen, kunstvoll lackierten Fingernägel.

»Ja, schon länger. Du bist nicht von hier, was?! Europäerin?«

Catherine nickte und wandte sich dann zum Gehen. Draußen betrachtete sie ihre Hände und spreizte die Finger. »Meinst du, ich sollte sie mir auch auf die eigentliche Länge wachsen lassen, so wie die Frau?«

Antonio zuckte die Schultern. »Wie du meinst.« Dabei begutachtete er seine eigenen, die für einen Mann ungewöhnlich lang waren. »Obwohl, mir persönlich gefallen sie so.« Die meisten Unsterblichen stutzten ihre Nägel auf die sterbliche Norm, um nicht aufzufallen. Es war nicht unbedingt die Länge, die auffiel, sondern die stärkere Wölbung der Nägel. Sie kam eben erst bei längeren richtig zur Geltung. Die Frauen hatten es da einfacher mit der Mode.

Nun machten sie es sich noch in einer der Bars des Hotels bequem, bis die anderen zurückkehren würden. Morgen wollten sie dann den Ablauf ihrer Aktion besprechen und übermorgen zuschlagen.

KAPITEL 15

Magnus durchstreifte das ostfränkische Reich, bis er in einer Gegend aus dichtbewaldeten Hügeln mit kleinen Dörfern und vereinzelten Gehöften ankam. Konzentriert überflog er das Gebiet, denn er suchte nach einem Unterschlupf für den Tag, weil er sich nicht unbedingt in die Erde eingraben wollte. An den felsigen Steilhängen entdeckte er schließlich eine Felsspalte. Nach näherer Erkundung stellte sie sich als Höhleneingang heraus. Die Lage war perfekt für den Unsterblichen, denn der Eingang war nur durch die Luft zu erreichen oder durch Hochklettern an der Felswand. Der Waldboden lag jedoch so weit unten, dass kein Sterblicher in die Höhle gelangen konnte. Nachdem seine Ruhestätte nun feststand, machte sich Magnus erneut auf, um die Gegend weiter zu erforschen. Morgen würde er jagen müssen und er wollte herausfinden, wo das am besten möglich war. Vermutlich war er hier der einzige Unsterbliche, denn bis jetzt hatte er keine Artgenossen bemerkt.

Das änderte sich allerdings, als er schon einige Zeit durch die Lüfte unterwegs war. Eine Burg auf einem weiter entfernten Hügel tauchte auf und von dort vernahm er unzählige Schwingungen von Unsterblichen. Durch seine Reisen war er nicht mehr ganz so unerfahren und blieb dem Gemäuer lieber fern. Er wusste ja nicht, wie die anderen auf Fremde reagierten.

Magnus überlegte, wie groß das Jagdgebiet dieses Clans war, und beschloss, morgen in einem weiter entfernten Dorf zu jagen. Ihm wäre es lieber, er wäre allein hier. Allerdings wusste er noch zu wenig über seine Art. Er hatte selten andere Bluttrinker getroffen und wenn, dann waren es Einzelgänger wie er gewesen. So eine ganze Sippe war schon interessanter. Da konnte er vermutlich noch etwas lernen.

Er betrachtete die Burg weiterhin aus der Ferne. Aus einigen schmalen Fenstern drang Licht heraus und er hörte Stimmen. Leider verstand er die Sprache nicht.

Dann zuckte Magnus plötzlich erschrocken zusammen, als zwei dunkle Gestalten auf dem höchsten Turm auftauchten und sich in die Lüfte erhoben. Hatten sie ihn bemerkt? Anscheinend nicht, denn sie schlugen eine andere Richtung ein. In großem Abstand folgte er ihnen neugierig.

Die beiden steuerten auf ein Dorf zu, das hinter dem Wald lag, den sie gerade überflogen. Magnus verlangsamte sein Tempo, blieb ihnen jedoch auf den Fersen. Die Männer setzten vor einem Haus auf, klopften an die Tür und kurz darauf wurde ihnen geöffnet. Eine alte Frau humpelte heraus, um die einer der Vampire seinen Arm schlang und mit dem Weib zum nächsten Haus schwebte. Dort wurde ihnen ein Baby entgegengestreckt, das diesmal der andere nahm. Die beiden suchten noch zwei weitere Häuser auf und nahmen einen schwachsinnigen Kerl und einen Greis mit.

Magnus fand das sehr merkwürdig. Gaben die Sterblichen ihnen freiwillig Opfer? So wie es schien, jene, die nicht mehr gebraucht wurden oder missgebildet waren. Bei den Nordmännern wurden nur die Besten als Opfer gewählt. So unterschieden sich die Gewohnheiten.

Magnus folgte ihnen abermals, als sie sich auf den Rückweg mit ihrer Beute machten. Die beiden tranken von keinem der Sterblichen, brachten sie nur zur Burg. Legten diese Unsterblichen einen Vorrat aus Opfern an? So etwas hatte Magnus noch nie gesehen, aber es schien praktisch zu sein. Man musste nicht jede hungrige Nacht auf Suche gehen. Nachdem die fremden Unsterblichen wieder auf der Burg verschwunden waren, verkroch er sich in seinem Unterschlupf, da bald die Sonne aufgehen würde.

Am nächsten Abend machte er sich auf, seinen Blutdurst zu stillen. Er wählte ein einsames Gehöft aus, da er von dort einen angenehmen Duft wahrgenommen hatte. Magnus schwebte zu den Fenstern, um hinein zu spähen. Einige ruhige Herzschläge tönten in seinen Ohren, also schliefen alle. Vorsichtig schlich er ins Haus und fand unten ein Ehepaar und einen kleinen Jungen im Bett liegen. Den Unsterblichen interessierte jedoch mehr der Geruch, der von oben kam. Geräuschlos stieg er die Holztreppe hinauf und entdeckte die beiden Töchter der Familie. Langsam trat er auf das Strohlager zu, auf dem sie schliefen. Der Duft der Blonden erweckte seine Gier und behutsam beugte er sich über sie, strich ihre Haare beiseite. Seine Augen starrten gebannt auf die pulsierende

Ader vor sich, die sich im Rhythmus des Herzens unter der Haut hob und senkte. Ihr Puls begann, in den Ohren zu dröhnen, und die scharfen Zähne näherten sich der Stelle. Das Tier in Magnus übernahm nun die Regie über sein Tun. Einige Augenblicke später fand sich der junge Unsterbliche im Hals des Mädchens wieder und ihr Blut strömte schwallartig in seinen Rachen. Sie wehrte sich nicht, war schon halbtot, bevor sie aufwachen konnte.

Nachdem der Strom versiegt war, richtete Magnus sich auf. Die Schwester hatte anscheinend nichts bemerkt, denn sie schlief noch immer. Er stand wieder auf und entschwand durch das Fenster, das er vorhin geöffnet hatte.

Kaum hatte er das Haus verlassen, spürte er fremde Bluttrinker in der Nähe. Er ahnte, dass es nichts Gutes bedeutete. Plötzlich wurde er in der Luft von zweien angegriffen. Sie packten ihn am Arm und am Bein und zerrten ihn mit sich. Magnus knurrte und versuchte, sie abzuschütteln. Den Arm bekam er los, aber derjenige, der sein Bein umklammerte, war hartnäckiger. Magnus wurde immer wütender, schlug mit den langen Fingernägeln nach dem Gegner und riss ihm blutende Wunden. Seine Gegenwehr nützte ihm allerdings nichts. Auf einmal war er von weiteren Unsterblichen umzingelt. Die Lage war aussichtslos. Er musste sich ergeben und ließ sich grollend von ihnen mitziehen. Was wollten sie überhaupt von ihm? Duldeten sie keine fremden Unsterblichen in der Nähe? Waren es die aus der Burg?

Bald tauchte das Gemäuer vor ihnen auf und bestätigte Magnus' Verdacht. Er konzentrierte sich auf die Worte, die seine Häscher sprachen, aber er verstand kein einziges. Das ärgerte ihn noch mehr. In der Gewalt von fremden Unsterblichen, die er nicht mal verstehen konnte. Sie landeten auf dem Turm, wo Magnus letzte Nacht die beiden Bluttrinker beim Losfliegen beobachtet hatte. Nun fegten sie über die unzähligen Stufen des Turmes hinab, bis sie in einem großen Saal angelangt waren.

Dort saß die ganze Sippe an mehreren langen Tafeln zusammen. Die meisten wandten sich der Tür zu, als Magnus hineingezerrt wurde. An einer Tafel in der Mitte fiel ihm ein mächtiger blonder Unsterblicher auf. Vor ihn wurde er gebracht und er vermutete in ihm den Anführer. Dieser musterte ihn einige Zeit skeptisch mit ebenfalls blauen Augen, bevor er irgendetwas sagte. Der Jüngere konzentrierte sich auf die Gedankenbilder des anderen und verstand: »*Woher kommst du?*« Der Rest der Gesellschaft war verstummt, als Magnus den Saal betreten hatte.

Er beantwortete die Frage in seiner Muttersprache: »Aus Britannien.«

Das Oberhaupt entgegnete auf einmal in gebrochenem Angelsächsisch: »Wie ist dein Name?« Der Jüngere war überrascht, dass er die Sprache einigermaßen beherrschte.

»Mein Name ist Magnus.«

Neben dem Anführer saß eine wunderschöne Unsterbliche mit langem dunkelbraunem Lockenhaar, die sicherlich seine Gefährtin war. Ihre Blicke verrieten, dass sie von ihm angetan war.

Der Blonde fuhr streng fort: »Du hast in meinem Revier gewildert. Das kann ich nicht dulden.«

Magnus' Blick fiel auf die blutbefleckten Holztische. Auch das Gesicht des Burgherren war rosig.

»Wie mir scheint, habt Ihr heute ebenfalls gespeist?«

Der Ältere blickte in die Runde seines Gefolges. »Wir speisen immer gemeinsam. Das war schon immer so.«

»Interessant«, erwiderte Magnus. »So ein Gelage ist sicherlich amüsant.«

Der Anführer lächelte teuflisch. »Glaubst du, dass du würdig wärst, an dieser erlauchten Runde teilzunehmen?«

Magnus sah ihm stolz in die Augen. »Ja, das wäre ich. Mein Schöpfer ist ein Wikingergott.«

Der Ältere betrachtete ihn eingehend und Magnus spürte, dass er in seine Gedanken eindrang. Er versuchte, den anderen aus dem Kopf zu verbannen, was ihm jedoch nur halbwegs gelang. Der Burgherr gab seinen Lakaien einen Wink und sprach abermals auf Deutsch zu ihnen. Magnus sah eine finstere Grube in den Gedanken des Anführers, als der sprach, und ahnte, was das zu bedeuten hatte. Er begann, sich wieder zu wehren, und versuchte, sich loszureißen. Der Burgherr meinte zu ihm: »Du kannst nicht entkommen. Also spare deine Kräfte lieber.«

Magnus funkelte ihn wütend an, bevor er schließlich hinaus gezerrt wurde. Drei Bluttrinker hielten ihn fest und schleiften ihn unzählige Stufen in die Tiefen eines Turmes hinab. Unten angekommen öffneten sie eine Art Schacht und stießen ihn in dieses Loch. Magnus fiel einige Meter und schlug hart auf dem Grund auf. Kaum war er drin, schoben sie den steinernen Deckel auf die Öffnung.

Zuerst herrschte Stockfinsternis um ihn, doch dann erkannte er die gemauerten Wände des Gefängnisses. Langsam erhob er sich. Es schien nichts gebrochen zu sein. Zum Glück. Er begann, die Wände abzutasten, schwebte zum Deckel hoch, aber konnte ihn nicht bewegen. Der Stein war zu schwer für ihn allein. Sie waren ja zu dritt gewesen. Glücklicherweise hatte er frisch getrunken und hoffte, nicht bis zum nächsten Hunger eingesperrt zu bleiben. Bald schon spürte er die bleierne Schwere in den Gliedern, die den beginnenden Tag ankündigte. Magnus legte sich auf den Boden und wartete auf seinen Schlaf.

Als er am nächsten Abend erwachte, fühlte er jemand ganz nah bei sich. Er schreckte hoch und blickte sich um. Da erkannte er eine Gestalt in der Finsternis. Es war die Gefährtin des Burgherrn.

»Hab keine Furcht, Magnus. Ich will dir nichts Böses. Im Gegenteil. Ich will dir zur Flucht verhelfen. Adelbert könnte deinen Tod wollen. Deshalb musst du fort.«

»Warum willst du mir helfen?«

Sie lächelte und kam näher. »Du bist ein ungewöhnlicher Mann. Ich spüre, dass du noch jung bist, aber du scheinst trotzdem sehr stark zu sein. Und sehr kühn. Adelbert mag es nicht, wenn man ihm keinen Respekt entgegenbringt.«

Nun musste Magnus lächeln. »Darf ich deinen Namen wissen?«

»Kunigunde.«

Sie stand inzwischen direkt vor ihm und strich zärtlich über seine Wange. Die Lust erwachte, als sie ihn berührte und so begehrlich ansah. Er begann, sie zu küssen, was Kunigunde erwiderte und sich verlangend an ihn drängte. Es war schon länger her, dass er einer Artgenossin beigewohnt hatte. Ansonsten begnügte er sich mit sterblichen Frauen, um seine Begierde zu befriedigen.

»Dein Gefährte wird sicherlich nicht begeistert sein, wenn er dich hier findet.«

Kunigunde lächelte. »Keine Sorge! Er ist mit einigen Männern ausgeschwärmt zu unseren Dörfern. Frische Nahrung holen.«

»Vorletzte Nacht habe ich zwei von euch dabei beobachtet, wie sie zu einem Dorf flogen und einige Sterbliche holten. Die Menschen gaben sie ihnen freiwillig mit. Wie kommt das?«

Kunigunde erwiderte: »Adelbert hat ein Abkommen mit ihnen geschlossen. Wir nehmen nur die Kranken, Alten und die Missgeburten und lassen den Rest in Frieden.«

»Und dann?«

»Dann sperren wir sie auf der Burg ein, bis wir sie brauchen. Wir trinken im Saal.«

Magnus nickte. »Ach, so ist das also.«

Kunigunde sah nach oben. »Wir sollten gehen, solange sie noch fort sind.« Dabei schwebte sie zur Schachtöffnung und blickte sich um, ob die Luft rein war. »Komm, Magnus. Es ist niemand hier.«

Gemeinsam schoben sie den steinernen Deckel wieder über sein Gefängnis. Dann folgten die unzähligen Stufen, die er letzte Nacht hinab gezerrt worden war. Schließlich gelangten sie auf einen der Türme. Kunigunde zögerte, sich in die Lüfte zu erheben.

»Kann ich mit dir kommen? Adelbert wird wissen, dass ich dich freigelassen habe. Ich habe Angst, dass er mir etwas Schlimmes antun wird.«

Der junge Vampir sah sie nachdenklich an. Er wollte eigentlich nicht, dass sie seinetwegen eventuell vernichtet werden würde. Also stimmte er zu und sie flogen davon.

Magnus steuerte zu seinem Unterschlupf, denn er glaubte nicht, dass sie ihn dort schnell finden würden.

»Hier ist mein Schlafplatz. Du bist sicherlich Besseres gewohnt.«

Kunigunde setzte sich auf einen Felsvorsprung. »Das ist nicht wichtig. Hauptsache, wir sind in Sicherheit vor ihnen.«

»Morgen Nacht verlassen wir dieses Land. Nur wohin?«, fragte er sie.

»Hm, ich kenne mich in der Welt nicht aus. Ich war mein ganzes Dasein hier.«

Magnus setzte sich neben sie. »Wie alt bist du überhaupt?«

Sie sah zum Höhleneingang hinaus. »Drei Jahrhunderte. Ganz genau weiß ich es nicht.«

»Und woher kannst du meine Sprache so gut?«

Kunigunde wandte sich ihm abermals zu. »Ich stamme aus Britannien.«

Magnus lächelte breit. »Was für ein Zufall. Dann werden wir morgen Nacht dorthin aufbrechen. Einverstanden?«

Sie lächelte erfreut und lehnte sich an seine Schulter. »Ja gern, Magnus. Ich wollte meine Heimat schon lange einmal wiedersehen.«

Kunigunde war natürlich bereits erwacht, als Magnus die Augen aufschlug. »Endlich! Schnell, wir müssen aufbrechen.«

Er erhob sich vom Boden, klopfte die Erde von den Kleidern, »Ja natürlich!«

Mit seinem Beutel voller Habseligkeiten strebten sie gen Himmel empor Richtung Norden. Kunigunde nahm Magnus' Hand und zog ihn mit sich, damit sie schneller vorankamen. Sie ahnte, dass ihr Adelbert auf den Fersen war. Ehrgeizig versuchte er, mit seiner Fluchtgefährtin mitzuhalten, aber das Tempo zehrte an seinen Kräften. Das würde er nicht noch eine Nacht durchhalten können, ohne trinken zu müssen. Kunigunde versuchte, noch schneller zu fliegen, aber mit Magnus im Schlepptau gelang es ihr nicht.

»Sie werden uns einholen. Ich kann sie bereits fühlen.«

Magnus nahm nichts wahr. »Können wir uns irgendwo verstecken?«

Die Unsterbliche sah sich hektisch um. »Ich hoffe es. Adelbert darf uns nicht erwischen. Er wird uns vernichten.«

Er sah ihr die panische Angst an.

Schließlich entdeckte sie einen Höhleneingang in einer Felswand. »Dort! Folge mir!«

Magnus zögerte erst, weil sie darin in der Falle saßen, wenn die anderen sie dort entdeckten. Aber dann kam ihm eine Idee, wie er den Anführer im Kampf besiegen könnte. Adelbert war mindestens drei Jahrhunderte älter. Daher konnte Magnus ihn nur aus dem Hinterhalt bezwingen.

Die Höhle war im Innern sehr hoch, und so versteckte er sich mit Kunigunde zwischen den Stalaktiten an der Decke. Sie pressten ihre Körper eng an den Kalkstein und warteten angespannt ab.

Es dauerte nicht lange, bis Magnus die Verfolger spürte. Er war noch zu jung, um die Schwingungen zu unterdrücken. Seine Begleitung konnte es zwar, aber das nutzte ihm wenig. Adelbert würde ihn wahrnehmen, und so betrat er kurz darauf mit vier Männern die Höhle.

»Kunigunde, wenn du jetzt herauskommst, geschieht dir nichts. Ich spüre den elenden Mistkerl! Was hat er dir versprochen?«

Magnus hielt seine Begleiterin am Arm zurück und schüttelte den Kopf. Solange Adelbert redete, suchte Magnus mit den Augen die ganze Höhle ab, doch er entdeckte die Körper an der Decke noch nicht, weil sie von den Tropfsteinen verdeckt wurden. Magnus wusste, dass es nur eine Frage der Zeit war, bis der Burgherr ihn finden würde. Er musste jetzt schnell handeln.

Unter ihm stand der Ältere mit seinen vier Lakaien und blickte gerade weiter in die Höhle hinein.

»Verdammt, zeigt euch endlich! Ich reiße dich in Stücke, Magnus. Jedes einzelne Glied reiße ich dir aus und dann übergebe ich deinen Fleischhaufen der Sonne.« Dabei lachte er gehässig und da loderte Magnus' Zorn auf. Er stürzte sich senkrecht und so schnell er konnte zu

Adelbert hinab, krallte sich in dessen Schultern und biss ihm in den Nacken. Der Jüngere wusste, dass er sich mit aller Kraft an dem Gegner festhalten musste, denn sonst wäre sein Schicksal besiegelt. Als Adelberts Blut über die Zunge floss, begann er, sofort von dem stärkeren Blut zu trinken. Der andere war zuerst total überrumpelt, aber dann griff er nach hinten und versuchte, Magnus vom Rücken zu zerren.

Er hörte, wie Kunigunde die anderen Männer anwies: »Ihr mischt euch nicht ein! Das ist ein Duell zwischen den beiden.«

Magnus grub seine Zähne, so tief es ging, in Adelberts Fleisch und riss ihm eine klaffende Wunde am Hals, die stark blutete. Der Ältere wirbelte verzweifelt herum, um Magnus von sich abzubringen. Als das nicht half, schoss er senkrecht nach oben und versuchte, ihn an den Stalaktiten aufzuspießen. Dabei brachen Magnus einige Rippen, aber er löste seine Kiefer nicht. Er wusste, dass sein Dasein davon abhing, und er wollte um keinen Preis vernichtet werden.

Adelberts Kleidung tränkte sich auf der aufgerissenen Halsseite immer stärker mit Blut und er knurrte und fauchte voller Wut. Magnus nutzte die Schwäche seines Gegners aus, wandte sich mit ihm an der Höhlendecke um und stieß nun den Burgherrn auf einen spitzen Tropfstein. Der bohrte sich in Adelberts Rücken und trat an der Brust wieder aus. Magnus presste den anderen an den Schultern weiter hinein und zerbiss ihm die Kehle. Nun floss noch mehr Blut auf den Jüngeren und er spürte, wie immer weniger Gegenwehr von Adelbert kam. Der konnte nur noch röcheln mit dem aufgerissenen Hals, und so ließ Magnus ihn los.

Der Anführer rutschte völlig entkräftet vom Spieß und fiel fast ungebremst zu Boden. Ein wenig konnte er sich noch vor dem Aufprall abfangen. Nun lag er kraftlos auf dem kalten Steinboden, unter ihm bildete sich eine Blutlache und seine Anhänger starrten fassungslos auf ihn.

Magnus landete neben Adelbert, zog dessen Schwert aus der Scheide und schlug ihm den Kopf ab. Damit war das Duell entschieden.

Kunigunde sprang ihm überglücklich um den Hals. »Du hast ihn besiegt! Du hast ihn tatsächlich besiegt!« Sie küsste ihn überschwänglich und strahlte ihn erleichtert an. Ihr Gesicht veränderte sich auf einmal und ihr Haar wurde rot. Zuerst dachte er, es wäre Fanella, die ihn so glücklich anstrahlte. Aber dann erkannte er seine jetzige Gefährtin. Isabel! Sie hielten sich in den Armen und Alexeij lag geköpft im Gras. Endlich hatte er es dieser Missgeburt heimgezahlt. Doch dann veränderte sich die Umgebung abermals. Der Rasen wurde grau, wich einem Boden aus Beton und Magnus stieß einen verzweifelten Laut aus, als er begriff, dass alles nur ein Traum gewesen war. Nein, das durfte nicht wahr sein! Immer noch litt er Schmerzen und war in diesem Loch gefangen. Wann hörte dieser Alptraum endlich auf?

Damals war Magnus unendlich erleichtert gewesen, dass er den Kampf gewonnen hatte. Anfangs hatte Kunigunde seine Befehle noch für die anderen übersetzen müssen, aber bald hatte er die Sprache immer besser gelernt. Adelberts Gefolge hatte ihn schnell als neuen Clanführer respektiert, da er anscheinend sehr stark war, wenn er ihren Herrn hatte besiegen können.

Magnus grinste gehässig in sich hinein. Wenn er Alexeijs Revier übernehmen würde mit allem, was dazu gehörte. Das wäre doch diesmal die richtige Entschädigung für die ganzen Qualen. Die Nacht der Rache würde bald kommen, denn Catherine und Antonio waren jetzt da.

KAPITEL 16

Die Nacht der Entscheidung war gekommen. Heute würden sie Alexeijs Herrschaft beenden. Zumindest hofften sie es. Aber am wichtigsten war, Magnus und Isabel zu befreien. Jack zog seine schwarzen Jagdklamotten an und verdonnerte Alexander dazu hierzubleiben. Er wollte ihn auf keinen Fall dieser Gefahr aussetzen.

Alex protestierte: »Was ist, wenn du draufgehst? Dann bin ich wieder ganz allein.«

Der Ältere nahm das Gesicht seines Gefährten in die Hände. »Ich verspreche dir, dass ich nicht draufgehe. Aber für dich ist das zu gefährlich. Du bist nun mal noch zu jung.«

Sein Süßer erwiderte trotzig: »Zu schwach meinst du. Sag es ruhig!«

Jack gab ihm einen Kuss. »Sei nicht beleidigt. Du kannst mich dann zusammenflicken, wenn ich zurückkomme. Denn das wird nicht ausbleiben.«

Alex nickte schließlich. »Okay, dann viel Glück!«

Jack klopfte kurz darauf an Isabels Zimmer, wo die anderen den Tag verbracht hatten. Martin öffnete ihm die Tür und meinte: »Wir kommen gleich!«

Schließlich entschwanden sie von der Hotelplattform in den Nachthimmel, wo Alexander ihnen noch nachsah, bis er ihre Silhouetten nicht mehr erkennen konnte.

Auf dem Weg zu Alexeijs Anwesen beratschlagten sie, dass Catherine und Antonio Magnus' Befreiung in die Hand nehmen wollten und Jack mit Martin nach Isabel suchen sollte. Er war froh, dass die anderen sich um Magnus kümmerten, denn für den würde er seine Existenz nicht aufs Spiel setzen. Aber dafür war er wild entschlossen, seine frühere Liebe aus den Fängen dieses Perversen zu befreien.

Antonio sah kurz in die Runde, als die Villa unter ihnen auftauchte. »Also, dann!« Er schwebte mit Catherine zum Haus hinab.

Jack folgte den beiden. Auf dem Balkon, der an einer Hausseite entlangführte, waren einige Wachen postiert. Langsam näherten sie sich vom Dach her und warteten einen günstigen Moment ab, um an den Männern vorbei ins Innere zu huschen. Für ihn kein Problem bei diesen Jungen. Die waren erst einige Jahre unsterblich und entsprechend langsam. Für Catherine und Antonio war das noch leichter. Das bemerkte er, als die Älteste plötzlich verschwunden war. Dann huschte Antonio hinein und er mit Martin schnell hinterher.

Hier im Obergeschoss hörte Jack irgendwo sterbliche Herzen schlagen und schlug mal diese Richtung ein. Catherine und Antonio machten sich auf zur Empfangshalle. Er hielt sich dicht an den Wänden, falls ein Leibwächter auftauchen würde, und Martin blieb ihm auf den Fersen. So schlichen sie die dunklen Flure entlang auf die Quelle der Pulsgeräusche zu. Jack hörte Wasser plätschern und irgendjemand plantschte herum. Hinter der Tür am anderen Ende, unter der ein wenig

Licht durch den Spalt drang, musste sich ein Bad befinden.

Plötzlich tauchte ein hagerer Unsterblicher mit dunklem, kurzen Haar im Flur auf und starrte Jack direkt an. Shit! Sie waren aufgeflogen.

Jeder Muskel in Jacks Körper spannte sich an, bereit anzugreifen. Er hielt den Blickkontakt mit seinem Gegenüber. Doch der andere machte überhaupt keine Anstalten, sondern wies stattdessen mit dem Finger zur Tür.

»Isabel ist hier!«, empfing Jack und dann verschwand der Fremde an der nächsten Ecke.

»Wer war das?«, fragte Martin.

Jack hatte selbst keinen blassen Schimmer und antwortete: *»Keine Ahnung! Auf jeden Fall ist er auf unserer Seite.«*

Dimitrij war erst überrascht über die Eindringlinge, aber dann erkannte er, dass sie wegen Isabel gekommen waren. Das wurde höchste Zeit, denn er wusste von Ivanowitschs Plänen, sie und ihren Gefährten zu vernichten, wenn sie sich nicht bald ihm zuwenden würde. Dimitrij wollte nicht, dass Isabel ein Leid geschah, denn er mochte sie. Er konnte nicht zulassen, dass Ivanowitsch sein Vorhaben in die Tat umsetzte. Auf keinen Fall. Deshalb überließ er diesen Fremden das Feld. Nun musste er schnell die anderen Frauen in Sicherheit bringen. Sie hatten mit der ganzen Sache überhaupt nichts zu tun und mussten aus der Kampfzone raus. So eilte er in den Garten und befahl den Mädchen:

»Zieht euch schnell an! Ich soll euch wegbringen. Es gibt Ärger. Los!«

Antonios Sinne arbeiteten auf Hochtouren. Plötzlich lächelte er und sagte stumm: *»Alexeij ist abgelenkt. Ideal für unseren Plan. Ich höre Herzschläge.«*

Catherine nickte. *»Ja. Hoffentlich ist er eine Weile mit ihnen beschäftigt.«*

Er betastete schließlich die Wand an der Stelle, die ihm Isabel gezeigt hatte. *»Hier muss der Eingang sein. Eine unscheinbare Tür.«*

Antonio richtete seinen Willen auf die Wand und dachte angestrengt: *»Öffne dich!«*

Kurz darauf tat sich ein kleiner Spalt auf und Catherine drückte vorsichtig dagegen. Es war tatsächlich eine Tür und sie huschten schnell hindurch, Antonio schloss sie wieder und schlich weiter durch einen schmalen, stockfinsteren Gang auf die Leuchtanzeige des Aufzugs zu, dessen Türen geschlossen waren.

»Der ist unten. Das ist sehr gut. Wir drücken jetzt die Türen da auseinander, schweben durch den Schacht runter und klettern dann durch die Luke der Kabine«, schlug er vor.

Daraufhin krallte Catherine ihre Finger in den Spalt der Türen, zog einmal kräftig und schon standen sie so weit offen, dass sie hindurch passten. Die Unsterbliche blickte nervös in den Schacht hinab, weil sie die vier jungen Vampire fühlte, die Magnus bewachten. Vorsichtig schwebte sie zur Aufzugskabine hinunter, dicht gefolgt von Antonio. Der öffnete die Luke so geräuschlos wie möglich und stellte fest, dass die

Kabinentüren offen standen. Es musste also jetzt schnell gehen.

»Wir müssen sie überrumpeln. Bist du so weit?«

Sie nickte nur und machte sich zum Angriff bereit. Ihr Zögling sprang zuerst in den Gang und sie folgte ihm. Kaum hatten die Wächter sie beide erblickt, griffen sie an und schossen auf sie zu. Antonio zerfetzte dem ersten kurzerhand die Kehle und dann gleich dem nächsten. Das Blut floss in Strömen und er schleuderte die Körper gegen die Wände. Den Wachen blieb gar keine Zeit, sich zu wehren. Catherine fixierte daraufhin die anderen beiden und schlug mit ihrer geistigen Kraft nach den Gegnern. Sofort sackten sie zusammen, lagen wie betäubt auf dem Boden, während ihnen Blut aus Ohren, Nase und Mund sickerte. Ihr Begleiter zog ein langes Messer aus seinem Gürtel und köpfte sie alle. Nun stiegen sie über die Körper hinweg, um die Tür zu Magnus' Gefängnis aufzubrechen. Ein kräftiger Tritt von Antonio ließ sie aus den Angeln fliegen. Als sie eintraten, stand Magnus bereits aufrecht und versuchte zu lächeln.

»Endlich! Schön, euch zu sehen.«

Catherine war unendlich erleichtert, dass es ihm relativ gut ging. Seine Haut war inzwischen dunkelbraun und die eisblauen Augen leuchteten regelrecht aus dem Gesicht heraus.

Antonio fragte: »Kommst du allein hoch?«

Magnus nickte und schwebte in den Gang hinaus. *»Wo ist Alexeij?«*

Catherine erwiderte: »Jack und Martin versuchen, Isabel zu befreien. Alexeij hat zwei Sterbliche bei sich.«

Da meinte er böswillig: *»Dann wollen wir ihn mal beim Essen stören.«*

Sie folgte ihm besorgt. »Du solltest dich schonen. Überlass das uns!«

Er fuhr zornig herum. *»Nichts da! Er gehört mir. Mir ganz allein!«* Dann murmelte er: »Mit dem werde ich noch fertig.«

Catherine wechselte erst sorgenvolle Blicke mit Antonio, dann streckte sie Magnus ihren Unterarm entgegen. »Stärke dich wenigstens. Ich habe frisch getrunken.«

Magnus wusste ihre Fürsorge zu schätzen, nahm ihren Arm und biss hinein. Schon nach wenigen Schlucken spürte er die Wirkung ihres mächtigen Blutes, konnte regelrecht fühlen, wie ihn Kraft durchströmte.

»Elender Dickschädel!«, hörte er von ihr, während er trank. Nach einigen Zügen löste er die Zähne aus ihrer Haut, denn sie selbst brauchte auch genügend Kraft, um zu kämpfen.

Im Erdgeschoss angekommen, streckte Magnus seine mentalen Fühler nach Isabel aus. Lärm war zu hören. Kampfgeräusche aus dem Obergeschoss. Er schwebte die Treppen hinauf vor die Tür des Bades und nachdem er und die anderen kurz die Lage im Innern erfasst hatten, trat Antonio abermals die Tür zur Seite.

Sein Widersacher stand im Whirlpool und drosch gerade auf Jack ein, der sich verzweifelt wehrte. Seine Liebste hatte sich außer Reichweite geflüchtet und schien verwirrt zu sein. Martin mühte sich mit einigen Leibwächtern ab, die ihn attackierten. Jetzt war Magnus nicht mehr aufzuhalten. Die Rachegelüste hatten sein Schmerzempfinden fast ausgeschaltet. Die Haut spannte und schmerzte immer noch überall, aber er stürzte sich blindlings auf Alexeij, schlug ihm die Fingernägel in die Schultern und zog ihn mit in die Luft. Dort verbiss er sich im Hals seines Peinigers und begann, gierig zu trinken. Magnus spürte die Kratzer und Schläge des Gegners, aber es kümmerte ihn überhaupt nicht. Er würde den Kerl erst loslassen, wenn kaum noch Blut in ihm war. So wie damals bei Adelbert. Der Lebenssaft war noch warm und sein Körper lechzte sowieso fast ununterbrochen danach. Obwohl er durch die Verbrennungen immer noch schwächer war, hatte der Russe im Augenblick wenig Chancen gegen ihn. Magnus bemerkte schnell, dass Alexeij nicht gut kämpfen konnte. Das hatten ja seine Schergen für ihn übernommen und das Blut gab Magnus jetzt die nötige Kraft.

Bald hing sein Gegner nur noch schwach in seinen Armen und Magnus führte die Rache fort. Sein Zorn beherrschte ihn völlig und er schleifte Alexeij zum Fahrstuhl. Antonio folgte ihm, aber das war ihm gleichgültig. Catherine würde mit den Leibwächtern schon allein fertig werden.

Isabel erwachte langsam aus ihrer Starre und da Magnus nicht mehr in Gefahr war, stürzte sie sich nun ebenfalls ins Kampfgetümmel. Solange ihr Prinz nicht aufgetaucht war, hatte sie sich lieber zurückgehalten, um Alexeij nicht zu reizen.

Jack verzog sich stark blutend in eine Ecke, wo ihn hoffentlich niemand mehr angriff. Seine Beine trugen ihn nicht mehr und er fühlte sich nur noch kraftlos. Das Blut floss ungehindert aus den klaffenden Wunden und er hoffte, dass die Heilung bald einsetzte, bevor er ausblutete. Auf einmal stand einer der Wächter vor ihm und grinste boshaft. Jack spürte, wie er an den Haaren gepackt wurde, und dann wurde es Nacht um ihn.

Alexeij bekam panische Angst, als Magnus ihn in das Solariumzimmer zerrte, aber der Russe zeigte es nicht. Dazu war er zu stolz und um Gnade winseln würde er auch nicht, las Magnus in ihm, während er den nackten, ausgezehrten Feind darauf festschnallte.

»Na, hat's mit Isabel Spaß gemacht?«

Alexeij lächelte ihn an. »Natürlich. Ich habe es jedes Mal voll und ganz genossen und noch mehr, weil ich wusste, dass du es mitbekommst.«

Magnus strich über das Geschlecht des anderen. »Ja, das kann ich mir vorstellen.«

Der erwiderte unwirsch: »Was soll das?«

Magnus rieb weiter. »Och, ich wollte nur sehen, ob sich noch was regt bei dem Blutverlust.«

»Nimm deine Pfoten weg!«

Magnus ließ sich nicht beirren. »Tatsächlich! Es scheint dir zu gefallen.«

Er beugte sich nun in Alexeijs Schoß hinunter, nahm dessen Schwanz in den Mund und biss zu. Blut spritzte in sein Gesicht, während er sich noch in den Hoden verbiss und sie abriss.

Alexeij starrte fassungslos auf seinen blutigen Unterleib. »Scheiße! Was hast du gemacht?«

Magnus meinte ungerührt: »Das brauchst du ja nicht mehr. Und nun kommt der schönste Teil. Für mich!« Dabei lächelte er höhnisch und verließ den Raum.

Alexeij fluchte, zerrte an den Fesseln, aber er konnte seinem Schicksal nicht mehr entrinnen. Die Röhren flackerten auf und sofort erfasste ein höllischer Schmerz seinen ganzen Körper. Für Magnus war es eine Genugtuung zuzusehen, wie sein Erzfeind sich wand und schrie. Dessen Haut verfärbte sich schnell und war nach kurzer Zeit rabenschwarz.

Nach einer Weile wurde es Magnus zu langweilig. Er ging wieder nach oben und ließ Alexeij weiterschmoren.

Das Bad war ziemlich verwüstet, als er dort ankam. Überall klebte Blut an den Fliesen und geköpfte Körper lagen auf dem Boden herum. Isabel kämpfte verbissen gegen einen anderen Unsterblichen und schien ziemlich angeschlagen zu sein. Magnus eilte ihr zu Hilfe und riss den Gegner von ihr weg. Dann zerfetzte er ihm die Kehle und riss ihm den Kopf ab. Das herausspritzende Blut, das auf seinen Körper traf, verschaffte ihm sofort Linderung und es schien sogar in der Haut zu verschwinden. Daraufhin kniete er sich neben einer Blutlache nieder, tauchte beide Hände hinein und begann, es auf die Arme zu reiben.

Isabel beobachtete ihn dabei. Ihr Gefährte sah aus wie ein Schwarzer mit blondgefärbten Haaren. Sie war so in seinem Anblick versunken, dass sie ihre eigenen Verletzungen nicht mehr wahrnahm. Catherine und

Antonio hatten inzwischen die restlichen Wächter besiegt. Nun kehrte Stille ein.

»Wo ist Jack?«, fragte sie plötzlich. Isabel sah sich suchend im Zimmer um und entdeckte schließlich seinen kopflosen Körper zwischen den anderen. Überall lagen noch herausgekrochene Adern herum, die langsam antrockneten. Auch aus Jacks Halsstumpf hatten sie sich herausgewunden, aber bewegten sich nicht mehr. Isabel blickte über den Wirrwarr von Leibern, um seinen Kopf irgendwo zu entdecken. Sie fand ihn und trug ihn vorsichtig zum Körper. Jacks Augen waren geschlossen und die Wangen eingefallen. Aber durch ihre vampirische Natur machte ihr der scheußliche Anblick nichts aus. Sie legte seinen Hals ein Stück über die Schultern und wartete ab, doch es geschah nichts. Ratlos blickte sie zu Antonio, der nun mit dem Messer herantrat.

»Ich denke, ich weiß, was hilft.«

Er kniete neben Jack nieder und begann, zuerst die vertrockneten Enden der Adern abzuschneiden. Dann biss er seine Pulsader am Handgelenk auf und ließ das Blut darauf fließen. Ein wenig bewegten sie sich, aber nicht genug, um zusammenzuwachsen. Dann stand Antonio auf. »Wir brauchen einen Sterblichen. Ich werde gehen. Bin bald zurück.«

Isabel betrachtete besorgt ihren Jack. »Ist gut. Aber beeil dich!« Die heutigen Opfer waren leider bereits tot.

Magnus war noch immer dabei, seine Glieder mit dem herumliegenden Blut einzureiben.

Da fragte ihn Catherine: »Wie lange willst du Alexeij noch leiden lassen? Vernichte ihn endlich!«

Er blickte kurz von seiner Tätigkeit auf. »Tut er dir etwa leid? Genauso erging es mir auch. Stunden musste ich dieses Martyrium erdulden.«

Sie legte beruhigend ihre Hand auf seine Schulter. »Ich weiß, aber ich möchte endlich weg von hier. Hilfst du mir, die Körper ins Freie zu schaffen?«

Magnus willigte ein und folgte ihr. Seine heilige Katharina! Er konnte ihr einfach nichts abschlagen.

Draußen im Garten legten sie die Vampirkörper ins Gras, schichteten die Köpfe an einer anderen Stelle auf und überließen die restliche Arbeit der Sonne.

Isabel atmete auf, als Antonio schon bald mit einem verängstigten jungen Mann zurückkehrte. Er zerrte ihn vor sich her und blieb dann mit ihm neben Jack stehen. Der Mensch sah sich nur fassungslos auf diesem Schlachtfeld um. Doch viel Zeit blieb ihm nicht mehr. Mit einem kräftigen Biss riss ihm Antonio die Schlagader auf und der Saft sprudelte sogleich in Strömen auf den Kopf und den Oberkörper des regungslosen Jack. Isabel fiel ein Riesenstein vom Herzen, als die Adern sich zu winden begannen, und sie beobachtete fasziniert, wie die Adern wie Würmer ineinander krochen, zusammenwuchsen und die Lücke zwischen Hals und Körper immer kleiner wurde. Die Heilungskräfte ihrer Art waren wirklich erstaunlich. Bisher hatte sie diesen Vorgang nur im Kleinen gesehen, als Antonio sich mal den Finger abgehackt hatte, um es ihr zu demonstrieren.

Nach einigen Minuten trafen sich die Schnittstellen und langsam verband sich auch das Fleisch miteinander. Als nur noch eine breite rote Linie zu sehen war, öffnete Jack die Augen. Isabels war unendlich erleichtert. »Hallo, Jack! Wie geht's dir?«

Er richtete sich ein wenig auf. »Ich fühle mich ausgelaugt. Was ist passiert? Haben wir gesiegt?«

Nun mischte sich Antonio ein: »Dein Kopf war ab. Ja, wir haben gewonnen. Nur Alexeij lebt noch.« Dann fragte er Magnus, der gerade mit Catherine aus dem Garten zurückkehrte: »Was hast du mit ihm vor? Willst du sein Reich erben?«

Ihr Prinz blickte zu ihr. »Was meinst du, Liebling? Sollen wir in Las Vegas bleiben?«

Isabel war unschlüssig. »Ich weiß nicht. Es lebt sich ja ganz angenehm und du wärst einer der Stärksten hier. Aber ich weiß nicht, wer die anderen Bosse sind und wie viele es gibt. Alexeij hat es mir nie verraten. Was möchtest *du*?«

Sie wollte das nicht allein entscheiden. So eine Stadt mit zu regieren, bedeutete eine große Verantwortung. Ihr Gefährte schien ebenfalls unschlüssig. Doch dann straffte er sich und verkündete: »Ich bereite ihm jetzt sein Ende.« Mit diesen Worten verließ er das Zimmer. Damit war die Entscheidung gefallen und Isabel zuversichtlich, dass sie das packen würden.

Ihre Mitstreiter versammelten sich im Garten, nachdem sich Martin bei Antonio und Jack bei Catherine gestärkt hatten. Vor allem Jack brauchte Blut, um wieder auf die Beine zu kommen. Isabel betrachtete die vielen geköpften Körper, die überall im Gras lagen. Unfassbar, dass sie alle besiegt hatten. Ohne Catherine und Antonio wäre es unmöglich gewesen. Martin sah noch lädiert aus. Überall konnte man die Regeneration sehen. Ihre eigene nahm sie nur am Rande wahr. Das Kribbeln wurde schnell zur Gewohnheit.

»Wo ist sein Harem? Ich sehe ihre Körper nirgends.«

»Wahrscheinlich geflohen«, antwortete Jack. »Wir haben sie nicht gesehen.« Dann berichtete er ihr von dem Unbekannten, der ihnen den Zutritt zum Bad gewährt hatte.

Isabel rief fassungslos aus: »Dimitrij? Er ist Alexeijs rechte Hand und schon ewig an seiner Seite. Das hätte ich niemals erwartet. Manchmal komisch, wem man vertrauen könnte. Während meiner Zeit hier habe ich geglaubt, es gäbe niemanden, und dann ausgerechnet Dimitrij.« Sie schüttelte den Kopf und lächelte bitter.

Dann weckte der ziemlich verkohlte Alexeij ihre Aufmerksamkeit, der gequält stöhnte, als Magnus ihn ins Gras fallen ließ. Aus dem einstig muskulösen Mann war ein schwarzes, angekohltes, dünnes Etwas geworden, in dem noch immer Leben war. Doch Alexeijs Verstand war durch die Folter total benebelt. Er bekam nicht mehr bewusst mit, was um ihn herum geschah. Ihrem Gefährten war es ähnlich ergangen und Isabels Worte hatten ihn allmählich aus dem Delirium geholt. Antonio gab ihm jetzt sein langes Messer, um es endgültig zu beenden. Ihr Prinz nahm es, aber starrte noch unschlüssig auf den ächzenden Alexeij.

Catherine wandte sich an Magnus: »Tu es endlich! Er ist ohnehin nicht mehr bei Verstand.«

Er sah sie kurz kalt an, aber dann sagte er: »Okay. Ihr wollt es so«, und hieb einmal kräftig auf den dürren Hals ein.

Sogar aus dem verkohlten Leib krochen noch die Adern suchend heraus. Magnus stieß den Kopf mit dem Fuß einige Meter weg. Er blieb noch bei dem Körper seines Feindes, solange Isabel sich mit Martin und Jack langsam in den Keller des Hauses verzog. Sie führte die beiden zu Alexeijs Schlafkammer. Sie waren eh durch den Blutverlust zu schwach, um ins Hotel zurückzukehren.

Catherine und Antonio ließen Magnus bewusst allein im Garten zurück. Er musste erst wieder Herr über seine Rachegefühle werden. Antonio konnte das nachvollziehen. Er erinnerte sich sehr gut an dieses Gefühl, das ihn damals nach Michelles Vernichtung befallen hatte. Nicht mal die ganzen Morde an ihren Häschern hatten es lindern können.

Alexander, der besorgt im Hotelzimmer des Luxors wartete, kroch nun mit schlimmen Befürchtungen ins Bett. Wo blieben sie nur? Was war geschehen? Er machte sich solche Sorgen und alte Ängste befielen ihn. Die Trauer, die ihn bei Dirks Verlust befallen hatte, kam wieder hoch. Sein Schöpfer war während des Neujahrsfestes von irgendeinem Unsterblichen vernichtet worden. Diesmal wäre es in der Hinsicht anders, als dass er nicht mehr so unselbstständig wäre wie damals. Er könnte gut allein überleben und in Jacks Villa zurückkehren. Hoffentlich war seinem Geliebten nichts passiert. So kurz hintereinander zwei Gefährten zu verlieren, würde ihn zerstören.

KAPITEL 17

Am nächsten Abend erwachte Isabel in Magnus' Armen.

»Meine Liebste, endlich sind wir wieder vereint!«

Er küsste ihre Schultern und sie wandte den Kopf zu ihm, bis ihre Lippen sich trafen. Es fühlte sich himmlisch an ihren Prinzen zu küssen, obwohl die Haut an seinen Lippen noch nicht so zart wie vorher war, aber das machte überhaupt nichts. Sie war so glücklich, dass dieser Albtraum vorbei war und der wunderschöne Besitz nun ihnen gehörte. Ihr Gefährte war es ja aus dem Mittelalter gewohnt, über ein Gebiet zu herrschen, aber Las Vegas war da ein ganz anderes Kaliber als die schottischen Ländereien. Hier tummelten sich die Unsterblichen regelrecht und sie standen viel mehr im Mittelpunkt. Die Clubs wollten sie beibehalten. Aber ab jetzt würde vieles anders werden.

»Ich liebe dich!«, flüsterte sie und nahm eine hellblonde Strähne zwischen ihre Finger. »Und ich hatte solche Angst um dich. Dass er dir wieder was antut.« Dann senkte sie die Augen. »Ich tat alles, was er wollte, damit du Opfer bekommst. Alexeij setzte mich auf diese Weise unter Druck.«

Magnus erwiderte nur: »Er war ein Schwein!« Dann wies er in den Raum. »Ich werde die Erinnerung an ihn im Haus auslöschen. Vor allem hier.«

»Ja, den ganzen Kitsch will ich auch aus dem Haus verbannen. Überall dieses üppige Gold und die ganzen Schnörkel. Das habe ich von Anfang an nicht gemocht.«

Er grinste. »Gut, dann sind wir uns ja einig.«

Als Alexander aus dem Bett stieg, war immer noch keiner hier. Seine Sorgen wechselten langsam in Verzweiflung. Hatten sie es nicht geschafft, Alexeij zu besiegen? Waren sie jetzt alle seine Gefangenen?

Niedergeschlagen kramte er ein T-Shirt und eine Jeans aus dem Schrank und schlüpfte gerade in die Hose, als er plötzlich vertraute Schwingungen empfing. Gleich danach standen Jack und Isabel im Zimmer. Total überrascht starrte er sie an.

Sein Gefährte grinste nur und umarmte ihn dann. Alex war ganz perplex, aber unendlich froh.

Jack sagte spöttisch: »Na, mein Kleiner! Hast du dir Sorgen gemacht?«

Typisch, dass er wie immer alles herunterspielte. Alexander waren die unvollständig verheilten Wunden nicht entgangen und auch die rote Linie um den Hals nicht. So konterte er auf dieselbe Weise: »Na, wenigstens muss ich dich nicht mehr zusammenflicken.« An Isabel gewandt sagte er: »Hast du das übernommen?«

Sie erwiderte, während sie Jack ansah: »Nicht allein. Antonio war maßgeblich daran beteiligt. Hauptsache, Alexeij existiert nicht mehr.«

Alexander reckte die Faust in die Luft und rief ein euphorisches »Ja« aus.

Isabel fuhr fort: »Wir sind nur zum Auschecken hergekommen. Also, pack deine Sachen. Ihr zieht in mein neues Zuhause.«

Alexander blickte skeptisch zu Jack. »Hä, wohin?«

Sein Gefährte öffnete den Koffer und begann, die Klamotten hineinzuwerfen.

»Na, Alexeijs Villa. Magnus gehört jetzt sein Revier, weil er ihn besiegt hat.«

Der Jüngere meinte nur: »Cool«, und begann ebenfalls, schnell zu packen.

Nachdem sie ihre Hotelrechnung bezahlt hatten, verließen sie mit den Koffern das Gebäude durch die Luft.

Alle Beteiligten fanden sich auf dem Anwesen ein. Magnus hatte schon damit begonnen, die Erinnerungen an Alexeij auszulöschen. Zuallererst das Bett in der Schlafkammer. Catherine beobachtete ihn, als er es zerschlug. »Warum tust du das?«

»Dumme Frage. Denkst du, ich schlafe darauf, wenn ich weiß, dass er es da immer mit Isabel getrieben hat.«

Sie zuckte die Schultern. »Ist gut. Wie fühlst du dich überhaupt?«

Er grinste teuflisch. »Sehr gut! Schade, dass er mir nicht von oben zusehen kann, wie ich mich in seinem Besitz breitmache.«

Catherine erwiderte: »Du meinst, weil es vielleicht kein Dasein danach gibt?«

»Ja. Ist doch schade. So kann ich meinen Triumph gar nicht genießen. Er bekommt ja nichts mehr davon mit.

Er würde sich bestimmt schwarzärgern.« Dabei lachte er gehässig.

Sie meinte kopfschüttelnd: »Magnus, du bist schrecklich.«

In sanftem Ton sagte er dann: »Ich habe mich noch gar nicht bei dir bedankt.« Er kam auf sie zu, nahm ihr Gesicht in beide Hände und küsste sie zärtlich. »Danke, meine heilige Katharina. Das werde ich dir nie vergessen.«

Diesen Spitznamen hatte er ihr damals, als sie sich nur noch auf seinen Bällen trafen, gegeben, nachdem sie ihn verlassen hatte. Einmal hatte Magnus ihr eine besondere Freude machen wollen und zwei unberührte Sterbliche für ihre Liebesnacht besorgt. Einen Knaben und ein junges Mädchen, beide bildhübsch. Catherine war allerdings nicht begeistert gewesen und hatte abgelehnt. Sie töte keine halben Kinder. Das hatte Magnus sehr gekränkt und er hatte gemeint, sie wüsste nicht, was ihr entging: »Schau ihre makellosen Körper an und rieche diesen reinen Duft. Keine schmutzigen Gedanken. Ihr Blut ist das reine Elixier. Koste wenigstens.« Catherine hatte den Kopf geschüttelt und Magnus hatte daraufhin den Knaben am Arm gepackt, ihn an sich gezogen und in seinen Hals gebissen. Catherine hatte diese Szene betrachtet, bemerkt, wie die Gier in ihr hochgestiegen war, als sie das Blut auf dem nackten Körper gesehen hatte. Das Mädchen hatte nicht gesehen, was mit dem anderen geschah. Sie hatte ahnungslos am Bettrand gesessen. Da war die Unsterbliche zu ihr hingegangen und hatte ihr das Kleid gereicht. »Zieh es an. Schnell!«

Magnus war noch mit Trinken beschäftigt gewesen und als die Kleine ihr Kleid übergezogen hatte, hatte Catherine ihre Hand gefasst und geflüstert: »Halte dich gut an mir fest. Klammer dich an mein Kleid und lass auf keinen Fall los.« Dann war sie mit ihr zum Fenster hinausgesprungen, hatte sie durch die Luft davongetragen und war mit ihr, so schnell sie konnte, zum Dorf geflogen. Dort hatte sie das Mädchen nach Hause geschickt.

Magnus drängte sich jetzt enger an sie. »Ich begehre dich immer noch. Das wird nie enden.«

Ihr ging es genauso, wenn sie ehrlich war. »Ach, Magnus! Ich konnte dich doch nicht im Stich lassen. Ich bin schon damals wegen dir um die halbe Welt gereist. Ich werde dich immer auf eine gewisse Weise lieben.«

Dann küssten sie sich lange und ausgiebig. Für mehr schmerzte ihn seine Haut noch, aber Catherine fand, jetzt war auch nicht der passende Moment. Sie verließ den Keller, um sich wieder zu den anderen zu gesellen.

Antonio lehnte abseits an einem Baum. Sie ergriff die Gelegenheit, ihm noch etwas mitzuteilen, das ihr schon länger unter den Nägeln brannte.

»Ich weiß, was du damals in Irland getan hast. Wenn sich das jemals wiederholen sollte, kann ich dich nicht mehr schützen. Du weißt, dass ich eigentlich die Pflicht hätte, es zu melden. Ich hoffe, das ist dir bewusst. Aber es würde mir das Herz brechen, wenn ich deine Vernichtung mitansehen müsste. Enttäusche mich nicht!«

Antonio sah sie erst ohne Regung an. »Woher?«

»Ich wusste es, als ich den verkohlten Leib inspizierte und alle im Saal drumherum standen. Deine Gedanken verrieten dich.«

»Ich tat es für Isabel! Und wahrscheinlich auch für Magnus. Ich hatte bemerkt, dass Jack was von dem Jungen wollte, und so kam eines zum andern. Aber ich verspreche dir, es nie wieder zu tun!«

Damit musste sie sich zufriedengeben und konnte nur hoffen, dass er sich daran halten würde.

Dimitrij saß im privaten Bereich des Velvet, wohin er letzte Nacht mit den Frauen geflüchtet war. Auch einige Männer von Alexeij hatten sich hierher verzogen und ihm berichtet, was vorgefallen war. Er war erleichtert, dass Isabel gerettet worden war und es ihr gutging. Um Ivanowitsch tat es ihm nicht leid. Als Mitherrscher von Vegas hatte der sich nicht zum Positiven verändert. Er war immer machthungriger, skrupelloser und grausamer geworden. Zu sehr hatte er sich von den Machenschaften der Syndikate der Sterblichen beeinflussen lassen, wo Mord, Folter und dergleichen an der Tagesordnung waren. Er hatte die Regeln des Kodex immer öfter missachtet und war auch immer paranoider geworden und hatte regelmäßig Herausforderer vernichtet, die ihm seinen Platz hatten streitig machen wollen. Deswegen hatte sich Dimitrij nie getraut, sich ein Urteil zu erlauben, aus Angst, ebenfalls hingerichtet zu werden. Ivanowitsch hatte viel von ihm gehalten und ihm vertraut, aber das konnte bei so jemandem wie ihm schnell umschlagen. Erst hatte sich Dimitrij darüber gefreut, dass Isabel immer in seiner Nähe sein würde, denn sie gefiel ihm ziemlich. Nachdem Ivanowitsch ihn beauftragt hatte, Isabel zu beschatten, war er immer mehr von ihr fasziniert gewesen. Doch als sein Boss ihm unterbreitet hatte, was er mit den beiden vorhatte, da hatte er nicht mehr nur zusehen können. Von daher waren die europäischen Vampire genau zur richtigen Zeit gekommen, denn er selbst hatte da noch keinen Plan gehabt, wie er sie hätte retten können. Sie war so eine wunderschöne Unsterbliche und ihre Aura war anders für so eine junge Vampirin. Ivanowitsch hatte das auch gespürt und deshalb hatte er sie gewollt, sie noch mehr als sonst üblich begehrt. Davor war Irina sein Liebling gewesen und von ihrem zweiten Platz gar nicht begeistert. Aber sie hatte vor Ivanowitsch genauso Angst wie er gehabt. Was sollte er jetzt tun? Wo sollte er mit ihnen hin? Sie hatten jetzt kein Zuhause mehr, nur noch den Club.

Magnus würde sicherlich bald herkommen. Sollte er ihm seine Dienste anbieten und ihn darum bitten, dass die Mädchen hierbleiben könnten?

Oder würde ihn die Rache des neuen Besitzers treffen, weil er ein Vertrauter des Ex-Bosses gewesen war?

Den Mädchen würde Magnus sicher nichts tun, daher beschloss Dimitrij, erst einmal allein unterzutauchen und die Lage abzuwarten.

In den kommenden Nächten reiste das Rettungsteam nach und nach ab. Zuerst verabschiedete sich Catherine. Für Isabel blieb die Schottin ziemlich unnahbar und in ihrer Gegenwart hatte sie Hemmungen, Magnus zu umarmen oder zu küssen, weil sie um das besondere Band zwischen den beiden wusste. Von daher war Isabel froh, dass sie abreiste. Manchmal keimte in ihr Eifersucht auf. Diese Unsterbliche war wunderschön, mächtig, ein Mitglied des Rates und dagegen war sie eine unbedeutende Jungvampirin, die noch nichts geleistet hatte, außer am Rockzipfel eines Älteren zu hängen. Es lag wohl eher an Catherine, dass die beiden keine Gefährten waren, weil das Zusammenleben von ihnen auf Dauer nicht gut ging. Deswegen kamen Isabel manchmal Zweifel, ob ihr Prinz sie wirklich so liebte, wie er vorgab. Aber warum sollte er sich dann an eine so junge Unsterbliche binden? Ein Altersunterschied von über tausend Jahren war in ihren Kreisen doch ungewöhnlich.

Antonio brach mit Martin ebenfalls auf. Von ihm verabschiedete sie sich inniger, umarmte ihn. »Ich bin dir so dankbar für deine Hilfe. Das werde ich dir nie vergessen!«

Er schmunzelte. »Ich werde darauf zurückkommen. Aber dein Gefährte hat mir vor Jahrzehnten auch geholfen, Martin aus diesem Forschungslabor zu befreien. Wir sind also quitt.«

Jack und Alex genossen am längsten die Annehmlichkeiten der Stadt. Sie und Isabel hatten noch viel Spaß zusammen.

Nachdem alle fort waren, beschäftigte sie sich mit der Umgestaltung ihres neuen Zuhauses. Das Gold riss Magnus zum größten Teil herunter und brachte es weg. Nun konnte ein Malergeschäft der Sterblichen an den Stellen neu streichen. Alexeijs Möbel behielten sie vorerst noch, aber die vielen kitschigen Statuen flogen in den Müll. Magnus hielt sich in Sachen Einrichtung so ziemlich heraus. Manchmal machte er ihr nur einen Vorschlag, aber mehr nicht.

So kehrte mit der Zeit der Alltag ein und Isabel genoss dieses Glitzerleben. Ansonsten flößte es den Artgenossen viel Respekt ein, dass ihr Prinz den Russen gestürzt hatte. Natürlich machte ihn das auch bei der unsterblichen Damenwelt überaus beliebt. Aber er hielt sich bisher tapfer zurück, das musste sie ihm hoch anrechnen. Irgendwann fing er sicherlich wieder an, sich einige Gespielinnen bei der Stange zu halten. Er konnte eben nicht die Finger von den Frauen lassen und wenn ihm eine besonders gefiel, nahm er sich, was ihm dargeboten wurde.

Es dauerte nicht lange, da stand Irina auf der Matte, um ihn rumzukriegen. Magnus hatte nichts dagegen gehabt, dass Alexeijs Ex-Mädels sich im Velvet eingenistet hatten, aber Irina wollte bestimmt wieder hier wohnen. Zum Glück ließ sich ihr Prinz nicht darauf ein und schickte die Russin weg. Das hätte Isabel auch niemals zugelassen. Er konnte auswärts Affären haben, aber mit denen zusammenleben, würde sie nicht akzeptieren. Die Einzigen, die sie als Mitbewohner duldete, waren einige Männer aus Alexeijs Gefolge, die sich Magnus sofort, ohne zu zögern, untergeordnet hatten. Bei seinem Befreiungskampf hatten sie eben nicht ins Gras beißen wollen, nachdem ihr Ex-Boss besiegt gewesen war.

Nur Dimitrij blieb verschwunden. Bestimmt hatte er die Stadt verlassen, konnte sich Isabel vorstellen.

Eines Nachts erschien eine elegante Unsterbliche mit langen braunen Haaren in einem roten Kleid im Garten, als Isabel mit Magnus auf den Loungemöbeln saß. Sie trat vor den Hausherrn und reichte ihm eine Karte. »Guten Abend! Entschuldige mein Eindringen. Ich soll dir etwas übergeben.«

Er öffnete die Karte, las den Inhalt und antwortete dann: »Ich werde da sein!«

»Ich richte es aus. Noch eine angenehme Nacht!«

Damit verschwand sie wieder.

Isabel brannte darauf, zu erfahren, was in der Karte stand.

Magnus zeigte es ihr. »Es ist eine Einladung zur Versammlung der Herrscher.«

»Wow! Da bin ich schon sehr gespannt, was du dann berichten wirst.«

EPILOG

Nach einigen Wochen äußerte Magnus einen Wunsch, den Magnus landete auf dem Dach des Bürogebäudes, wo die Versammlung der Herrscherriege abgehalten wurde. Heute nahm er zum ersten Mal an Alexeijs Stelle daran teil. Er spürte bereits die Auren der anderen und huschte die Treppe vom Dach zum obersten Stockwerk hinunter.

Soweit er wusste, gab es drei Mitherrscher, aber er fühlte noch weitere Schwingungen. Vermutlich hielten die es genau wie Alexeij und brachten ihre Leibwächter mit. Hätte er das sicherheitshalber auch tun sollen?

Dem Anlass entsprechend trug er einen Anzug in seiner Lieblingsfarbe. Das Weinrot brachte seine hellblonden Haare perfekt zur Geltung, wenn sie offen über den Rücken wallten. Er hatte sich inzwischen von den Strapazen erholt und präsentierte seiner Umwelt noch eine gesunde Sommerbräune. Das machte ihn viel attraktiver, da seine hellen Haare auf diese Weise mehr strahlten. Er verführte reihenweise junge Mädchen, um seinen häufigeren Blutdurst zu befriedigen. Doch bald wurden die Pausen zwischen seinen Mahlzeiten wieder länger, je mehr die Haut abheilte.

Sein erster Auftritt hier war absolut entscheidend, deswegen wollte er den besten Eindruck machen. Er strahlte Stolz aus und würde mit erhobenem Haupt dort hineingehen. Die anderen mussten sofort erkennen, dass man sich mit ihm besser nicht anlegte.

Immerhin eilte ihm ein entsprechender Ruf voraus, weil er den Russen vernichtet hatte. Diese Geschichte hatte sich in Windeseile in ihren Kreisen herumgesprochen.

Ja, sie brannten vor Neugierde auf ihn. Er hörte das Gedankenflüstern, je näher er der Tür kam und er war der Älteste, wie ihm ihre Schwingungen verrieten. Ein großer Vorteil..

Neben der Tür standen zwei Bodyguards, die leicht zusammenfuhren, als Magnus die Flügel aus mehreren Metern Entfernung mit dem Willen aufschwingen ließ. Dabei zuckten seine Mundwinkel zu einem angedeuteten Schmunzeln. Gleich mächtig Eindruck schinden.

Alle Augenpaare im Raum richteten sich auf ihn, als er eintrat, und Magnus begegnete ihnen mit festem Blick. Er genoss diesen theatralischen Auftritt in vollen Zügen, denn wie immer stand er gern im Mittelpunkt.

An dem ovalen Glastisch saßen zwei Männer und eine Frau, die ihn musterten, bis er sich auf dem freien Stuhl niedergelassen hatte. Alexeijs früherer Sitz. Wieder empfand er Triumph, wenn er an den Sieg dachte. Zu seiner Überraschung war es die Frau, die ihm die Einladung überbracht hatte.

»Willkommen in unserer Mitte, Magnus!«, sagte der äußerlich Älteste.

In dessen schwarzem Haar erkannte man deutlich graue Strähnen und die Präsenz ließ auf einige Jahrhunderte schließen. Der Rest schloss sich der

Begrüßung an. Jung war keiner von ihnen, was für Herrscher auch ungewöhnlich wäre. Der andere der beiden Männer wirkte vom Aussehen her jugendlich.

»Seid gegrüßt! Es ist mir eine Ehre, hier zu sein.« Höflichkeitsfloskeln wie üblich. »Ich schätze, dass bereits bekannt ist, dass Alexeijs gesamter Besitz an mich gefallen ist.«

Die anderen nickten kaum merklich, bevor der Wortführer fortfuhr: »Ja, das sprach sich herum. Die Vernichtung deines Vorgängers war legitim, nachdem er sich dieser Verbrechen gegen dich schuldig gemacht hatte.«

»Aber so was von«, raunte Magnus.

»Nun gut. Wir wollten mit dir klären, wie du seine Geschäfte weiterführen willst. Bleibt alles beim Alten oder hast du an Veränderungen gedacht?«

Magnus schaute auf seine Finger, mit denen er auf der Glasplatte herumtippte. Dann richtete er die Augen auf sein Gegenüber. »Ich führe vorerst alles so weiter wie bisher. Die Betreiber der Clubs haben mich sofort akzeptiert. Da sollte es also keine Probleme geben.«

Der Rest nickte. »Gut zu hören! Das Velvet ist ja sehr beliebt.«

Danach erklärten sie ihm, wie alles hinter den Kulissen der Stadt ablief. Vereinbarungen mit der sterblichen Mafia wegen Menschenhandel für den Opfernachschub, Schmiergelder für die Polizei, damit sie den Vermisstenfällen nicht so genau nachgingen, und so weiter.

Die Unsterblichen blieben die unsichtbaren Drahtzieher, die die Mächtigen der Menschen zwar erahnten, aber nicht erfassen konnten.

Magnus gefiel, was er hörte. Hier ließ es sich als Vampir wirklich perfekt leben und er war froh, in »Sin City« gestrandet zu sein.

VAMPIRFAKTEN

Das Aussehen der Unsterblichen unterscheidet sich nicht wesentlich von dem der Menschen. Der auffälligste Unterschied sind die längeren und spitzen Eckzähne, die nicht eingezogen werden können. Der Zahnschmelz ist weißer und das Gebiss schärfer.

Die Haare glänzen stärker und fühlen sich sehr seidig an. Sie wachsen nur bis zu der Länge nach, die sie bei der Verwandlung hatten. Ansonsten haben Unsterbliche, außer in der Schamregion, keine Körperbehaarung mehr.

Ihre Haut ist sehr feinporig, wodurch sie makellos und glatt wirkt. Oft wird sie mit Marmor oder Alabaster verglichen, weil sie dazu noch so blass ist.

Die Gesichtszüge sind aristokratisch mit hohen Wangenknochen und der Körper durchtrainiert. Unsterbliche besitzen mehr Muskelmasse und stabilere Knochen als Menschen, um die Belastungen der schnellen Bewegungen und der größeren Körperkräfte auszuhalten. Die übersteigen die der Menschen um ein Vielfaches und steigern sich mit zunehmendem Alter des Vampirs weiter.

Die Sinne sind viel feiner. Sie können den Puls der Sterblichen hören, besitzen Adleraugen und wittern Blut über große Entfernungen hinweg. Zusätzlich zu ihrem scharfen Sehvermögen können sie im Dunkeln sehen. Durch ihr Infrarot auch in Stockfinsternis.

Unsterbliche müssen sich hauptsächlich von Blut ernähren. Ihr Magen verträgt keine feste Nahrung mehr, ansonsten nur ein wenig Milch und Wasser.

Da sie alle paar Nächte einige Liter Blut benötigen, gehen sie meistens dazu über, ihre Opfer komplett auszusaugen. Auch erfahren sie nur wirkliche Befriedigung durch das Trinken von lebendigem Blut aus einem menschlichen Körper mit schlagendem Herzen. Freiwillige Spender oder Blutkonserven können den Blutdurst hinauszögern. Bei den Neugeborenen kommt noch hinzu, dass ihre Blutgier zu groß ist, um sich zurückzuhalten und rechtzeitig aufzuhören. Blut ist bei Unsterblichen mehr als bloß Nahrungsaufnahme. Es hat die Wirkung einer Droge und Hunger empfinden sie wie Entzugserscheinungen. Neben den Krämpfen, die sie spüren, verstärkt sich ihre Gier und die Sinne werden sensibler. Irgendwann verlieren sie vor Hunger den Verstand und stürzen sich auf alles, was Blut enthält, auch auf Artgenossen.

Tagsüber fallen Unsterbliche in einen Todesschlaf. Gegen Morgen werden sie träger, spüren eine zunehmende bleierne Schwere in den Gliedern, die schließlich zur Bewegungslosigkeit führt, und zuletzt dämmern sie in den Schlaf. Je höher die Sonne steigt, desto tiefer wird er. Weil die meisten tagsüber wehrlos sind, bauen sie sich sichere Schlafstätten.

Dann gibt es noch einen Schlaf, den Unsterbliche künstlich herbeiführen können. Diesen Schlaf nennen sie

»Koma«. Manche begeben sich in den Komaschlaf, wenn sie der Zeit überdrüssig werden. Dazu suchen sie sich ein Versteck, wo sie möglichst nie von Menschen gefunden werden. Dann müssen sie komplett ausbluten, um in diesen Zustand zu kommen. Sie magern dadurch ab und verlieren nach kurzer Zeit der Blutleere ihr Bewusstsein. Der Körper zehrt mit der Zeit noch mehr aus, sieht schließlich aus wie eine verdorrte Mumie. Durch das Einflößen einer kleinen Menge Blut können sie wieder aus dem Koma aufgeweckt werden, egal wie lange sie geruht haben. Ihr Körper ist unsterblich, zerfällt und verwest nicht und Tiere rühren das unbekannte Fleisch nicht an.

Vampire sind unfruchtbar, aber noch potent. Kurz nach der Verwandlung haben Männer sozusagen nur noch einen Schuss frei, weil kein Sperma mehr produziert wird.

Frauen haben keine Periode mehr und können auch nicht von Sterblichen schwanger werden. Sie legen sich meistens nicht auf ein bestimmtes Geschlecht fest und schlafen auch gern mit Menschen.

Das Wesen eines Vampirs richtet sich nach dem ehemals menschlichen Charakter. Manche Dinge werden verstärkt, andere geraten in den Hintergrund. Auf jeden Fall sind Unsterbliche stärker von ihren Instinkten gesteuert, die sie für ihr Dasein brauchen.

Damit sich ein Mensch in einen Vampir verwandelt, muss er bis fast zur Bewusstlosigkeit ausgesaugt werden. Dann gibt ihm der Unsterbliche von seinem Blut zu trinken, so viel der Mensch aufnehmen kann. Danach saugt der Vampir ihn bis zum Tod aus.

Eine weitere Möglichkeit ist, dem Sterblichen kurz nach seinem Tod das Vampirblut einzuflößen. Wenn es in den Körper hineingelangt, führt es ebenfalls zur Umwandlung.

Die Transformation dauert den ganzen Tag, dazu muss der Körper vor Tageslicht geschützt ruhen, sonst stoppt die Verwandlung. In der darauffolgenden Nacht erwacht der Neugeborene, doch der Blutdurst kommt erst in der zweiten Nacht, wenn die innere Umwandlung abgeschlossen ist.

Das Einzige, was sie vernichten kann, ist die Sonne. Junge Unsterbliche verschmoren bereits im Morgenlicht, wogegen Vampire, die mehrere Jahrhunderte alt sind, nicht unbedingt in einem Tag sterben.

Ihr Körper verbrennt nicht in offenen Flammen, sondern versengt von außen her. Sie erleiden dabei furchtbare Schmerzen. Meistens schlagen sie deshalb den Kopf des zu Vernichtenden ab, denn dann endet das Bewusstsein, bedeutet aber nicht das Ende. Der Kopf kann, wie andere Gliedmaßen, wieder anwachsen. Körperliche Strapazen führen nach der Heilung zu größerer Stärke. Außer UV-Licht und falsche Nahrung verursachen ihnen alle anderen Verletzungen keine Schmerzen. Sie spüren dabei nur das Kribbeln der Heilung.

Zu der körperlichen Überlegenheit gesellen sich noch geistige Kräfte wie Telepathie und Telekinese. Diese verstärken sich mit dem Alter ebenfalls.

Junge Vampire können anfangs nur die Gedanken von Sterblichen lesen und sich durch Gedankenübertragung mit Artgenossen verständigen. Später dann ihre Opfer manipulieren und in die Köpfe von jüngeren Unsterblichen eindringen.

Dinge zu bewegen ist weitaus schwieriger. Am einfachsten sind elektrische Geräte, zum Beispiel das Licht ein- und auszuschalten. Türen aufschwingen lassen oder Schlösser entriegeln, gelingt erst nach einigen Jahren.

Ihren Körper können sie mit dem Willen allerdings schon früher beeinflussen und auf diese Weise fliegen.

Etwa ab dreihundert Jahren kommt die Kraft des Feuers hinzu. Dann entzünden Unsterbliche mit ihrem Willen leicht entflammbare Dinge.

Ein unsichtbarer Schlag gegen Lebewesen, der die Blutgefäße platzen lässt, gelingt ihnen ab zirka sechshundert. Diese Fähigkeit wird »unsichtbare Faust« genannt.

Unsterbliche spüren sich gegenseitig. Jeder sendet Schwingungen aus, die Artgenossen als schwaches Vibrieren wahrnehmen. Ab ca. zweihundert Jahren kann diese Aura unterdrückt werden, um sich z. B. an Artgenossen anzuschleichen.

In ihrer Hierarchie stehen die Neugeborenen ganz unten. Meistens genießen sie noch den Schutz ihres Schöpfers und leben bei ihm. Nach einem Jahr zählen die Neuen dann zu den Jungen. Je älter sie werden, desto mächtiger werden Unsterbliche und steigen dann entsprechend im Ansehen.

Mit tausend Jahren erreichen sie die wahre Unsterblichkeit. Dann sind sie so gut wie nicht mehr zu vernichten. Deshalb wird es auch als das göttliche Alter bezeichnet. Diese Alten sind unter den Jüngeren wegen ihrer Macht und dem Verlangen nach dem Blut von Artgenossen gefürchtet. Sie jagen manchmal ihresgleichen, weil der Reiz für sie dabei größer ist als bei den völlig wehrlosen und zerbrechlichen Sterblichen.

Dann gibt es in jeder Gegend oder Stadt eine/n Stärkste/n oder Mächtigste/n, die/der dort das Sagen hat. In Städten sind es die sogenannten Stadtherrscher und in einigen Ländern gibt es noch einen Fürsten oder Fürstin. Diese werden von den Stadtherrschern gewählt und haben die absolute Macht über ihr Land.

Doch ihre größte Bedrohung kommt aus den eigenen Reihen. Es gibt vereinzelte Vampirjäger, aber die Menschheit glaubt im Allgemeinen nicht an Vampire. Eher an Außerirdische.

Für die Jagd bevorzugen Unsterbliche dicht besiedelte Gegenden, da dort vermisste Menschen weniger auffallen. Städte sind meistens in einzelne Jagdreviere unterteilt, die von den Besitzern heftig verteidigt werden, sollten andere darin wildern. Jungvampire müssen sich so ein Gebiet erst erobern. Dazu fordern sie den Revierbesitzer zum Duell heraus. Die Innenstädte sind von den Älteren besetzt, daher bleiben für Jüngere nur die Randgebiete übrig. Normalerweise gibt es in jeder Stadt auch neutrale Gebiete, wo jeder jagen darf. Vor allem nützlich für Besucher.

Da die Spurensuche der Sterblichen inzwischen weit fortgeschritten ist, mussten sich die Unsterblichen etwas einfallen lassen, um die Leichen der Opfer für immer verschwinden zu lassen. Daher gibt es in jeder größeren Stadt eine Verbrennungsanlage. In einsamen Gegenden oder kleinen Ortschaften beseitigen die Unsterblichen die Toten weiterhin selbst wie in alten Zeiten.

Die Jagdmethoden sind ganz unterschiedlich. Manche sprechen ihre Opfer in Bars oder Clubs an und verführen sie, andere fallen auf offener Straße über sie her. Die einen gehen sanft vor, die anderen brutal.

Unsterbliche sind in dem Dilemma, von der menschlichen Rasse abhängig zu sein. Sie brauchen sie als Nahrung.

Am gefährlichsten ist die Tatsache, dass sie am Tag fast wehrlos sind. Außer sie sind bereits um die fünfhundert Jahre alt und können sich unbewusst im Schlaf verteidigen. Ansonsten ist ihr Körper den Menschen absolut ausgeliefert und könnte einfach in die Sonne gelegt werden, die ihn dann verschmort und somit vernichtet. Aus diesem Grund bauen sich Unsterbliche oft sichere Schlafkammern. Aber auch, um sich vor älteren Artgenossen zu schützen, die vor ihnen erwachen und sie umbringen könnten.

So leben sie in ihrer Parallelwelt und müssen ihre Art vor der Menschheit bewahren, indem sie das meiste geheim halten. Sie wissen, wie gefährlich Menschen für sie sein können, und deswegen verhängen sie harte Strafen für Artgenossen, die zu viel Aufsehen erregen.

LESEPROBE

DER VAMPIRFÜRST

Heute war eine Blutparty angesagt.

Magnus schlüpfte in den silbergrauen Anzug und fragte nebenbei seine Gefährtin Isabel: »Gehst du eigentlich mit? Würde sich ja anbieten, wenn du hungrig bist.«

Sie schüttelte ihre rote Mähne und erhob sich vom Bett. »Stimmt, die ist ja heute. Klar. Wenn du noch kurz auf mich wartest.«

Während er schon seine langen hellblonden Haare kämmte, entschied sie sich rasch für ein schwarzes Kleid, steckte ihre dicken Haare hoch und schminkte sich, damit sie auf die Menschen nicht zu blass wirkte.

Schließlich bestiegen sie den Mercedes und fuhren los. Wenn Sterbliche eingeladen waren, dann traf ihre Art mit dem Auto ein und nicht durch die Luft, damit die Menschen keinen Verdacht schöpften.

Das Anwesen von Roger war nicht ganz so pompös wie ihr eigenes, aber ganz ansehnlich. Er führte einen der Clubs, die Magnus von Alexeij geerbt hatte, nachdem er den Russen vernichtet hatte. Mit Roger kam er wirklich gut aus.

Auf dem Weg zur Haustür hakte sich Isabel bei ihm unter, und so betraten sie die Villa.

In der Eingangshalle begrüßte der Hausherr sie ungezwungen. »Hi! Schön, dass ihr hier seid. Geht gleich durch!« Dabei wies der Dreihundertjährige Richtung Garten und sie mischten sich unter die Gäste auf der großen Terrasse. Dort hatte ein Partyservice das Buffet für die Sterblichen aufgebaut.

Neugierig betrachtete Magnus die Leckereien, deren Gerüche ihm in die Nase wehten. Er nahm sie zwar zur Kenntnis, aber sie lösten keine Empfindungen in ihm aus. Zu Isabel meinte er: »Was es heutzutage alles gibt. Manchmal würde ich gern probieren wollen, wenn ich noch könnte. Für dich ist das noch nicht so außergewöhnlich. Zu deiner Zeit gab es das Meiste schon. Aber bei mir in Schottland damals …«

Isabel betrachtete ebenfalls neugierig das üppige Buffet. »Stimmt, für mich ist kaum was Neues dabei. Es sieht auf jeden Fall lecker aus.«

Dafür sagten ihm die Düfte der anwesenden Frauen mehr zu. Das Buffet war auf diesen Partys sein liebster Jagdplatz. Da konnte man am besten die Erwählte ansprechen oder wurde angesprochen. Vor allem, wenn man scheinbar unschlüssig die ganzen Dinge betrachtete. Das löste in den Frauen gleich diese Fürsorge aus und sie boten ihre Hilfe an.

»Ich schaue mal zum Pool«, verabschiedete sich seine Süße. Bestimmt hatte sie schon ein potenzielles Opfer erspäht.

»Dann viel Spaß! Ich sehe mich auch weiter um.«

Hier und da wechselte er ein paar Worte mit seinesgleichen und sah dann wieder zu Isabel hinüber. Gerade unterhielt sie sich mit einem Sterblichen und ging dann mit ihm ins Haus. Also hatte sie ihr heutiges Opfer.

Viele waren mit ihren Gefährten gekommen, aber zum Trinken trennten sich die Paare meistens.

Da entdeckte er eine rassige Rothaarige mit heißen Kurven. Sie schien mit Lili, seiner jetzigen Geschäftsführerin des »Velvet«, hier zu sein.

»Hallo, ihr zwei«, begrüßte er die beiden und stellte sich der Unbekannten vor: »Ich bin Magnus.«

Sie sah ihn interessiert an. »Cindy.« So einem alten Unsterblichen hatte sie noch nie gegenüber gestanden. Das fand sie sehr reizvoll, las er in ihr.

Er fuhr fort und sein Blick streifte dabei die Menschen: »Ich hoffe, ich halte euch von nichts ab. Ich bin heute nicht hungrig.«

Zumindest nicht nach Blut. Dabei musterte er Cindy eingehend, die fast so groß wie er war. Ihre langen Lockenhaare und die üppige Oberweite gefielen ihm.

»Wir auch nicht«, entgegnete sie.

Da entblößte Magnus grinsend seine Zähne und wollte etwas erwidern. Doch dann empfing er Isabels Ruf: *»Ich erwarte dich!«* Hatte sie ihr Mahl schon beendet?

»Entschuldigt mich. Wir sehen uns«, meinte er zu den beiden und ging ins Haus.

In einem der Gästezimmer einen Stock höher fand Magnus seine Gefährtin räkelnd im Bett vor und am Boden lag der tote Sterbliche, mit dem sie verschwunden war. Isabel stützte ihren Kopf auf den Arm, beobachtete ihn, wie er langsam zum Bett kam und dabei das Jackett, Hemd und Hose vom Körper streifte. In ihren grünen Augen las er Lust und ihre Erregung übertrug sich sofort auf ihn. Leidenschaftlich zog er sie in seine Arme.

Plötzlich hörten sie das Tosen eines Hubschraubers, Schreie und Schüsse von draußen.

»Was ist da los?«, rief Magnus und sprang mit einem Satz zum Fenster. Ein kurzer Blick genügte, um den Ernst der Lage zu erfassen. Dieser Hubschrauber leuchtete mit mehreren UV-Spots auf die Partygesellschaft und in den Lichtkegeln krümmten sich schreiend die ersten Vampire.

»Schnell, zieh dich an! Wir müssen verschwinden. Jäger!«

Hastig raffte er seine Klamotten zusammen und zog seine halbnackte Gefährtin mit sich auf den Flur. Suchend blickte er sich nach einem Fluchtweg um, schlüpfte nebenbei in sein Hemd und die Hose. Wie kamen sie jetzt am besten hier raus? Andere Unsterbliche rannten in Panik an ihnen vorbei.

»Diese Scheißkerle! Woher wissen sie von der Party?«, schimpfte er.

Isabel zerrte im Laufen ihr Kleid hoch, ihre Schuhe hatte sie gleich dagelassen.

»Keine Ahnung!«, antwortete sie. »Wie kommen wir hier raus?«

Magnus blieb zuversichtlich: »Das schaffen wir! Zuerst gehen wir mal ins untere Geschoss.«

Kurzerhand sprangen sie durchs Treppenhaus einige Meter hinunter ins Parterre. Dort herrschte noch mehr Hysterie als oben. Unsterbliche rannten panisch herum, dazwischen leuchteten Jäger in schwarzen Kampfanzügen mit UV-Lampen in die Menge und die Luft war erfüllt von lauten Schreien, den Geräuschen des Hubschraubers und verbrannter Haut.

Magnus nahm Isabel an die Hand und zog sie zu einem der Fenster. »Es ist nur einer. Wir müssen uns irgendwie in Deckung halten.«

Das war nicht so einfach, denn der Helikopter kreiste um das Haus, da sich dort die meisten Vampire aufhielten. Vor Magnus' Augen wurden einige Artgenossen von den UV-Kegeln getroffen, worauf sie mit schrillen Schreien zusammenbrachen und sich vor Schmerz am Boden wanden. Bei diesem Anblick kamen seine Erinnerungen an die Folter auf dem Solarium von Alexeij hoch, aber er unterdrückte sie. Er durfte sich jetzt keine Schwäche erlauben und musste Isabel hier rausbringen.

»Wenn der Heli auf der anderen Hausseite ist, fliegen wir los. Okay?«

Magnus spannte bereits seine Muskeln zum Start an und wartete, bis der Lichtstrahl möglichst weit weg von ihnen war. Dann schoss er, Isabel mitziehend, durch ein geschlossenes Fenster ins Freie und stieg, so schnell er konnte, in die Luft.

Einige Jäger leuchteten in den Himmel hinauf, aber sie waren zu langsam für Magnus' Bewegungen.

Leider reichten die Strahlen der UV-Scheinwerfer weiter als angenommen und Isabel schrie plötzlich auf, als einer der Lichtkegel sie streifte. Der Strahl wurde nun gezielt auf die beiden gerichtet, wobei sich seine Liebste vor Qual krümmte. Magnus spürte die Hitze nur als dumpfen Schmerz, der sich bis in die Kopfhaut ausbreitete. Aufgrund seines Alters traf es ihn nicht so hart wie seine junge Gefährtin. Er biss einfach die Zähne zusammen und flog so schnell weiter, wie er konnte. Die UV-Strahlung raubte ihm einen Teil der Kraft, aber durch die Kleidung geschützt verschmorte seine Haut nicht so schnell. Trotzdem überzog der beißende Schmerz seinen Körper.

Magnus fluchte leise auf Altenglisch, als er kurz an Isabel hinunter sah. Eines ihrer nackten Beine war außen schwarz geworden und auch ihre Arme. Sie stöhnte vor Schmerzen und er versuchte, sie zu beruhigen: »Bald sind wir in Sicherheit, Liebste.«

Erscheint im Frühsommer 2021.

ÜBER DIE AUTORIN

Zenobia wurde 1971 in der Zollernstadt Hechingen geboren. Nach dem Abitur absolvierte sie eine Ausbildung zum Bauzeichner und zog danach in eine beschauliche Kleinstadt auf der rauen Schwäbischen Alb. Dort lebt sie mit ihrem Mann und zwei Kindern.

Schon seit ihrer Jugend haben sie Vampire fasziniert. Durch verschiedene Einflüsse erschuf Zenobia ihre eigenen Unsterblichen, die sich mehr am klassischen Vampirbild orientieren und ihre Natur des Jägers beibehalten haben.

Ihr Debütroman Love Servant: Im Staat der Frauen erschien im September 2018 im Self-Publishing.

Im November 2019 folgte Band 2 »Gegen den Strom«.

Nun startete ab Mai 2020 die Vampirreihe Love & Death mit »Tochter der Nacht«, dem sich seit November 2020, der zweite Band »Stadt der Vampire« anschloß.

Falls Ihr noch mehr über Zenobias Projekte erfahren wollt, dann besucht sie auf ihrer Webseite https://zenobiavolcatio.wixsite.com/autorenseite